MEMORIA de la HISTORIA

Personajes

Memoria de la Historia pretende ofrecer a los lectores la Historia contada por quienes la hicieron, por los mismos *personajes* que en vez de figurar en las páginas de los libros como objeto pasivo, adquieren voz y nos cuentan su vida y su peripecia en primera persona. La Historia como una novela personal, autobiográfica, en la que todo lo que aparece en estas páginas es verdad, con hechos ciertos y comprobados, pero que se presentan con la inmediatez y el dramatismo que da al relato la voz del protagonista, supuesto historiador de sí mismo gracias a la pluma de unos escritores que consiguen el difícil y apasionante equilibrio entre los materiales de la crónica, tratados con el máximo respeto, y el enfoque que corresponde a la más amena de las narraciones novelescas. Otra vertiente de estas semblanzas es la evocación de *episodios* del pasado en tercera persona con todo el rigor que exige el trabajo del historiador y la amenidad de la novela.

Éste es el objetivo de una colección que aspira a fundir lo más atractivo que pueden ofrecer la historia y la literatura.

El Cid, el último héroe

José Luis Olaizola

El Cid, el último héroe

Planeta

COLECCIÓN MEMORIA DE LA HISTORIA/24
Dirección: Rafael Borràs Betriu
Consejo de Redacción: María Teresa Arbó, Antonio Padilla, Marcel Plans y Carlos Pujol

Córcega, 273-279, 08008 Barcelona (España)
Ilustración al cuidado de Antonio Padilla
Diseño colección y cubierta de Hans Romberg
Ilustraciones cubierta: detalle del monumento al Cid Campeador, Burgos (foto AISA), y miniatura de una Biblia del siglo XIII del monasterio de Yuso (Real Academia de la Historia, Madrid)

Procedencia de las ilustraciones: Archivo Editorial Planeta

Primera edición: mayo de 1989
Segunda edición: setiembre de 1989
Tercera edición: julio de 1990
Cuarta edición: febrero de 1992
Quinta edición: setiembre de 1992
Depósito Legal: B. 32.586-1992
ISBN 84-320-4496-2
Papel: Offset Munken Book, de Munkedals AB
Impresión: Duplex, S. A., Ciudad de Asunción, 26, int., letra D, 08030 Barcelona
Encuadernación: Auxiliar Gráfica JIRO, S. A.
Printed in Spain - Impreso en España

Índice

15 Capítulo primero/El maquilero de Vivar
20 Capítulo II/El judío Elifaz
27 Capítulo III/La indómita gallega
35 Capítulo IV/La princesa Zaida
45 Capítulo V/Dom Sisebuto
48 Capítulo VI/El rey don Sancho
58 Capítulo VII/El caballero de Lizarra
68 Capítulo VIII/El duelo de Pazuengos
75 Capítulo IX/El moro Háriz y el bello inglés
82 Capítulo X/San Pedro de Cardeña
96 Capítulo XI/Golpejera
106 Capítulo XII/Zamora
118 Capítulo XIII/Eximina y el procurador de Cardeña
135 Capítulo XIV/El rey Motámid y la sultana Romaiquía
143 Capítulo XV/El destierro
149 Capítulo XVI/La noche de Cardeña
159 Capítulo XVII/En busca de un rey
170 Capítulo XVIII/El emir de los creyentes
181 Capítulo XIX/Sagrajas
192 Capítulo XX/La reconciliación de Toledo
203 Capítulo XXI/Aledo
217 Capítulo XXII/El oro de Polop
226 Capítulo XXIII/Señor de Valencia
235 Capítulo XXIV/El Cuarte
243 Epílogo
247 Índice onomástico

A mis hijos, José Luis, Carlos
y Cayetano

La edad heroica es aquella en que la historia se hace habitualmente en forma poética... Nuestro mayor interés estará en mirar de cerca un héroe, *el último héroe,* que se halla en el umbral de las edades heroicas, saliendo de ellas para entrar en las históricas.

MENÉNDEZ PIDAL,
La España del Cid

Esta novela ha podido ser escrita gracias a la labor ingente de don Ramón Menéndez Pidal. Cualquiera que desee profundizar en la figura del Cid o en el conocimiento del siglo XI, conviene que recurra a *La España del Cid,* del citado historiador.

En este relato se respeta el marco histórico, pero recurriendo a todos los artificios del género —incluso el anacronismo— cuando la ordenación artística lo requiere. Es, por tanto, una obra de ficción que se queda corta, porque contar la verdadera vida de Rodrigo Díaz de Vivar haría la narración inverosímil.

Capítulo primero

EL MAQUILERO DE VIVAR

Se sabe que Rodrigo Díaz de Vivar cabalgó con el infante don Sancho al frente de la expedición destinada a liberar la villa de Graus, injustamente ocupada por Ramiro I, rey de Aragón.

Pertenecía Graus a Moctádir, rey árabe de Zaragoza, protegido del infante a quien pagaba parias puntualmente. Por eso marchó en su ayuda, pese a ser tío suyo el ilegítimo agresor.

El infante don Sancho era muy aficionado a lidiar y en nada le detuvo el parentesco y aun el respeto que le pudiera merecer su tío, hombre de avanzada edad, pero tan interesado en retener aquella ciudad fronteriza que no dudó en vestirse la loriga para defenderla frente a moros y castellanos, con tal denuedo, que para conseguir la victoria hubieron los castellanos de llegar hasta el castillo del rey y aprovechando el único intersticio que dejaba el yelmo le hundieron el hierro de una lanza a la altura del nasal.

Muerto el rey, la batalla, que les era adversa, tornóse en su favor y así, en aquella su primera salida guerrera, Rodrigo volvió vencedor a Castilla adquiriendo un hábito que no habría de perder a lo largo de su vida. También tuvo ocasión de meditar sobre la inconveniencia de que los príncipes cristianos, con olvido de los lazos de la sangre y de la religión, disputasen entre sí con tanta saña como escaso provecho.

Esto sucedía en el año 1063, según la cronología cristiana, y contaba Rodrigo Díaz veinte años. Reinaba en León, Castilla y Galicia Fernando I, hijo de un vasco y de una castellana, también conocido como emperador de las dos religiones por extenderse su dominio y protección a tierras de árabes.

Era Rodrigo Díaz un joven de hermosas proporciones, ojos garzos y cabellos rubios, pero no muy considerado en la corte del emperador por su modesto origen. Su padre, Diego Laínez, le había dejado por herencia dos molinos en las márgenes del río Ubierna, a su paso por Vivar, aunque entiéndase que poseer molinos era un privilegio señorial ya que los campesinos, por fuerza, habían de moler su trigo en ellos y pagar la maquila en especie.

Era, por tanto, un privilegio señorial, pero para señores de segunda nobleza. Mientras los condes castellanos y leoneses cobraban parias a los árabes, Rodrigo Díaz se limitaba a cobrar la maquila a los siervos de la gleba. Y, sin embargo, desde su adolescencia obtuvo los favores del infante don Sancho, primogénito del emperador, con quien compartió la educación a la que tenía derecho como infanzón, y de cuya mano recibió la investidura de caballero.

A sus espaldas los jóvenes de origen más noble hacían burla de él y decían:

—¡Que se vaya al río Ubierna a cobrar sus maquilas!

Como si estuviera de más en la corte. Pero no era de esta opinión el infante, como se demostró cuando el suceso de Barbastro que sumió en la vergüenza a toda la cristiandad.

Como en la ocasión ya relatada, nuevamente el rey Moctádir de Zaragoza recabó la ayuda del emperador, esta vez para liberar la villa de Barbastro ocupada por tropas extranjeras, venidas de toda la Europa, cuyos monarcas se mostraban preocupados por la prosperidad de los establecimientos musulmanes de los valles del Pirineo.

Predicaban los expedicionarios que los que se unieran a ellos, cruzando sus pechos con el signo de Cristo, quedarían liberados de sus pecados. Así consiguieron un gran ejército, en su mayoría compuesto por normandos que, como piratas y grandes pecadores que eran, vieron una ocasión para liberarse de sus culpas. Pero cometieron tan sinnúmero de tropelías que los pocos que pudieron retornar a sus tierras lo hicieron más cargados de pecados, todavía.

Cuentan los cronistas que venía al frente de la expedición un normando, llamado Guillermo de Montreuil, portando el estandarte pontificio y la bendición de Su Santidad, porque los normandos, aunque no eran cristianos antiguos, se habían dado muy buena maña para incorporar la cruz de Cristo a las invasiones a las que tanta afición tenían.

De todo el Pirineo la villa más famosa era la de Barbastro, residencia de sabios árabes y estudiosos del Corán. También era famosa por los ingeniosos artificios de regadío que, tomando las aguas del río Cinca, las distribuían con tal acierto que en muchas leguas a la redonda lucía el verdor de múltiples huertos que enriquecían a sus moradores, la flor de los ejércitos musulmanes del septentrión. Junto a la sabiduría de los faquíes y el valor de los guerreros era inevitable que floreciesen los harenes, de cuyas mujeres contábanse tales maravillas que los normandos, una vez que lograron dominar la plaza, poseídos ellos por el demonio y queriendo poseerlas a ellas, pasaron a cuchillo a sus hombres, no menos de seis mil caballeros degollados en un solo día.

El hedor de tanto sacrilegio atravesó las fronteras y llegó hasta las orillas del Ebro. Los santos abades de Oña, Arlanza, Silos y Cardeña cubriéronse de cenizas derramando lágrimas de dolor, y decretaron cuarenta días de penitencia en sus monasterios.

Pese a ello, el emperador de León y Castilla, dijo:

—Ni yo, ni ninguno de mis descendientes, lidiará contra el vicario de Cristo en la tierra.

Era tan devoto el emperador, de Jesucristo y de todos sus santos, que aquel mismo año había trasladado, con gran solemnidad, el cuerpo de San Isidoro, desde su enterramiento en Sevilla, hasta la basílica de su nombre, en León. Con la misma solemnidad pronunció ante aquellas cortes generales las anteriores palabras.

—Así sea, mi padre y señor —dijo el infante don Alfonso que por sus buenas maneras era el preferido de su padre.

No fue del mismo parecer el primogénito don Sancho, hosco de carácter, pero grande de corazón. La palabra real, pronunciada en tales circunstancias, le impedía prestar ayuda al que era su tributario, Moctádir de Zaragoza, pero como no quería dejar de hacerlo, por muchas razones, encomendó al infanzón de Vivar armar su mesnada para ir en ayuda de Barbastro.

Quedó advertido el joven caballero que aunque podía invocar el nombre de Castilla, el negocio era particular y por eso resultó muy corta su mesnada, como correspondía a un infanzón de tan pocos años y sin nobleza reconocida. Ningún noble castellano quiso ponerse a las órdenes de quien había tenido que vender sus molinos para armar una tropilla de cien lanceros, la mayoría de los cuales marchaban a pie, o, a lo más, a lomo de mulas. Contra toda previsión se unió a ellos el conde Pedro Peláez, de León, por cuyas venas corría sangre real —la del emperador Vermudo II— aunque mezclada con la de Velasquita, la famosa aldeana de Mieres.

Los vendedores de noticias, que se ganaban la vida sobre rápidos corceles adelantándose a los ejércitos en marcha, así que vieron salir la tropilla del castellano, tomaron el camino de Zaragoza y le dijeron a su rey:

—Nos tememos, mi señor, que el emperador que se dice de las dos religiones hace befa de ti. Por toda ayuda frente al Papa de Roma te envía unos cuantos peones, mal armados y peor montados, al mando de un joven al que apenas le luce la barba.

El negocio de las noticias no sólo dependía de la rapidez de los caballos sino, también, del arte de transmitirlas. Y aquella noticia era la que deseaba oír el rey Moctádir que harto de pagar las parias al emperador vio la ocasión de librarse de tan enojosa servidumbre.

Como contara entonces con sus primos de Sevilla, gracias a los cuales había conseguido reunir un ejército de tres mil quinientos guerreros, pensó que era la oportunidad de prescindir de la protección cristiana que tan cara le costaba y para tan poco le servía. Por eso, sin más dilaciones, se puso al frente de aquel poderoso ejército, camino de Barbastro, no sin antes pagar, por anticipado, la respuesta a aquella noticia que fue la siguiente: el rey de Zaragoza ya no precisa más de la supuesta protección del emperador.

Se la comunicaron los vendedores a Rodrigo Díaz a la altura del río Jalón, pasado Medinaceli, quien por toda contestación dijo a los mensajeros:

—Recibí órdenes de mi señor, el infante don Sancho, de unirme a los ejércitos de Moctádir y así ha de ser.

Y continuó su camino con una decisión impropia de sus pocos años.

Le siguió sin comentarios el conde Peláez que fue de los primeros en apercibirse del portentoso talento del infanzón de Vivar para medrar en un siglo que tan proceloso se presentaba.

Capítulo II

EL JUDÍO ELIFAZ

Cuando Moctádir llegó a la vista de Barbastro y mandó detener sus ejércitos ignoraba que la mesnada castellana, caminando día y noche, había logrado incorporarse a su retaguardia. Los vendedores de noticias no se habían atrevidos a vendérsela porque sabían que, dado el ánimo del rey, podía ser muy mal pagada. En ocasiones el vender noticias resultaba un oficio tan peligroso que en vez de cobrar se pagaba con la vida.

El rey Moctádir estaba tan sombrío que su primo Al-Nayá, el que mandaba las huestes sevillanas, tuvo miedo. Presentía que no iban a recuperar Barbastro sino a obtener cumplida venganza de los desmanes cometidos por los normandos en la marca de Lérida.

—Las venganzas no son buenas, querido primo —le advirtió en más de una ocasión a lo largo del viaje.

—Pero son necesarias —le contestó el rey con lúgubre fatalismo.

—El Profeta, ¡sobre él sea la paz!, compara el corazón que odia con los altramuces encharcados de agua. Se hinchan vanamente.

—Mi corazón no odia —mintió Moctádir—. Busca la justicia.

—La venganza no es justicia.

—Retribuir el daño es justicia, dice el Corán. Si al mismo tiempo es venganza pídeles cuentas a los faquíes, no a mí.

Así discurría el rey de Zaragoza quizá por la gran confianza que le inspiraban tantas huestes musulmanas reunidas. Nunca, en el septentrión, se había visto tan cumplido ejército, tres mil quinientos caballeros, con cinco mil caballos, de manera que cuando la cabeza llegaba a las huertas de Barbastro la cola seguía por las riberas del Cinca. Los hortelanos, cuando los veían pasar, abandonaban sus huertas llorando por los frutos en su mejor sazón, pero prefiriendo salvar la vida.

Las bandas auxiliares, compuestas de gente de toda condición, hombres y mujeres, niños y ancianos, musulmanes y cristianos, renegados de una y otra religión, honrados y forajidos, en número no inferior a mil, recogían los sustanciosos despojos —verduras, frutos, ovejas, vacas— que luego vendían a los intendentes reales al tiempo que daban gracias a Dios por el fervor guerrero de los caballeros que tanto les aliviaba de las estrecheces de la paz.

De las montañas bajaban los pocos árabes que habían logrado salvar la vida del saco de los normandos y postrándose a los pies de Moctádir, su salvador, lloraban sus penas:

—Padrecito, cuando Barbastro se quedó sin agua, porque se cegó el acueducto subterráneo, tuvimos que rendirnos. El postaestandarte del Papa de Roma nos concedió el amán: nuestras vidas serían respetadas a condición de que entregáramos todos nuestros bienes. No cumplió. Los primeros que salieron, no menos de seis mil caballeros, la flor del Islam, así que entregaron las armas fueron degollados.

El ejército, los caballeros de cuatro en fondo, serpenteaban por los caminos reales, por las cañadas, por los senderos, por las trochas pedregosas, como nube cargada de aguaceros de piedras, estopa, fuego, hierro y muerte. Las alas se ensanchaban con las bandas auxiliares, cada vez más numerosas, con los árabes bajados de las montañas y con los cristianos que habían tenido tiempo de renegar.

—Mi señor, que Dios te guarde —le explicaban a Moctádir los desposeídos que un año antes eran nobles en la ciudad de Barbastro—. Seis mil caballeros degollados son demasiados caballeros para que los cielos se muestren indiferentes.

Cuando la mesnada castellana se unió a la retaguardia, a las puertas de Barbastro, los capitanes árabes no hicieron aprecio de ella. Con barba de varios días, oscurecidos por el polvo, ennegrecidos por el sol, hambrientos por el agobio de las prisas, mal vestidos y peor montados, apenas se distinguían de las bandas auxiliares.

—Mi señor —le aclaraban los nobles vencidos al rey Moctádir—, los caballeros degollados por los normandos fueron favorecidos del Profeta, ¡sobre él sea la paz!, porque a los que sobrevivimos nos cargaron de cadenas y nos sometieron a tormento hasta que entregamos el último dinar de nuestro tesoro. Mira, padrecito, el brazo que me falta y este ojo vacío que ya nunca más verá.

Las máquinas de guerra, gigantescas torres de madera, tan altas como las más gigantescas almenas de Barbastro, eran arrastradas por filas de cien hombres cada una, más ocho yuntas de mulas, y las torres eran cuatro.

—Mi señor —le suplicó el tuerto—, Alá arme tu brazo e ilumine tu entendimiento, para que con el único ojo que me queda pueda ver la destrucción de los extranjeros. Que ninguno de ellos salga de nuestra tierra y queden sobre ella, sin enterramiento, para que los buitres les vacíen las entrañas, y sus almas, entre huesos calcinados, no encuentren nunca reposo.

Los arietes, batidores de murallas, eran abetos de más de quince pies, de los bosques de Benasque, y los portaban sobre carros de seis ruedas cada uno.

—Que no encuentren reposo, mi señor, como no lo tendrán ya nunca nuestras mujeres, que las gozaron sin poner tan siquiera la pasión del alma, violándolas en nuestra presencia.

Encendido su ánimo por tan justos lamentos, cuando sus ejércitos acamparon al pie de las murallas de Barbastro, Moctádir, para que no quedaran dudas, mandó preguntar a los faquíes:

—¿Soy yo el castigo del cielo que se merecen los autores de tanta maldad?

Y los sacerdotes del Islam, sin necesidad de consultar libros ni comprobar horóscopos, contestaron al unísono:

—Tú, señor, lo eres.

Y prometieron el paraíso a todos los que cayeran en combate frente al infiel extranjero, ofrecimiento en desuso desde los tiempos de la invasión de Almanzor.

Robert Crespin, barón de la Baja Normandía y gobernador de la villa de Barbastro, gratificó con largueza a los vendedores de noticias que le llevaran aquella que tanto le agradaba. El sitio de Barbastro, plaza que tan sólidamente había amurallado que de no mediar la sorpresa nunca podría ser allanada, convenía mucho a sus deseos.

El barón había cumplido ya los cincuenta años y estaba aburrido de guerrear por todos los campos de Europa a las órdenes de muy diversos señores. En Barbastro había encontrado, por fin, lo que tanto había soñado: la riqueza y el amor. Además el amor de varias mujeres, puesto que se había quedado con el harén del anterior cadí. Y en cuanto a las riquezas eran tantas que no podría gastarlas por muchos años que viviera. Pero siempre existía el peligro de que, dada su fama de capitán invencible, algún monarca poderoso, o el mismo Papa de Roma, requiriese sus servicios y no pudiera negarse. La llegada de un ejército musulmán tan poderoso, incluso con caballeros del lejano califato de Córdoba y Sevilla, justificaba que continuara al frente de aquel bastión de la cristiandad.

Su buena estrella y experiencia hacían presumir que acabaría obteniendo algún provecho de un ejército que se ponía a su alcance con tal profusión de caballerías y armas enjoyadas, como pocas posibilidades de éxito.

Por aquellos días recibió el barón la visita de un mercader judío que venía en nombre del antiguo cadí de la ciudad, hombre de estirpe real y adineradísimo, que había logrado salvar la vida y pretendía rescatar la de su hija preferida, en poder del normando.

El barón de Crespin le escuchó con el respeto que se merecían aquellos hombres tan útiles para sostener las guerras. Como formara parte de ellas el tráfico de prisioneros, mediante precio, hubiera sido descortesía no interesarse por el que estaba dispuesto a pagar el vencido en aquella ocasión. Por eso le preguntó al judío:

—¿En cuánto estima el cadí a la princesa?

—En diez mil dinares de oro, de la acuñación de Toledo, y doscientos caballos enjaezados.

Ante la magnificencia de la cifra el barón hizo ademán de reflexionar para terminar diciendo con fingida compunción:

—La oferta es tentadora, pero mi conciencia no me permite entregar esa joven pura a un viejo disoluto de quien cuentan que es capaz de pervertir a su propia hija.

Consideró el judío las palabras del gobernador con aparente admiración ante tanto desprendimiento, pero continuó en defensa de su mandante:

—No hagas caso, mi señor, de los rumores de las gentes. La historia de los vencidos a veces la cuentan los malvados. El cadí es un anciano venerable que sólo pretende morir en compañía de quien ama. Por el precio que te ofrece podría mantener varios harenes de bellísimas jóvenes.

—Pues que vaya pensando en ello porque de mí nada ha de conseguir —fue la respuesta del normando que en tanta estima tenía a la joven princesa que hasta había respetado su doncellez; y dando por terminada la negociación sobre el rescate, iniciaron otra sobre la compra por parte del judío Elifaz de alguna de las valiosísimas joyas que formaban parte de botín del barón.

Allí mismo cerraron tratos de interés para ambas partes y, además, Elifaz, obtuvo un salvoconducto para entrar y salir libremente del recinto amurallado. Y lo aprovechó para dirigirse al campamento de los castellanos.

Aunque Rodrigo Díaz era un guerrero desconocido, se sabía que había participado en la hazaña de Graus en la que, con más maña que fuerza, los castellanos habían conseguido la muerte del rey Ramiro y con ella una victoria que se les presentaba muy incierta.

Admitido el judío a la presencia de Rodrigo y del conde Peláez les explicó el negocio que allí le traía: conseguir el rescate de la hija del cadí.

Escucháronle los castellanos con extrañeza, pero sin displicencia, porque la cifra que manejó Elifaz, como premio del rescate, sería suficiente para armar un ejército de quinientos caballeros.

En momento más oportuno no podía llegar el mercader. Los castellanos andaban desalentados por muchos motivos. Su presencia era ignorada por aquellos a quienes iban a proteger. Además, se apreciaba que el sitio a la ciudad llevaba mal camino para prosperar ya que en unas cuantas salidas que hicieron los normandos habían conseguido prender fuego a las torres y demás máquinas guerreras de los sitiadores, desconcertando a los capitanes árabes. Para colmo comenzó a batir la llanura un viento boreal procedente de las cumbres de los Pirineos que, pese a estar en otoño, ya se ofrecían a la vista cubiertas de nieves.

Los augures profetizaron un invierno de nieves tempranas y abundantes y los guerreros sevillanos, acostumbrados a las tibiezas del Guadalquivir, dijeron: "No venimos preparados para una larga campaña de invierno."

Los faquíes decidieron consultar los libros para comprobar si Moctádir era el castigo del cielo que se merecían los extranjeros y se confirmaron en ello, pero los horóscopos aconsejaban aplazarlo hasta la primavera siguiente.

En vista de lo cual el conde Peláez le decía a Rodrigo:

—Será mejor que nos vayamos. ¿Cómo vamos ayudar a quien no quiere nuestra ayuda? Y, además, tal como están las cosas, ¿de qué serviría?

Pero Rodrigo, pese a tan juiciosas recomendaciones, no se decidía a levantar la plaza por entender que sería tanto como traicionar la confianza que en él había depositado su señor, el infante. Además había invertido toda la hacienda que heredó de sus padres en armar la mesnada y el no sacar ningún provecho de aquella algarada significaría su ruina y, quizá, el final de su carrera de caballero.

La noche anterior, oscura y sin estrellas, se había apartado del castro y, lejos de los centinelas, puesto de rodillas, había rezado a los cielos:

—Señor, Tú lo sabes todo y lees en mi corazón lo que yo no puedo leer en las estrellas. ¿Qué quieres de mí? Si es tu voluntad que no te sirva como caballero con la fuerza de mi brazo y con los dones que me has concedido, házmelo saber. Si vuelvo a Castilla, arruinado y deshonrado, yo te daré las gracias, Dios mío, y te prometo que ingresaré en el monasterio de Cardeña y en él te serviré fielmente hasta el fin de mis días.

Esto último lo dijo, no como solución desesperada, sino como una ilusión que, en ocasiones, superaba a la de ser caballero famoso. Si por el infante don Sancho, que en tanta estima le tenía, sentía respeto y fidelidad, por Dom Sisebuto, abad de Cardeña, sentía verdadera devoción y oírle hablar de las cosas de Dios le hacía tener en nada las cosas de este mundo. Cuando la corte del emperador era azotada por el vértigo de la intriga, con su secuela de mentiras e iniquidades, a Rodrigo Díaz le entraban ganas de refugiarse en Cardeña. Pero Dom Sisebuto le advertía:

—Al convento no se viene a buscar refugio, sino a amar a Dios.

El caso es que entendió la llegada del judío Elifaz como

la señal del cielo que había pedido la noche anterior. Sobre todo cuando el juicioso anciano comenzó a discurrir con gran sabiduría:

—Si las tropas del rey Moctádir lograsen romper las defensas de la ciudad, sería fácil entrar en la fortaleza y salvar a la princesa durante la confusión de los primeros combates. Pero esto no va a ocurrir.

A continuación les explicó las razones de la superioridad estratégica de los sitiados con la minuciosidad de un general experimentado. Y como viera la admiración que sus palabras producían en los caballeros, dijo con humildad:

—Tened en cuenta que los que nos dedicamos a negocios tan míseros e inciertos como son los relacionados con las guerras, tenemos que prever sus resultados para no arruinarnos.

Siempre habría de caracterizarse Rodrigo Díaz por su buena disposición para dejarse aconsejar, máxime de quienes mucho tenía que aprender, como fue el caso del judío Elifaz, el cual supo exponerles un plan para entrar secretamente en la ciudad a rescatar a la hija del cadí, arriesgado, pero no imposible.

En aquella oportunidad se reveló el genio de Rodrigo Díaz quien después de aceptar el plan díjole a su amigo el conde, cuando se quedaron solos:

—Si logramos entrar en la fortaleza algo más debemos hacer. No hemos venido de tan lejos, ni ostentado tan noble representación, tan sólo para salvar doncellas.

Capítulo III

LA INDÓMITA GALLEGA

El judío Elifaz, con la astucia y la paciencia propia de los de su raza, mediante los oportunos halagos y sobornos, conseguía entrar y salir de la ciudad sitiada, con aquiescencia de unos y otros centinelas que veían en él un provechoso amigo.

Igual concepto le merecía al barón de Crespin quien gracias al mercader estaba logrando transformar parte de su botín, valioso, pero enojoso de esconder y transportar, en sustanciosas monedas de oro de fácil manejo y aceptación en cualquier país del orbe, cristiano o musulmán. Aunque el barón se encontraba muy a gusto y regalado en aquella hermosa ciudad del Pirineo, no descartaba la posibilidad de tener que evacuarla y para tal evento convenía estar preparado.

Por eso recibía con agrado a Elifaz, a tal punto, que le dejó comerciar con las señoras del harén la compra y venta de pequeñas joyas y otras baratijas. De paso, el buen mercader, le daba noticias sobre las calamidades que padecían los sitiadores que, azotados por aguaceros de agua y nieve en el otoño más oscuro que se recordaba en la historia, tenían como único refugio las pequeñas tiendas de piel de cabra, cada día más lacias y aguanosas.

Recibía el barón tales noticias con la natural satisfacción, mientras en diversas chimeneas y braseros del salón del castillo ardían soberbios troncos de cedro, creando un grato ambiente al que contribuía el recreo que con sus cantos y laúdes proporcionaban las cantoras del harén, algunas de las cuales cantaban con lágrimas en los ojos, recordando el tiempo pasado, pero otras, esclavas del norte, acostumbradas a cambiar de dueño, procuraban lucirse ante el barón y sus caballeros por el provecho que de ello obtenían. Éstas eran las que solicitaban del judío Elifaz afeites y perfumes —que escaseaban en la ciudad sitiada— para aumentar sus encantos. Y con tal motivo el buen mercader entraba y salía de la casa de las mujeres como si de un eunuco se tratara.

Así conoció a la gallega, mujer de grandes proporciones, rara belleza y extraño carácter. Apetecida por los caballeros por sus abundantes formas, en ocasiones sabía mostrarse dócil y complaciente, pero en otras, privada por el vino, se tornaba violenta y acometía con tal furia a sus pretendientes que a los más entecos los descalabraba, siendo preciso sujetarla entre varios de ellos.

En más de una ocasión la sometieron a pena de azotes que ella soportaba con altivez y sin que saliera un lamento de sus labios, produciendo tal admiración en los aguerridos caballeros normandos, que sentían aumentar sus deseos de domeñarla.

Una noche en la que corrió el vino más de lo habitual, mostróse tan furiosa que para reducirla hubo de intervenir el barón en persona, hombre de descomunales fuerzas, quien se las vio y deseó para conseguirlo y aun así salió con el rostro marcado de golpes y arañazos. Algunos caballeros, ebrios como estaban, rieron la hazaña de la gallega, encolerizando todavía más al barón, quien para castigo de todos, determinó:

—Que se la lleven al cuerpo de guardia y que allí sirva de satisfacción para mis soldados.

Así se hizo, permaneciendo a disposición de la tropa durante quince días, al cabo de los cuales, el judío Elifaz intercedió por ella.

—¿Qué ocurre, buen anciano —comentó festivo el barón—, también a ti te gusta esa fiera? ¿No crees que es demasiada mujer para tus años?

—No la quiero para mí, mi señor —dijo el judío con la humildad en él habitual—, me conformo con que le permitas volver a la casa de las mujeres. Mi religión me obliga a hacer una buena acción cada luna llena, y la luna empieza a decrecer y yo estoy en falta. Te ruego que accedas a mi petición. La mujer ya ha pagado suficientemente su culpa.

Al barón le iban tan bien las cosas y a los sitiadores tan mal —se comentaba que los caballeros sevillanos, ateridos por el frío, estaban a punto de levantar el cerco— que decidió ser generoso y complacer a aquel piadoso anciano, sin saber que con ello estaba firmando su sentencia de muerte.

En el campamento castellano empezaba a cundir el desaliento, excepto en el ánimo de Rodrigo Díaz convencido como estaba de que el ofrecimiento del judío Elifaz era la señal que había pedido al cielo aquella noche oscura y sin estrellas.

Pero la señal no había vuelto a dar signos de vida. El judío Elifaz se había despedido de ellos advirtiéndoles que no volvería en su busca hasta que no considerase el plan maduro, pero habían pasado ya muchos días sin noticias del mercader. El conde Peláez, pese a ser cuatro años mayor que el caballero de Vivar, con la impaciencia de la juventud, no se cansaba de repetir:

—O hacemos algo o nos vamos.

—Lo único que podemos hacer es esperar —replicábale Rodrigo Díaz, al tiempo que le recordaba las horas y aun los días que habían sabido estar al acecho de un venado en los montes de Toledo, y concluía:

—Pues esto es lo mismo, pero como la pieza que buscamos es de mayor importancia se hace esperar más.

Callaba el conde ante tales razonamientos por el gran respeto que le merecía el mágico sentido del joven caballero que intuía lo que para los demás mortales, en la caza y en la vida, permanecía oculto. En la caza, con ser grande su destreza física, era superior su sereno desasosiego, sus nervios contenidos hasta dar con la pieza que los demás caballeros, incluso los monteros de oficio y las traíllas de podencos, ya daban por perdida. Cuando Rodrigo Díaz decía que el ciervo había de estar por aquí o por allá, todos sabían que acertaría. Por eso el infante don Sancho no salía de caza si no era en su compañía y ni a los más nobles de su corte consentía que discutieran las decisiones cinegéticas del infanzón de Vivar. Por ese arte se granjeó Rodrigo Díaz las primeras envidias de los cortesanos que tanto le harían padecer a lo largo de su vida.

Un atardecer de invierno, sirviendo a su señor don Sancho, se empeñó en seguir el rastro de un jabalí herido, perdido por vientos contrarios a los que husmeaban los perros.

—¿Adónde vas, Rodrigo? —bromeaban los caballeros—. ¿Te has vuelto loco?

Pero el joven, sin hacer caso de nadie, se metió por las rañas de la sierra, descabalgado y con un venablo por toda arma. Cuando ya de noche cerrada se oyeron los bramidos del animal herido y a continuación se hizo el silencio, más de un montero hizo la señal de la cruz para ahuyentar los demonios que se habían adueñado de la noche. Si no, era inconcebible que ningún caballero se atreviera a matar, en la oscuridad, a un jabalí herido, que en aquella ocasión resultó ser alunado, por la magnitud de sus colmillos en forma de media luna. Y, además, cobró también a la hembra y se trajo con vida al campamento a uno de los jabatos, con el que jugueteaba como si de un perrillo se tratara. El embeleso que estas hazañas producían en el ánimo de don Sancho no era compartido por aquellos que también deseaban el favor del infante, pero sin necesidad de acometer tan arriesgadas aventuras.

El día que los caballeros sevillanos, al mando de Al-Nayá, levantaron su castro y emprendieron el camino de vuelta al sur, se acumularon acontecimientos extraordinarios que habrían de sellar, ya para siempre, el destino de Rodrigo Díaz de Vivar.

Moctádir, sombrío, pero tozudo, ni tan siquiera quiso despedir a su primo, ni cambió con él el beso de la paz, y cuando vio el hueco que dejaban en el cerco de la ciudad los que tan ignominiosamente la abandonaban, dijo a su visir:

—¿Es cierto, como cuentan los vendedores de noticias, que hay un ejército cristiano apoyando nuestra retaguardia?

—No es propiamente un ejército, mi señor —contestó el visir—, sino una tropilla de guerreros castellanos que vienen a su negocio particular.

—Pues si su negocio coincide con el mío, puede que nos entendamos.

Y sin más dilaciones ordenó avanzar a los castellanos para que cubrieran el hueco que dejaron los que tanto temían al frío.

Y aquel mismo día apareció, de nuevo, el judío Elifaz quien al ver a los castellanos tan bien situados, frente a la poterna por la que tenía previsto llegar hasta la casa de las mujeres, tuvo por cierto que el Dios de unos y de otros estaba empeñado en salvar de la iniquidad a la hija del cadí que, milagrosamente, aún permanecía doncella.

Cuando la gallega fue sacada del cuerpo de guardia besó las manos del anciano que la había liberado de algo peor que la muerte. Durante el tiempo que sirvió de recreo a la hez de la tropa normanda intentó quitarse la vida, pero advertidos sus guardianes, le ataron las manos a la espalda sin que por eso dejaran de seguir sirviéndose de ella.

Exangüe, con el cuerpo cubierto de cardenales, vejada en el cuerpo y en el alma, preguntó a su salvador:

—¿Qué quieres de mí, señor?

—Que te portes bien y no provoques al barón —fue la enigmática respuesta del mercader.

—Haré cualquier cosa que me pidas, menos eso, señor. He jurado matarle con mis propias manos.

—La venganza es grata a los ojos del Señor —recitó, piadoso, Elifaz.

—¿Eso dice tu religión? —se interesó la gallega, mujer de religión confusa, cristiana en origen, pero islamizada por exigencias de su oficio—. Pues si eso dice, a ella me he de convertir.

A continuación el judío procedió a instruirle sobre la virtud de la prudencia tan necesaria para lograr consumar la venganza. Sobre la necesidad de tornarse sumisa con los caballeros para ganarse su confianza y poder estar próxima a ellos. Y sobre la posibilidad de que consiguiera la libertad si le explicaba con detalle los accesos secretos a la casa de las mujeres, que era notorio que existían.

—¿Qué libertad? —preguntó con amargura la que había nacido privada de ella—. ¿La de cambiar la blandura del lecho árabe por la dureza de la yacija cristiana? ¿Qué otra libertad me espera a mí?

El anciano, conmovido, le explicó los frutos en dineros que podría sacar si le ayudaba a liberar a la hija del cadí.

—¿Y el dinero da la libertad? —se interesó la que tan poco sabía de lo que sucedía fuera de los muros del harén.

—La libertad, como la venganza, son del Señor —sentenció el judío—, pero el dinero nos aproxima a ellas.

Más segura y deseosa de los consuelos de la venganza que de los beneficios de la libertad, pactó con el anciano cuanto éste quiso y le facilitó información tan preciosa y precisa sobre la casa de las mujeres, que aquella misma noche el judío Elifaz fue en busca de los castellanos.

El día de su muerte el barón de Crespin se sentía especialmente feliz. La que pocos días antes fuera salvaje y estúpida gallega se había convertido —gracias a la oportunidad del castigo— en dócil amante y confidente de sus más íntimos deseos, que eran los de desposarse con la hija del cadí, quien a la nobleza de su sangre unía la frescura de una juventud, tan bella, que parecíale habría de remozar las negras penas de su alma y hasta detener el envejecimiento de sus huesos.

Eran tan buenas sus intenciones que no queriendo desposarla por la fuerza, procuraba granjearse el favor de la niña, siendo notables los logros que había conseguido, gracias a la ayuda de la gallega. Y así, mientras el barón pensaba en el acierto que tuvo al castigar tan rudamente a aquella mujer, la gallega planeaba su muerte.

La indómita mujer hizo con la hija del cadí lo que el judío hiciera con ella: prometerle la libertad, a condición de que se mostrara menos esquiva con el gobernador de la plaza. La niña, apenas salida de la pubertad, sentía tal terror por los conquistadores, que hubiera hecho cualquier cosa por volver a la casa paterna. Por eso accedió a tocar el laúd en presencia del barón y a cantarle canciones de amor que el malvado anfitrión interpretaba a su favor.

Contribuía a tanto deleite las noticias que le susurraba al oído la gallega sobre las buenas disposiciones de la doncella, mientras le amasaba la espalda con sus poderosas manos (era muy diestra en el masaje, artificio muy apreciado por los árabes) para aliviarle los dolores de una antigua lesión de guerra.

El día señalado coincidió con el de la luna llena y mientras el judío Elifaz se entregaba a sus buenas acciones, Rodrigo Díaz, con otros cuatro caballeros, penetró en la fortaleza por lugar reservado, en tanto Pedro Peláez, con la mesnada en pie de guerra, ceñidos los yelmos y prietas las lorigas, esperaban junto a la poterna de servicio una incierta señal que sólo habría de producirse en el caso de que el de Vivar precisara ayuda para salir del apuro.

Lo que nadie pudo imaginar es que, a las pocas horas, aquella tropilla hubiera ocupado la alcazaba lateral e hiciera ondear en ella el pendón de Castilla, ante los ojos atónitos del judío Elifaz, que tan minuciosamente había elaborado un plan, sencillo y pacífico, para salvar a una doncella y a su dama de compañía, que era la gallega. Pero no contó con la furia homicida de esta última, ni con el talento estratégico del joven castellano.

La gallega, así que puso a la doncella en manos de los caballeros cristianos, que sin dificultad habían llegado hasta la casa de las mujeres, advirtió a Rodrigo Díaz:

—Podéis iros; a mí me queda un recado por hacer.

Y por un pasillo se dirigió a la sala de recreo del castillo, en la que el barón, en compañía de algunos de los suyos, libaba el último vino de su vida. Recibió a la mujer con una sonrisa y ni tan siquiera se extrañó que le alargara los brazos camino de su cuello y ya estaba dispuesto a corresponder a lo que interpretó como muestra de afecto, cuando sintió asfixiarse por la presión de aquellas manos tan diestras en amasar músculos ajenos. Aunque emitió un estertor que pronto se convirtió en el de su agonía, los otros caballeros, distraídos con la música de las cantoras, tardaron en apercibirse de la magnitud del crimen. Cuando lo hicieron no sabían explicar bien lo ocurrido, y se preguntaban unos a otros: "¿Qué ha sucedido? ¿Qué ha sucedido?"

Para cuando sospecharon de aquella indómita y alocada mujer, el barón ya no tenía remedio.

Como fuera costumbre ejecutar a los homicidas mediante tormento, por lo menos de hoguera, a ninguno de los caballeros se le ocurrió dar muerte inmediata y piadosa a la asesina, la cual, una vez satisfecha su venganza, se quedó sumisa como si ya nada esperase de la vida.

También era costumbre que los caballeros manifestasen extremado dolor por la muerte de su señor, profiriendo alaridos, arañándose el rostro y arrancándose mechones de cabellos y en esta disposición estaban cuando apareció por la puerta Rodrigo Díaz, flanqueado por dos de sus caballeros. No era el de Vivar hombre que accediese a una fortaleza enemiga y se resignara a marcharse con poco provecho. Por eso, cuando tan súbitamente desapareció la dama de compañía, ordenó poner a salvo a la doncella por el camino secreto y él siguió el que emprendiera la gallega.

Cuando el estruendo de los llantos y lamentos se difundió por la alcazaba, comenzaron a aparecer diversas clases de gentes de armas y nadie se extrañó de la presencia del de Vivar, cuyo modo de vestir, a la cristiana, en nada se diferenciaba del de los normandos.

Mientras unos y otros se lamentaban y cruzaban reproches al tiempo que iniciaban el tormento de la asesina propinándole toda suerte de golpes, Rodrigo Díaz, en persona, se dirigía a la poterna de servicio y daba entrada a la mesnada que allí aguardaba.

En aquella ocasión mostró el conde Peláez ser buen soldado y bien mandado, pues creyendo que entraba en auxilio de su capitán, ni por un momento discutió las órdenes de éste que fueron las de apropiarse de la alcazaba.

Una tropilla de lanceros castellanos, en medio de una llanura, podía resultar como una gota de agua en el mar, pero en el reducido recinto de un castillo fueron suficientes para hacerse con él, mayormente cuando los normandos no sabían contra quién luchaban y gran parte de ellos encontró la muerte sin saber de dónde les llegaba.

Al amanecer de aquel día, los normandos, sin caudillo que les dirigiera, hubieron de refugiarse en las barbacanas, lo cual permitió la entrada de las tropas de Moctádir, quien se mostraba tan gozoso por el inesperado triunfo que, delante de sus visires, besó en la boca y en ambas mejillas a Rodrigo Díaz y públicamente reconoció a su favor un quinto del botín que se consiguiera, al tiempo que se declaraba tributario del emperador de León y Castilla, señor de ambas religiones y, por sucesión, de su hijo el infante don Sancho.

CAPÍTULO IV

LA PRINCESA ZAIDA

Los vendedores de noticias, a lomos de sus rápidos corceles, hicieron correr la nueva a lo largo de las diversas fronteras, siendo tan celebrada que las gentes salían a los caminos para contemplar el regreso de los guerreros.

El cortejo lo encabezaba el infanzón de Vivar, montado sobre un caballo alazán, regalo personal del rey Moctádir. Los hombres que lo veían pasar se asombraban de su juventud, apenas disimulada por los arreos de guerra, mientras las mujeres se asombraban de su belleza y apostura, de los rasgos delicados de su rostro y de la riqueza de sus vestiduras.

El cortejo se componía de diversas partes, a cual más lucida. A continuación de Rodrigo Díaz marchaban los castellanos, todos ellos, ya, jinetes sobre caballo andador, o palafrén, más su caballo de batalla, y una o dos mulas porteando el botín que les correspondió. Iban después los guerreros de Moctádir que en número de cincuenta se dirigían a pagar las parias al emperador, más un regalo de veinticinco caballos árabes, cada uno de los cuales valía el equivalente a once bueyes de labor. Y cerraba el cortejo el séquito del anciano cadí y señor de Barbastro.

No era desusado para los caballeros cristianos tomar mujer entre las moras, unas veces como esposa, otras como concubina, y el anciano cadí, para que no quedaran dudas de su agradecimiento, le ofreció su hija al joven castellano, incluso como esclava.

—Aunque la tomes como esclava, yo la dotaré como si

fuera tu esposa legítima —le dijo al tiempo que le enumeraba las tierras y castillos que pondría a su disposición, en la marca con Lérida.

Detrás de todo ello andaba el judío Elifaz que le había aconsejado al moro:

—Si consigues que el castellano sea tu yerno, nunca más habrás de temer a tus enemigos. Su estrella llegará tan alto que nadie se atreverá con él.

El cadí respetaba mucho la opinión de Elifaz y por eso le insistía al castellano, convencido que los encantos de su hija harían que si la tomaba como esclava, terminaría por convertirla en su esposa. Pero toda la decisión que tenía el de Vivar para los hechos de armas, se convertía en rubor para los lances de amor. Para defenderse del acoso del anciano sólo se le ocurría invocar la fidelidad debida a su señor, don Sancho.

—Tú has nacido para ser señor de ti mismo —intervenía el judío Elifaz, en parte por interés, en parte por el afecto que le estaba tomando al joven castellano—. Con el anciano cadí llegarás a ser rey de sus tierras y dominios, que alcanzan desde la margen izquierda del Cinca hasta el Segre. Y tú podrás extenderlos hasta las orillas del mar.

El conde Peláez medió en el asunto para recordarle que, conforme al fuero viejo, estaba dispensado de la fidelidad al emperador y a su hijo, el infante, puesto que aquella aventura la había acometido como negocio particular.

—Así será —admitió Rodrigo Díaz que también era muy aficionado a discurrir sobre leyes—, pero yo no me siento dispensado del honor de servir a mi señor natural.

—Si tienes tu reino —le razonaba el conde— podrás pagarle parias al emperador que se sentirá satisfecho con un tributario tan fiel.

—Más quiero cobrar parias que pagarlas —replicó Rodrigo Díaz que, aturdido por tantos consejos, no sabía lo que se decía.

—Tú no has nacido para pagar parias sino para cobrarlas de muchos reinos —profetizó Elifaz—. Por eso, cuanto antes empieces, mejor te irá.

El anciano judío siempre hablaba con gran solemnidad, con el aire de saber cosas que los demás mortales ignoraban, y si le preguntaban la razón de su ciencia, se refería a la sabiduría de la luna en la que era capaz de leer aunque estuviera oculta. De tanta solemnidad parecía deducirse que sólo le interesaban los grandes principios del universo y, sin embargo, luego resultaba que aquella sabiduría la aplicaba para los negocios de este mundo que tuvieran fundamentalmente relación con las monedas de oro y las piedras preciosas.

—Y no temas —continuó el judío— que habrás de presentarte en el reino del cadí con las manos vacías. Yo te fiaré cuanto necesitas para que tus futuros súbditos no piensen que van a tener por rey a un muerto de hambre.

Rodrigo Díaz daba las gracias, cortés, pero seguía su camino al frente del cortejo, pasando grandes apuros porque el cadí no desperdiciaba ocasión de tentarle. Obligaba a su hija Zaida, que era diestrísima amazona, a galopar sobre un caballo blanco, de poca alzada, pero de tan justas proporciones que cualquiera de sus movimientos resultaba gracioso. Hasta los más expertos jinetes se admiraban ante la armonía de la niña, jugando cañas sobre el caballo, para que la viese el castellano.

No era insensible, el de Vivar, al encanto de la princesa adolescente, al misterio de su rostro oculto, pero de cantada belleza, y a sus aires de muchacho, que no disimulaban la morbidez de sus formas.

Eran entonces los campos muy amenos ya que, excepto los que hacían la guerra, los demás vivían en ellos, trabajando las mieses, las huertas o los ganados y por eso los comerciantes iban y venían comprando aquí y vendiendo allí. En cualquier cruce de caminos se montaba una herrería, y un poco más allá una posada que daba albergue a los vendedores de noticias a cambio de sus novedades y la última era el empeño del cadí y la resistencia del castellano.

—No puede hacer ese desprecio a un anciano venerable —decían las buenas gentes que contemplaban embelesadas el paso del cortejo—. Si no quiere casarse con la princesa, por lo menos que le dé un hijo. Un hijo varón, de tal padre, también consolaría la ancianidad del cadí.

Siete jornadas duró aquel viaje y como el cadí viera que llegaba a su término sin conseguir su propósito, cuando acamparon a la altura del Arlanzón, mandó montar su tienda junto a la de Rodrigo Díaz con gran embarazo de éste que no podía negarse a aceptar tan noble compañía.

Cuando llegó la noche, el cadí, de modo ostensible, se retiró con lo principal de sus gentes y dijo al joven castellano:

—Tengo que atender un asunto cerca de aquí. Mi hija se queda con poca compañía; te ruego cuides de ella.

La compañía en la que quedó fue la de otras mujeres del harén que se preocuparon de perfumarla y acicalarla con ungüento de franchipán de muy intenso y conveniente aroma para la ocasión.

Los vendedores de noticias, por el gusto de comunicar aquélla, dijeron por los caminos:

—De esta noche no ha de pasar que la doncella deje de serlo.

Todos la recibieron con gran regocijo por la gran afición que tenían los siervos de la gleba a los amores entre gente principal, sobre todo si no iban seguidos de matrimonio, y podían terminar en cuestiones de honor y sangre.

Pero tanto corrió la noticia que llegó al monasterio de Cardeña, situado a media jornada del campamento. Su abad, Dom Sisebuto, que en tanto tenía la amistad del infanzón de Vivar, mandó tañer las campañas y rogó a los monjes, reunidos, que rezasen por la castidad de su amigo, virtud, a la sazón, muy descuidada por los caballeros cristianos.

Como si el tañer de las campanas de Cardeña llegase hasta su corazón, el de Vivar se sintió removido por tantas promesas como hiciera a Dom Sisebuto de guardar su castidad para Dios, si le llamaba al convento, o para su esposa si era su voluntad que siguiera en el mundo.

Mientras tanto, las mujeres del harén quemaban pasta de Armenia en grandes pebeteros y hacían llegar sus vientos, con abanicos, hasta la tienda del castellano quien embargado por aquellos miríficos aromas sentía perder la razón en medio de tanta soledad. Porque el conde Peláez, como considerase inevitable lo que había de suceder, se retiró discretamente abandonando a su capitán —cosa que no hubiera hecho en el campo de batalla— a una suerte que tantos otros hubiesen deseado.

Así comenzó el calvario de decidir en soledad, que habría de acompañar a Rodrigo Díaz hasta el fin de sus días.

Era noche de estrellas y luna en cuarto menguante, muy propicia según la excentricidad de la órbita lunar para cuestiones de amor, y en el campamento no sólo velaban los centinelas. Reinaba un silencio de cuchicheos en el que unos y otros estimaban las ventajas de lo que había de suceder, que para nadie era indiferente. Mientras los castellanos consideraban la oportunidad de continuar con el emperador o seguir a su joven señor a un nuevo reino en la marca con Lérida, los musulmanes ponderaban si sería preciso que la princesa se cristianara para desposarse con el castellano.

Las mujeres del harén seguían abanicando con tanto entusiasmo los humos de pasta de Armenia, que sus efluvios se extendieron por todo el campamento, embargando a los guerreros que tomaron como cosa propia lo que ocurriera en la tienda real.

—¿Y cuándo sabremos si la tomó o no? —preguntaban los más jóvenes guerreros, desconocedores de las costumbres del amor.

—Si suenan las músicas de las cantoras es que están en ello —contestaban los hombres de la frontera—. Es la costumbre de los árabes.

A los jóvenes guerreros se les secaba la boca de la emoción, sin dejar de extrañarse que actividad tan intensa precisara de distracción musical.

La princesa, educada en la perversión del harén, sabía lo que se esperaba de ella y a nada que el joven caballero le diera una oportunidad, confiaba en no defraudar las ilusiones de su anciano padre.

Sus múltiples madrastras le habían explicado, con detalle, las escabrosidades que agradaban a los hombres y la princesa se resignó a cumplir con lo que convenía a su estirpe real.

La princesa tenía dieciséis años, la color trigueña y el pelo rubio porque era hija de una esclava borgoñona que acabó siendo esposa para morir del parto. Y, sin embargo, los augurios para la que nació entre llantos y muerte eran muy beneficiosos.

—Las jóvenes rubias y bellas siempre tienen buenos augurios —comentó, cínicamente, la más antigua de las esposas.

—Si haces las cosas bien —intervino otra— tendréis hijos muy rubios y muy guapos, que serán reyes.

Y le explicaron, una vez más, lo que tenía que hacer cuando entrara el castellano en la tienda.

—¿Me dejaréis sola? —preguntó la niña.

—¡Ja, ja, ja! —rieron todas a una, muy divertidas—. No

te preocupes, estaremos detrás de las cortinas y te acompañaremos con la música de los laúdes.

La iniciación de una joven servía de gran distracción en el aburrimiento del harén de un dueño ya tan anciano, y las mujeres no se cansaban de probarle distintas clases de vestidos durante la espera, y cambiar de sitio los almohadones del tálamo, la situación de las luces y los aromas de los pebeteros, hasta que llegó una esclava y dijo:

—La loca quiera hablar con Zaida.

La loca era la gallega, gracias a la cual el judío Elifaz conoció el recóndito pasadizo de la casa de las mujeres, y por cuya vesania Rodrigo Díaz consiguió hacerse con la alcazaba normanda. A pesar de tantos bienes obtenidos por su mediación, el cadí decidió mantener la pena de muerte dictada contra ella por los normandos. "La que mata a su señor, cualquiera que sea éste —arguyó—, debe morir. Es la ley. ¿Qué sería de nuestra civilización si no castigáramos a los servidores homicidas?"

Su hija, que había tomado cariño a quien le había salvado de la barbarie normanda, intercedió por ella ante su padre, sin fortuna. Pero también medió Rodrigo Díaz, rogándole al cadí:

—Esta mujer está endemoniada y no puedes ejecutarla sin expulsar antes los demonios de su cuerpo. Iría a los infiernos para el resto de sus días.

—¿Y quién puede sacar tan maléficos demonios de un ser humano? —se interesó el cadí.

—Yo conozco a un hombre santo que lo puede hacer —contestó Rodrigo pensando en Dom Sisebuto.

El cadí, por no disgustar a persona de la que tanto esperaba, accedió al ruego, pero ordenó meterla en una jaula. Al castellano le pareció bien la precaución ya que, cuando la mujer salía de la postración en la que quedó después de estrangular al barón, lanzaba lamentos que no parecían humanos.

También esa noticia la habían hecho correr los vendedores de noticias y las buenas gentes, cuando veían pasar el cortejo con la jaula sobre un carro tirado por dos mulas, se santiguaban y algunas mujeres le echaban agua bendita, pero desde tan lejos que no le llegaba. En cambio, los niños le tiraban piedras y frutos podridos que sí la alcanzaban.

Sólo la princesa, a escondidas de su padre, se acercaba a

su antigua dama de compañía y la consolaba. La loca cada vez estaba más sucia y depauperada porque no quería comer. Con ruegos conseguía la niña que bebiera un poco de leche de burra. Todos los demás hacían burla de la loca, pero no se atrevían a acercarse a ella.

Cuando la esclava transmitió el deseo de la gallega, las madrastras empezaron a discutir sobre su conveniencia. Unas decían que traía mala suerte hablar con los lunáticos y otras que no, pero Zaida, que ya estaba mareada de tanto consejo y de tanto sahumerio, siguió a la esclava hasta la jaula. A la gallega aquel ayuno continuo la había reducido de proporciones y hecho desaparecer el aire de mujer brava que gustaba a los hombres del norte, pero que endurecía su conjunto. Al tenue resplandor de la luna en cuarto menguante, que disimulaba su suciedad y sus harapos, ofrecía una aura de tristeza y desamparo que la embellecía. Sacó la mano de entre los barrotes y Zaida se dejó tomar la suya sin hacer caso del fétido olor que emanaba de ella.

—Zaida, niña mía —díjole la gallega—, no te dejes tomar por el cristiano. Ese hombre no te conviene. Ha nacido para ser como Dios.

—Nadie puede ser como Dios, ni tan siquiera como Mahoma, su profeta —replicó la princesa, como si recitara una oración para reparar la blasfemia de la loca.

—Pues el joven caballero será más que Mahoma, y hará las hazañas de un dios —dijo la mujer con tono profético.

Las madrastras, que a prudencial distancia seguían la escena, quedáronse sobrecogidas sin comprender cómo la loca, que parecía no enterarse de nada, hubiera adivinado aquello.

—Eso lo dice —comentaron las mujeres— porque sabe que el cristiano quiere sacarle los demonios del cuerpo.

La gallega apartó sus manos de la niña y ya no volvió hablar más. Mientras volvían a la tienda nupcial, las madrastras comentaban entre sí:

—¿Cómo va a poder hacer el amor con un dios?

—¿Que cómo? —bromeó con su habitual cinismo la más antigua de las esposas—. Ya lo verás cuando los dejemos solos.

Pero no hubo tal oportunidad. Cuando los sahumerios afrodisíacos, que con tanta tenacidad abanicaban las mujeres del harén, surtieron efecto y despertaron en Rodrigo los perros de la lujuria, salió de la tienda a la intemperie de una gélida noche de principios de diciembre, y a grandes voces reclamó la presencia de la guardia.

—¿Qué ocurre? —se alarmó el conde Peláez que velaba no lejos de allí.

—Se acercan gentes a caballo y con armas de guerra, por la ribera del río —dijo el de Vivar, ante el asombro de los que acudieron, porque en la noche, cubierta de silencio por el manto de la helada, no se oía ni el chasquido de una herradura; pero nadie se atrevió a discutir al caballero al que sabían dotado para ver y oír lo que los demás ni veían ni oían.

Así que desplegaron patrullas por ambas márgenes del río, el de Vivar se metió en su tienda y se puso a dormir con la profundidad de un niño.

El conde Peláez veló el sueño del doncel, rubio como un ángel, y cuando al alba regresaron las patrullas de vuelta del engaño, le despertó y sin más averiguaciones, le preguntó:

—¿Qué explicación daremos al cadí de tu desprecio?

—La verdad —contestó sin una vacilación el de Vivar—. Tengo hecho de voto de castidad del que sólo puedo ser dispensado por el santo abad de San Pedro de Cardeña.

A Pedro Peláez no le extrañó la respuesta por ser costumbre de los caballeros cristianos tal clase de promesas, aunque bien es cierto que fácilmente se dispensaban de ellas, ofreciendo, como reparación, un centenar de misas.

Pero el conde Peláez ya sabía que el infanzón de Vivar no era como los demás caballeros sino que había nacido para cumplir promesas que no estaban al alcance de todos los mortales.

Fue el judío Elifaz el encargado de moderar las consecuencias del desprecio.

Primero lo hizo con las más perjudicadas; las mujeres del harén.

—¿Voto de castidad? —dijeron asombradas—. Eso es para los monjes, no para los caballeros. ¿Qué será de nosotras si otros caballeros siguen su ejemplo?

Y empezaron a lamentarse las que tanto se quejaban de los atropellos de los guerreros cristianos. Luego recordaron las palabras de la gallega y se dieron cuenta que aquél era un caso especial y misterioso.

—Mejor que sea así —dijo la más antigua de las esposas, sin sarcasmo ni cinismo, esta vez—. Ése no es un hombre corriente y quizá su destino no sea amar a las mujeres. Al menos a mí no me gustaría tener a un hombre así en mi lecho.

Las demás se echaron a reír porque la más antigua de las esposas no estaba ya para tener hombres en su lecho.

La princesa Zaida, resignada ante lo que parecía claro designio del cielo, pudo quitarse, por fin, las galas nupciales y dormir tranquila.

Elifaz estuvo muy convincente con el anciano cadí. Después de dejarle que se mesara los cabellos, le advirtió:

—El Dios de los cristianos es un dios muy celoso. Si el caballero incumple el juramento que le ha prestado, puede caer una gran desgracia sobre tu casa. No insistas más.

—Seremos el hazmerreír de toda la frontera —se lamentó el anciano.

—Más valen las risas de los hombres que la cólera de los dioses. Mira que te hablo sabiendo lo que digo. Desde que mi pueblo crucificó al profeta de los cristianos, no nos ocurren más que calamidades.

—Además —intervino la más antigua de las esposas—, no sólo es cosa de los dioses, también andan por medio los demonios. La loca, que está poseída por un demonio mudo, rompió su silencio para advertirle que no se desposara con el castellano.

Como si temiera más a los demonios que a los dioses, dijo el cadí:

—Está bien, está bien. Si no se lleva a mi hija que se lleve, por lo menos, a la loca. No la quiero con nosotros.

Aquella misma mañana levantó el campo el séquito del cadí, y aunque el anciano no se despidió del castellano, le envió presentes por medio del visir y de la princesa Zaida, a la que autorizó a desvelar su rostro en presencia del caballero para que viera a cuánta belleza había renunciado.

La princesa, caracoleando sobre su gracioso caballo blanco, lucía tan hermosa y tan sumisa, que Rodrigo Díaz de Vivar tomó conciencia de que, en tales situaciones, sólo con la ayuda de Dios podría mantener su promesa.

Habrían de pasar veinticinco años antes de que aquellos jóvenes volvieran a encontrarse en circunstancias muy diversas. Rodrigo Díaz, llamado ya, el Campeador, se había convertido en punta de lanza de la cristiandad, frente al imperio almorávide, y la candorosa Zaida se había convertido en la concubina del rey Alfonso VI, también nombrado como emperador de León y Castilla.

CAPÍTULO V

DOM SISEBUTO

Camino de la corte del rey Fernando, en León, hizo el cortejo de los vencedores un alto en el monasterio de Cardeña, situado dos leguas al oriente de Burgos.

La tarde anterior habían caído las primeras nieves del invierno lo que no fue óbice para que el santo abad saliera a recibirlos, al frente de sus monjes, con su raído hábito de estameña y los pies descalzos.

No consintió Rodrigo Díaz que se acercara hasta él, sino que descabalgando ordenó hacer lo mismo a los suyos y avanzó hacia el abad de rodillas sobre la nieve, rindiéndole así el mismo homenaje que al emperador.

Era el abad de Cardeña hombre de mediano cuerpo, de rostro grave y venerable, algo moreno y de buena fisonomía. Decían que todos los que le trataban salían aficionados a la virtud. No era amigo de mucho hablar y su risa era poca y muy compuesta. Sin embargo, era tan enemigo de los espíritus melancólicos que, pese a tanto esplendor como se ofrecía a su vista, de caballeros victoriosos bien armados y alhajados, en lo primero que se fijaron sus ojos fue en la jaula de la loca y a ella se acercó.

—Padre mío —díjole Rodrigo Díaz—, traemos a vuestra caridad esta mujer que suponemos está endemoniada.

—¿Qué hicieron los demonios en ella? —preguntó Dom Sisebuto con la apacibilidad en él habitual.

—Mató a un normando con sus propias manos —le explicó el joven caballero.

—En los tiempos que corren no me parece hazaña extraordinaria —comentó el abad.

—Pero el normando era su dueño —le aclaró Rodrigo Díaz—. Desde que lo hizo no quiere hablar y no cesa de lamentarse.

—En el estado en que se encuentra no me extraña que se lamente —dijo el abad refiriéndose a la pestilencia que emanaba de la mujer, envuelta en unos trapos, amoratada por el frío, con los labios costrosos e hinchados, y los párpados ulcerados.

—Algunas buenas mujeres han intentado curarla rociándola con agua bendita, pero no ha servido de nada —siguió comentando el devoto caballero—. El cadí de Barbastro quería ajusticiarla, pero yo no lo he consentido sin que vuestra reverencia le quitase los demonios que la atormentan. Luego ya se decidirá.

—Antes de quitarle los demonios vamos a quitarle las suciedades —fue la respuesta de Dom Sisebuto.

Y sin más ayuda que la de sus manos desnudas comenzó a sacar de la jaula las podredumbres acumuladas durante tantos días, incluso las heces de la reclusa, sin reparo alguno ni gesto del rostro que revelara desagrado. Y sólo pidió ayuda a sus monjes para que hicieran un agujero en la nieve donde esconder tanta inmundicia. Amaba tanto la limpieza el santo abad, cuenta el cronicón de Cardeña, que la servilleta que usaba en las comidas, al cabo de una semana la encontraban casi tan limpia como el día que se la habían puesto. Quizá ese aseo de Dom Sisebuto contribuyese al suave olor agradable que percibían los que se acercaban a besarle el hábito, y al que no fue insensible la indómita gallega, quien después de olfatear los aires como una loba, tomó aquellas manos y escondió su cara en ellas con sollozos tan sentidos que conmovieron las entrañas de los que presenciaban la escena.

En el cronicón se recogió el sucedido como el *milagro de la gallega loca,* y milagro fue que aquella impía y cruel mujer se tornase en piadosísima y tan entregada a Dios que dicen murió muchos años después, en olor de santidad, y siempre en servicio de la casa del Cid Campeador y de los monjes de San Pedro de Cardeña.

Los vendedores de noticias parece que se pusieron de acuerdo con los mezcladores de verdades y consiguieron que la hazaña de Barbastro llegara tan deformada a la corte del emperador, que tan sólo su señor natural, el infante don Sancho, recibió como se merecía a quien tan fielmente había cumplido su encargo.

De todos los mezcladores de verdades el más famoso fue el conde de García-Ordóñez, incompetente caballero con las armas, pero tan hábil en el manejo de la lengua, que con ella logró llegar a ser el alférez del rey Alfonso VI para hacerle perder en cuantas batallas intervino.

En las largas noches de los inviernos leoneses, los que no querían buscar su fortuna cabalgando por la soledad de las llanuras, lograban triunfos mayores, al abrigo de la lumbre, mezclando verdades para convertirlas en mentiras, y como la familia de los Beni Gómez —a la que pertenecía el conde García-Ordóñez— viera un peligro para su hegemonía cortesana en la ascendente estrella del que fuera maquilero de Vivar, comenzaron a mezclar contra él, diciendo:

—Cuidado con ese joven ambicioso. Para conseguir lo que quiere es capaz de venderse al oro de los judíos. ¿A cuento de qué ha venido en su cortejo el hebreo Elifaz?

No sirvió que Rodrigo Díaz —sin estar obligado a ello por ser negocio particular— entregara el quinto de su botín al infante don Sancho, para acallar a los mezcladores. Éstos insistían:

—El maquilero de Vivar, con tal de ser rey, ha estado a punto de desposarse con una princesa mora, que tenía como dama de compañía a una gallega endemoniada que en las noches de luna llena, en unión del hebreo Elifaz, le aconsejaba lo que debía hacer.

Los mezcladores, para conseguir sus fines, no necesitaban mentir. Les bastaba contar las verdades como les convenía. El conde Pedro Ansúrez, ayo que fue del rey Alfonso, y cabeza de los Beni Gómez, solía decir: "De la mezcla de muchas verdades puede salir una gran mentira."

Hasta el fin de sus días habría de acompañar a Rodrigo Díaz de Vivar la maldición de los mezcladores de verdades.

CAPÍTULO VI

EL REY DON SANCHO

En la Navidad del año 1065, Fernando I el Magno, emperador de León, Castilla, Galicia y Portugal, protector de los reinos árabes de Zaragoza, Toledo, Badajoz y Sevilla, entregaba su alma a Dios con tal decisión de triunfar en su postrer batalla, que asombró a cuantos presenciaron el acontecimiento que fueron muchos y de muy diversa condición.

Los vendedores de noticias, a uña de caballo, la hicieron correr con tal presteza, que dio tiempo para que los siervos de campos distantes llegaran para ver morir a su señor, el más grande monarca de la cristiandad.

El día de nochebuena el emperador, advertido por los físicos de su corte y confirmado por los médicos árabes, que había llegado lo más lejos que podía esperar en esta vida, se hizo conducir a la iglesia de San Isidoro de León. En ella se había mandado labrar un sencillo sepulcro junto al del santo, y allí, con voz desfallecida, confundido entre los monjes, cantó maitines, a continuación oyó la Santa Misa y comulgó bajo las especies del vino y el pan.

Pese a la enfermedad mortal que le corroía no se dispensó de ninguno de los atributos de su realeza, desde el cetro y la corona, de oro purísimos, hasta el manto y las calzas ricamente enjoyadas. Los cientos de hachones y bujías distribuidos por el panteón hacían refulgir de tal modo aquellas riquezas, que parecía impensable que quien tanto tenía y lucía hubiera de morir como los demás mortales. Pero para ejemplo de las gentes allí congregadas, el emperador se despojó por su propia mano de los atavíos reales, se vistió un cilicio asperísimo, y en lugar de la corona de pedrería cubrió su cabeza con ceniza. Así revestido, ofrecía un aspecto tan exangüe y acabado que nadie dudó que eran ciertas las premoniciones de los físicos.

En esta disposición duró dos días, hasta el 27 de diciembre, y dio tiempo para que nadie faltara a su muerte. En primera fila, al pie del altar, colocaron asientos para la que pronto sería reina viuda, para los tres infantes, Sancho, Alfonso y García, y para las infantas Urraca y Elvira. A continuación, sobre bancos de madera, se sentaron los nobles de la corte y en el coro los obispos y abades. Por el resto del recinto sagrado se distribuyó el pueblo llano, que entraba y salía, e incluso alborotaba por intentar ver de más cerca la muerte de quien tanto luchó por el reino de Dios en la Tierra.

Rodrigo Díaz, ignorado todavía por la corte, pero muy apreciado ya por su señor don Sancho, estuvo muy próximo en todo momento al acontecimiento y oyó musitar al emperador, en sus últimos momentos: "Tuyo, Señor, es el poder, tuyo el reino; a tu imperio se someten las potestades celestes y terrenas; he aquí el reino que de ti recibí y de tu mano tuve mientras te plugo, a ti te lo devuelvo..."

Lo decía el anciano monarca con tal unción, que sobrecogido el joven castellano por tanto recogimiento y oración como discurría entre los arcos ojivales del panteón, pudo soñar por un momento que fuera posible que los reinos de este mundo pudieran ponerse en las manos de Dios, y sólo en ellas. Pero a los tres días de la muerte del emperador, el que ya era su rey don Sancho, le nombró alférez de la hueste real y portaestandarte de Castilla y como primera medida el joven monarca concertó un combate singular para recuperar el castillo de Pazuengos en poder de los vascones, designando como su lidiador al recién nombrado alférez.

Murió el piadoso emperador convencido que había puesto su reino en manos de Dios, por el buen acierto que había tenido al dividir dominios tan extensos entre sus tres hijos, asignando al primogénito don Sancho, el reino de Castilla; a don Alfonso, el de León, y a don García, el de Galicia.

Cualquiera de ellos tan abundante en tierras y riquezas que no los había igual en el resto de la cristiandad. Y para que la paz reinara entre ellos, prohibió a sus dos hijas contraer matrimonio a fin de que posibles yernos no perturbaran aquella distribución sabiamente concebida.

Pero el primogénito don Sancho, hombre de carácter noble, pero de mal conformar, advirtió:

—Los godos nos dejaron una ley, y es la de que el imperio de España nunca fuese dividido, sino que fuese todo de un señor. No he de consentir la partición que ha hecho mi padre.

Los más ancianos de la corte, le aconsejaron:

—Olvídate de las anticuadas leyes de los godos. ¿No ves cómo los francos los dividen y así los gobiernan mejor?

Otros le decían:

—Si un reino es demasiado extenso acaba siendo explotado por los señores feudales que se olvidan que tienen un rey. Mejor es dividirlo y así el rey puede administrarlo de cerca.

Pero otros opinaban:

—Si empezamos a dividir los reinos acabaremos como los moros; con tantos reyes como castillos. Sólo les queda tiempo para pelear entre ellos.

Eran discusiones interminables en las que nadie pidió su opinión a Rodrigo Díaz porque era demasiado joven para darla, pese a que no lo fuera para jugarse la vida a fin de recuperar de los vascones el castillo de Pazuengos. Tampoco se la pidieron al judío Elifaz, pero éste se la dio al caballero de Vivar, a quien le unía una amistad creciente.

—Tu señor, don Sancho, tiene razón. Si un monarca divide su reino entre los hijos y éstos, a su vez, entre los suyos, y así sucesivamente, ¿adónde podemos llegar? A que los reyes terminen luchando por un trozo de tierra, como los labriegos por la linde de una huerta. Una vergüenza —le dijo Elifaz que resignado a que hubiera guerras prefería que fueran de gran porte y entre reyes importantes.

Y a continuación le citó un versículo que explicaba que todo reino dividido entre sí acaba destruido. Elifaz no decía nada que no viniera contemplado en un texto sagrado, bien fuera de su religión, o de la de los moros o cristianos, pero en cambio no era muy aficionado a practicar ninguna, excepto en lo de hacer una buena acción con ocasión de la luna llena.

Elifaz era un hombre escéptico que sólo se entusiasmaba cuando veía muchas riquezas reunidas, convencido como estaba de que las iba a necesitar todas cuando fuera viejo.

—¿Pero no eres ya suficientemente viejo? —le preguntaba, asombrado, Rodrigo Díaz.

—No —le explicaba el judío—, en mi raza la vejez se mide por generaciones, y después de mí vienen mis hijos, y los hijos de mis hijos que también necesitarán las riquezas.

El judío Elifaz tenía una familia muy complicada de conocer porque la mantenía oculta, sobre todo a las hijas. También tenía muchos criados, de muy diversas naciones, que viajaban por todos los países del mundo haciendo negocios para su amo.

—Además —le advertía a Rodrigo Díaz—, yo debo tener riquezas en muchos lugares pues nunca sé en cuál de ellos me tocará vivir.

Esto lo decía por la mucha afición que tenían los monarcas cristianos a expulsarlos de sus reinos.

De momento había decidido establecerse en Castilla, en la ciudad de Burgos, a la sombra de la estrella del alférez al que reprochaba con gran respeto:

—Mi señor, no tienes por qué aceptar batirte en duelo individual con un caballero vascón. Lo prohíbe tu religión.

Eso era cierto y los santos abades de los monasterios de Oña, Arlanza, Silos y Cardeña reprendían a los caballeros aquella sacrílega decisión de someter al juicio de Dios sus asuntos temporales, mediante combate mortal. Pero servía de poco porque además de aceptarlo y detallarlo el Fuero Juzgo, era muy del gusto de los cortesanos, incluso de las señoras que fingiendo sentir compasión por los que habían de cruzar sus armas hallaban tanto placer en ello que acabó siendo costumbre convertir el duelo en una fiesta muy apreciada en tiempos en las que tan pocas había. En atención a las damas se adornaban los palenques con tapices y se montaban tribunas con asientos para que pudieran contemplar la lidia.

De todos los lidiadores los más afamados eran los vascones, tan aficionados al palenque que lo empleaban para toda clase de contiendas, hasta de animales entre sí. También gustaban de competir en destreza en cortar troncos, o en arrastrar piedras, ejercicios todos muy convenientes para los caballeros armados si no fuera por la mala costumbre de cruzarse envites de dinero, tierras y hasta esclavos, que en ocasiones causaban la desgracia de familias enteras.

Y de todos los vascones el más famoso lidiador era el caballero Eximino Garcés, señor de Lizarra, cuya nobleza de sangre y espíritu, unidas a sus fuerzas y valor indomable, eran tan notorias que el rey navarro no dudó en designarlo como su defensor frente a las pretensiones castellanas.

El rey Sancho era de corta estatura, pero tan membrudo y decidido en la lucha que pocos podían con él. El sañudo monarca añoraba las viejas leyes de los godos que permitían al rey protagonizar los duelos individuales, convencido como estaba que no había señor en toda la cristiandad capaz de vencerle.

—Te he de enseñar cuanto sé —le decía a su fidelísimo vasallo Rodrigo, al tiempo que se ejercitaba con él en el uso de la espada, la lanza, el hacha y el puñal.

El monarca se asombraba que un alférez tan juncal y ligero de peso pudiera aguantar sus tremendas embestidas, pero más asombro le hubiera producido saber que el joven caballero hacía para que su señor saliera siempre vencedor, con tal disimulo que el monarca, después de cada combate con su alférez, salía más convencido de su imbatibilidad.

El conde Pedro Peláez, de la misma edad que el rey e incluso de mejor sangre por parte de padre, aunque muy manchada por la de Velasquita, la pulquérrima aldeana de Mieres, advertía a su señor:

—¿Por qué has de someter el castillo de Pazuengos a la lid de caballeros armados? ¿No tienes, acaso, el derecho a tu favor? ¿No puedes demostrar mediante inquisidores que pertenece a Castilla desde los tiempos de Fernán González? ¿Por qué arriesgarte a perder el castillo y a tu mejor caballero? ¿No te das cuenta de que esos duelos son mirados por la Iglesia como absurdos e impíos?

El rey escuchaba cecijunto, se santiguaba respetuoso cuando se invocaba a la Iglesia, pero no cedía un ápice de su determinación.

—Si el Fuero lo permitiera, sería yo mismo quien lidiara —decía por toda razón—, pero como ahora le atribuye esa función al alférez real, ha de ser Rodrigo el que lo haga.

La reina madre intervino y dijo:

—Mejor que luche contra los vascones que contra sus hermanos. Que lidie Rodrigo y si pierde, el Señor no lo quiera, ya se verá lo que se hace.

La reina madre había obtenido de su hijo Sancho la promesa de que respetaría la partición del emperador, por lo menos mientras ella viviera, y conocedora de su belicoso temperamento le pareció un recurso muy socorrido batallar contra los vascones que también eran muy aficionados a pelear.

Conviene aclarar que estos vascones eran los de la parte de Navarra, porque los otros, los de la parte que decían de Ipuzcoa y Vizcaya, vivían muy pacíficos en sus montañas, y unas veces dependían de los reyes de Navarra y otras de los de Castilla, pero sin ninguna afición a las intrigas cortesanas.

El judío Elifaz andaba muy metido en el séquito del rey don Sancho, en funciones de tesorero, siempre lamentándose del peligro que corrían sus dineros en manos de gente tan preocupada por su honor como descuidada de su hacienda. El judío Elifaz era un avaro amable que sabía ser desprendido con sus amigos, y al caballero de Vivar, cuando vio que era inevitable que combatiera con el de Lizarra, le prestó una loriga traída de Francia, labrada a punto de malla, en hierro bruñido, y, además, unas espuelas de plata. Con eso demostró la confianza que le hacía al castellano, pues era costumbre que el vencido, aparte de perder la vida en la mayoría de las ocasiones, perdiera también todas sus armas y pertrechos guerreros que pasaban a poder del vencedor.

—Y aunque pierdas, mi señor —le advirtió el judío, con sensatez—, no seas necio y no te hagas matar. Si ves que el vascón puede más que tú, así que recibas alguna herida honorable, ríndete y que se quede con el castillo y todas tus pertenencias que ya las recuperaremos en otra guerra más larga y mejor organizada, que es inevitable suceda. Es más, si pierdes —le animó— le harás un servicio a la reina madre, porque Sancho no se ha de conformar y declarará la guerra al rey de Navarra y así no podrá luchar contra sus hermanos.

El judío Elifaz tenía que discurrir mucho sobre las ventajas e inconvenientes de que ganaran unos u otros en guerras y guerrillas tan complicadas, con sus caudales siempre por medio con riesgo de perderse.

En cambio, Rodrigo Díaz se mostraba más tranquilo porque lo único que podía perder era la vida y ésta no le pertenecía, pues hizo ofrenda de ella a Dios y a su señor don Sancho el día que fue investido caballero.

—Pero a Dios —le advirtió Dom Sisebuto cuando, conforme a su costumbre, hizo un alto en Cardeña, camino de Pazuengos— no le gusta que pongas en liza tu vida en duelo individual.

—Ya lo sé, padre mío, pero es la costumbre de nuestros mayores, admitida en el Fuero. No puedo desobedecer al rey —replicó con aparente compunción el caballero.

—Ni puedes, ni quieres, hijo mío —reprendióle el santo abad—, porque te gusta lidiar tanto como a él.

A pesar de la reprimenda le dio su bendición y mandó en su compañía a un joven monje del monasterio, buen andador, para que le atendiera en confesión en el supuesto de que le tocara morir.

Supersticioso, como todos los caballeros, no quiso marcharse de Cardeña sin conocer el augurio de la gallega de quien se decía que, a pesar de la expulsión de los demonios, seguía teniendo el don de la profecía.

Vivía la antigua cortesana en una apartada dependencia del monasterio en compañía de otras piadosas mujeres que se ocupaban en diversos trabajos, algunos muy nobles, como el cuidado de los ornamentos destinados al culto, y otros muy viles, como la limpieza de los cerdos. De este último se ocupaba la gallega por su gusto y por emular al hijo pródigo, quien antes de volver a la casa del Padre, hizo el mismo menester.

La que fuera mujer de lucidas formas, apetecida por sinnúmero de hombres a los que ella complacía según le diera, vestía ahora de estameña y sin afeites de clase alguna. Pero tal pobreza no alcanzaba a disimular el encanto que emanaba de una virtud que tanto le costaba adquirir, pues acostumbrada a dejarse llevar de sus arrebatos, no lograba librarse de ellos y lo pagaba con los cerdos a los que golpeaba cuando ofrecían resistencia a sus cuidados. Dom Sisebuto le advertía: "El que maltrata a los animales, que son criaturas de Dios, acaba también por maltratar a sus hermanos, los hombres." Era tan insólita la santidad del abad en tiempos de entronizada violencia que los que se sentían tocados por ella llevaban vida de extremada penitencia para compensar tantos desafueros como cometían los que habitaban en el mundo exterior. Además, la gallega tenía que purgar los innumerables pecados de su vida pasada, incluido el de ajusticiar al barón normando sin darle oportunidad de confesión.

Mostrábanse los prados de Cardeña en aquel principio del verano, tras una primavera lluviosa, de un color verde y esperanzado que invitaba al sosiego. La gallega, recristianizada con el nombre de Ermelinda, pasaba las cuentas de su rosario sentada sobre una piedra, mientras con un ojo vigilaba los cerdos que hozaban entre los encinares y con el otro a las vacas que pastaban en la falda del otero. Cuando era cortesana parecía una mujer madura, de vuelta de todo entusiasmo, y ahora, vestida de aquellas trazas, los ojos claros, la tez sonrosada, la mirada sumisa, parecía una doncella y sólo cuando se ponía de pie, su descomunal estatura descomponía la sencillez del conjunto.

—¿Y tú te llamas caballero cristiano? —reprendió Ermelinda a Rodrigo Díaz cuando éste le requirió su augurio para el combate de Pazuengos, que ya era inminente—. ¿Quién conoce los designios de Dios? ¿Cómo voy a saber yo, una pecadora, lo que te pueda ocurrir en un sitio que no conozco, cuando ni tan siquiera sé si esa vaca de allá conseguirá saltar la cerca o no?

Y mientras esto último decía lanzó una piedra de sobaquillo hacia la vaca rebelde, pero como estuviera muy lejos no la alcanzó. El animal se limitó a levantar la cabeza y continuó sus intentos de atravesar un espino, detrás del cual intuía pastos más jugosos.

El de Vivar, desembarazándose de la capa y del tahalí, tomó el cuero que le servía de cinto y doblándolo hasta formar una honda, colocó en ella un guijo bien elegido, y lo lanzó con tal fuerza y destreza que la vaca, aun antes de que le golpeara la grupa, ya estaba asustada por el zumbido amenazador de lo que se aproximaba y desistió de su intento.

—¡Alabado sea Dios! —exclamó la gallega asombrada ante tanta destreza—. Con tan buena puntería pienso que no necesitas más augurios favorables.

Rodrigo Díaz, desprendido de sus vestiduras nobles —el tahalí cuajado de pedrería y la capa brocada de oro y plata— tenía el aire de un muchacho divertido con su hazaña, pese a que ya estaba para cumplir los veintidós años.

—¿Tienes acaso miedo de lidiar con el vascón? —le

preguntó la mujer, conmovida ante aquella juventud sobre la que pesaban, ya, tantas responsabilidades.

—¿Miedo? —se extrañó quien tantos años tardaría en conocerlo.

Profeso para ser caballero sabía que su destino era combatir y no se le ocurría mezclar su profesión con un sentimiento propio de los nobles de primera nobleza, señores de tierras, siervos y castillo, que mucho tenían que perder. Pero para un infanzón de segunda, sin más riquezas que las puestas, recién elevado a una dignidad militar impropia de su edad, era aquélla una oportunidad en la que mucho tenía que ganar y poco que perder. Con los años se convertiría en un caballero muy oportuno en negociar soluciones que evitaran las contiendas armadas, pero en aquel verano del 1066 marchaba camino de Pazuengos con la ilusión de conseguir para su señor, con la sola fuerza de su brazo, plaza tan preciada.

Es más, tan dichoso iba al combate, que no sentía ninguna añoranza —como le ocurriera en ocasiones más inciertas— de los que se quedaban encerrados entre los muros de un convento en el más arduo combate de domeñar sus propias miserias.

—Yo sí tengo miedo de morir —le confesó la gallega— y le pido al Señor una larga vida para purgar tantos pecados como he cometido.

Rodrigo Díaz, enseñado por Dom Sisebuto a ser compasivo con los pecadores, consoló a la mujer fingiendo una madurez que no tenía.

—Ten en cuenta, mujer, que el Señor es comprensivo con las que, como tú, se han visto forzadas a pecar.

—No lo creas, mi señor, que muchas veces encontraba mucho gusto en holgar con los caballeros.

Ante tanta sinceridad le subió el rubor al joven capitán que, embarazado, se dispuso a marchar, pero la mujer insistió:

—Pero aquellos placeres no son nada comparados con el que sentí al ahogar con mis manos al barón de Crespin. Gran justicia hubierais hecho si me hubieseis mandado a la hoguera, como quería el cadí. No hay misas en este mundo que me dispensen de tantos siglos como he de pasar en el purgatorio.

Hablaba con tanto sentimiento y sinceridad Ermelinda

la gallega, que Rodrigo Díaz se sentía edificado oyéndola y quedó muy confortado cuando la mujer le despidió diciéndole que desde aquel día hasta el del combate no dejaría de rezar por él a la hora de maitines y de vísperas.

—Pero también pediré por el vascón —le advirtió— porque peleando contigo pienso que lo puede necesitar más que tú.

Quedó muy confortado porque interpretó esto último como el buen augurio que había ido buscando. Por eso, cuando al salir del monasterio camino de su destino le sobrevolaron tres bandadas de sisones, una tras otra, entrándole por la izquierda, el lado bueno según la tradición romana, tuvo por cierto que en aquella empresa todo estaba a su favor.

Capítulo VII

EL CABALLERO DE LIZARRA

Mientras tanto, los vendedores de noticias procuraban darle al caballero de Lizarra las que pudieran ser más de su gusto.

—El rey Sancho es un monarca joven e inexperto —le dijeron—. Por eso se le ha ocurrido mandar a otro caballero tan joven e inexperto como él, a lidiar contra quien cuenta sus duelos por victorias.

El caballero de Lizarra no era insensible a aquel halago, pero como buen vascón, receloso y aldeano, preguntaba:

—¿No es ese inexperto caballero el que logró romper las defensas de los normandos, en Barbastro?

—Se valió de malas artes, mi señor —le explicaban los vendedores de noticias—. Empleó a una ramera embrujada para asesinar, traicioneramente, al gobernador de la plaza.

Eximino Garcés de Lizarra tenía la color rubicunda propia del caballero bien alimentado, lo que confería a su rostro un aire apacible que engañaba a los que no le conocían bien.

—Pero esas mañas no le han de servir en palenque abierto frente a vos —le halagaban los vendedores de noticias que fingían extasiarse ante las notables proporciones del campeón del reino de Navarra.

—¿No dicen —insistía receloso el caballero— que viste una loriga traída de Francia con una malla de hierro bruñido, impenetrable?

—¡Ja, ja, ja! —rieron los vendedores para disimular la sorpresa que les producía lo mucho que sabía quien vivía en tan apartado rincón de los Pirineos—. ¿Una loriga de hierro bruñido? ¡Ja, ja, ja! Más bien será de latón porque se la ha regalado el judío más miserable que existe sobre la tierra.

Eximino Garcés luchaba muy a gusto con diversas clases de armas porque era un hombre que había nacido para hacer crujir a la naturaleza. Contábase de él que en un solo día clareó un hayedo, en la marca con Francia, valiéndose de un hacha de tan descomunales medidas que únicamente la podía manejar él. Según caían los árboles abatidos por terribles golpes que hacían retemblar el bosque, salían huyendo sus silvestres moradores, pero de poco les valía porque el caballero de Lizarra, cambiando el hacha por la lanza y usándola a modo de jabalina, ensartaba los venados a más de quince pies de distancia.

A pesar de la gran afición que tenía a las apuestas, y de las muchas ventajas que daba a sus oponentes con tal de lidiar, casi nadie se atrevía a enfrentarse con él en juegos de fuerza o destreza. Por eso, la determinación de someter a lid de caballeros armados el castillo de Pazuengos, siendo él el mantenedor le pareció un señalado favor del cielo.

Eximino Garcés, tenía treinta y tres años y decía estar en la mejor edad por ser la misma que contaba Cristo al término de su vida en esta tierra.

—Que tenga cuidado no vaya a ser, también, el término de la suya —dijo la bruja de Munarriz, con clara intención de echarle mal de ojo por el odio que tenía al caballero que la había mandado cegar por pervertir a las doncellas.

Eran los vascones muy aventajados en asuntos de hechicería y sus brujas muy estimadas, sobre todo por su habilidad en la preparación de filtros de amor. Y si bien la mayoría se mostraban pacíficas y deseosas de ayudar a los caballeros en sus problemas de amor, la de Munarriz era tan malvada y codiciosa que el caballero de Lizarra, cansado de sus aojamientos, la mandó cegar conforme ordenaba el fuero.

Pero la maldad de la de Munarriz no estaba en los ojos del cuerpo, sino en los del alma. Por eso, el anterior mensaje se lo hizo llegar a través de Estefanía, primogénita del caballero, doncella de doce años, pero con tales apuntes de hermosura que el conde Mateo, señor de Viana y primo del rey de Navarra, quería desposarse con ella aun comprometiéndose a respetarla hasta que cumpliera los catorce años.

La bruja de Munarriz se movía por los bosques, sin ojos, con la misma seguridad que los murciélagos en la noche.

Y cuando mandaban soldados en su búsqueda, para terminar de una vez con ella, no lograban encontrarla y nadie sabía dónde podría tener su refugio. Porque nadie podía imaginar que lo tuviera en el mismo castillo del conde Mateo, tan loco por desposarse con la doncella, que se fiaba de cuanto le decía la bruja con tal de conseguirlo.

—Cuando os caséis con Estefanía os daré un remedio hecho con su sangre que os volverá tan joven como ella.

Al conde Mateo se le caía la baba oyendo a la bruja, pues era un viejo caquéctico, de setenta años, sin más función vital que su pasión senil por Estefanía de Lizarra.

El día que la bruja sorprendió a la joven en el bosque de Estella paseando con su dueña, después de augurarle la muerte de su padre a manos del castellano, le dijo que ella tenía el remedio para que esto no ocurriera.

—Tu padre ya no me puede devolver la vista que me quitó, pero yo sí le puedo devolver la vida que está a punto de perder.

La niña, aterrorizada, echó a correr tapándose los oídos, pero su dama de compañía, mujer madura, endurecida por la brega de la vida, le dijo:

—Te advierto, mala mujer, que yo no creo en brujerías, y menos en las tuyas, que si de algo te hubieran servido no estarías ciega para el resto de tus días.

—Razón no te falta, hermana —replicóle la de Munarriz, que sabía muy bien cómo tratar a las dueñas solteronas, siempre preocupadas por la temible vejez—, pero tengo un negocio que ha de ser de gran provecho para la casa de Lizarra, para nuestro señor, el conde Mateo, y algo ha de tocarte a ti, también, mujer.

Tal arte se dio aquella malvada que consiguió que la dueña la introdujera en el castillo de Lizarra para hablar con su señora, la condesa, famosa por su cándida vanidad.

Cuando le propuso el negocio, que no era otro que el del matrimonio del viejo y la niña, se indignó la condesa porque la desproporción de edades resultaba escandalosa incluso en tiempos de desaforados esponsales.

—¿Y en eso veis inconveniente, nobilísima señora? —fingió asombrarse la hechicera, al tiempo que añadía con humilde cinismo—: Así le durará menos el marido.

A su vez fingió asombrarse la condesa, con muestras de gran enojo, a las que replicó festiva la de Munarriz:

—Disculpadme, señora, no he querido ofenderos, pero el conde Mateo tiene setenta años y no hay físico que le dé más de dos años de vida. Por eso, aunque se case con vuestra hija, tened por cierto que os la devolverá entera.

Como viera que la dueña, presente en la entrevista, riera esto último como una gracia, se creció la bruja e insistió:

—Os lo juro, mi señora, aunque el conde no cumpliera el pacto de respetarla en dos años, de poco habría de servirle. Lo más que tendría que hacer vuestra hija sería calentarle el lecho. ¡Ja, ja, ja! —rió la maldita, permitiéndose dar un codazo de complicidad a la dueña.

No le pareció inoportuno, ni mucho menos, el comentario a la condesa, pero insistió con su fingido enfado:

—¿Por qué dices semejante atrocidad?

—¿Atrocidad? La pura verdad, mi señora. El conde lo único que quiere son caricias de juventud al final de sus días, que son tan pocos que para cuando os queráis dar cuenta vuestra hija quedará libre y tan doncella como antes, pero condesa de Viana, dueña de tres mil siervos y con un palacio en Pamplona, junto al del rey, nuestro señor.

Esto último fue lo que decidió a la condesa, aburrida de vivir en los bosques de Estella, lejos de la corte, con un marido cuyo único entretenimiento eran las pruebas de fuerza y destreza.

Las posesiones del conde Mateo se extendían por todo el reino de Navarra, parte del de Bearn y llegaba hasta Estella a donde le transportaban en silla de manos —no podía soportar el traqueteo de un carro— para ver pasear a la niña. A Estefanía de Lizarra, aunque le daba repugnancia ver babear al conde a su paso, no dejaba de hacerle cierta gracia la situación. Y cuando la dueña le decía: "Mira, mira cómo suspira por ti el más noble caballero de Navarra", la niña le respondía, riendo: "Querrás decir cómo babea. ¡Ja, ja, ja!"

Pero la risa se le congeló en los labios cuando su madre le comunicó lo conveniente que sería para la casa de Lizarra su matrimonio con el señor de Viana.

Mientras los vendedores de noticias seguían recorriendo las fronteras, vendiendo la del duelo entre caballeros por el castillo de Pazuengos sobre el que tan empeñados estaban dos principalísimos reyes de la cristiandad, la ciega de Munarriz, demostrando su portentoso y demoníaco talento, conseguía que el caballero de Lizarra vendiese su alma al diablo, apostando su vida contra el palacio de Viana.

—¡No he de consentir que mi hija se case con ese viejo crapuloso! —gritó el caballero al enterarse de la torticera maniobra que se traía su esposa con la bruja de Munarriz, y que había provocado tal síncope en la doncella que la tuvieron que sangrar.

Cuando Eximino Garcés rompía su rubicunda placidez, temblaba todo el señorío de Lizarra, con tal estruendo que los criados andaban de puntillas lo más lejos posible de la cólera de su señor, quien, para desahogarse tomaba su hacha preferida y acometía a la naturaleza circundante, bien segando árboles de un solo tajo, bien arrancando piedras que no podían levantar entre cuatro hombres.

Temblaba todo el señorío de Lizarra, excepto la condesa, que perseguía por los campos a su marido, increpándole:

—¿Y para qué te sirven tantas fuerzas? ¿Qué has sacado con ello? ¡Aquí seguimos viviendo en el bosque, como aldeanos! ¿Y qué pasará cuando ya no puedas lidiar en duelo individual? ¿Qué herencia vas a dejar a tu hija? ¿Cuatro vacas y una docena de criados hambrientos?

Para no matarla, como hubiera sido su gusto, el caballero siguió con sus hazañas de fuerza, causando la admiración de sus vasallos que seguían la disputa desde lugares disimulados. Mientras con tanto desahogo menguaba su cólera, aumentaba la de su mujer ante tanta tozudez y le dijo lo único que el caballero de Lizarra no podía dejar pasar sin adecuada respuesta.

—¿Sabéis lo que os digo, mi señor? Que ya no sois ningún joven y hay quienes apuestan contra vos y a favor del caballero castellano, en el duelo de Pazuengos.

—¿Ah, sí? —preguntó con sorna quien tanto amaba los envites—. Decidme quiénes son porque desde este momento acepto cuantas apuestas quieran presentarme.

Enfurecida aquella vana mujer ante lo que consideró un desprecio, dijo:

—¡Yo misma apuesto todos mis bienes parafernales!

Frase más afrentosa no pudo decir: jugarse todos los bienes que había heredado de su padre, el conde de Pallarés, de los que se sentía orgullosa y codiciosa, apostando por la derrota de su marido y señor, sumió a éste en un cólera sorda y contestó sombrío:

—Sea. ¿Contra qué los apostáis?

La respuesta de aquella enloquecida mujer sólo podía ser una:

—Contra los esponsales de nuestra hija con el señor de Viana.

Desde que los soldados de Pilato se jugaron las vestiduras de Cristo, al pie de la cruz, estaban prohibidos toda suerte de juegos de envite y azar en los dominios de la cristiandad. Pero en el país de los vascones andaba el vicio tan arraigado que hubieron los obispos de conceder una bula autorizándolo con ocasión de festejos populares, para evitar males mayores.

En ningún caso una lid de caballeros armados podía considerarse festejo popular y, sin embargo, también se cruzaban apuestas entre gentes que se decían piadosas. Pero lo que excedió de toda medida fue el envite que aceptó el caballero de Lizarra, de su misma esposa, empeñando en la apuesta su propia vida.

La noticia era tan terrible que los vendedores de noticias no se atrevieron a propagarla por temor a ser excomulgados.

Y el capellán de Lizarra, un anciano benedictino colmado de sabiduría y santidad, negó la absolución al caballero en vísperas del combate.

Eximino Garcés quedó contrito, pero decidido a no desaprovechar tan señalada ocasión de dar una lección a su esposa. Si perdía sus bienes parafernales, de los que tan orgullosa se mostraba, se tornaría más sumida y resignada a vivir de acuerdo con los gustos de su marido. El caballero de Lizarra, noble y desprendido, estaba poseído por la pasión del juego.

La bruja de Munarriz no cabía en sí de felicidad. De tal modo había privado de sentido a la vanidosa condesa que ésta hacía cuanto le decía.

Y en lo que se refiere al conde Mateo consiguió, mediante bebedizos, restaurarle el apetito carnal, de manera que el anciano señor, aparte del embeleso que sentía por la belleza de la niña, soñó con la posibilidad que le fomentaba la bruja maldita.

—Ya sabéis, mi señor, lo que reza el dicho popular: antes pierde el viejo el diente que la simiente —le decía al tiempo que le limpiaba la baba—. O sea, que todavía habéis de tener descendencia con Estefanía de Lizarra.

Y le explicaba cuánta juventud y beneficio habría de reportarle aquel matrimonio para cuya consumación sólo era necesario que el orgulloso y estúpido Eximino Garcés perdiera en la lid de caballeros armados.

Claro está que de paso Navarra perdería el castillo de Pazuengos, pero su valor, a los ojos del anciano, era tan insignificante comparado con las delicias prometidas, que accedió a que un criado de su confianza preparase el duelo de modo que al castellano le resultara sencillo cortar la cabeza al mantenedor del reino de Navarra.

La víspera del día señalado Rodrigo Díaz de Vivar hizo noche en el monasterio de San Millán de la Cogolla, ya en tierras de Navarra. Su séquito lo componían doce caballeros de Castilla, a las órdenes del conde Pedro Peláez, más el monje profeso y dos novicios que se agregaron durante el camino. En el monasterio se les unieron los jueces de la lidia que eran tres: uno por el reino de León, otro por el de Aragón y el tercero era el conde de Barcelona en persona.

A las puertas del monasterio montó su tienda el judío Elifaz, a quien su religión no le permitía entrar en templo de gentiles.

Velaron la noche unos y otros, pero de muy distinta manera. Era obligación del mantenedor pasar la noche en oración, pero ante la admiración y aun escándalo de los que le acompañaban, el joven caballero de Vivar se durmió sobre el duro banco de madera de la iglesia, sin que los cantos y rezos de los monjes que velaban con él fueran capaces de despertarle.

Mientras tanto, el judío Elifaz, como conociera la costumbre vascona de las apuestas, mandó a sus criados para que cruzasen algunas. Pero las noticias que le trajeron le sumieron en el desconcierto. Apenas mediaban envites como si las gentes temieran mezclarse en la sacrílega apuesta que profanaba el vínculo matrimonial de los condes de Lizarra.

Cuando Elifaz se enteró de que andaba por medio una

bruja muy experimentada en mal de ojo y bebedizos, desistió de apostar a favor de su campeón.

Amaneció el día con tal profusión de hermosura que pensar en la muerte parecía necedad. Las campanas del monasterio repicaron alegres para la primera misa y la iglesa se llenó del pueblo llano que quería ver de cerca al paladín castellano. A continuación se formó la comitiva encabezada por los tres jueces, seguidos por el conde Pedro Peláez, que portaba el pendón de Castilla, más los doce caballeros, en fila de a dos, y en el centro Rodrigo Díaz de Vivar. Por prescripción del Fuero vestía el caballero tan sólo una túnica de lienzo crudo con peto de cuero, hasta media pierna, y la cabeza destocada, lo cual, en contraste con los caballeros armados que le rodeaban, acentuaba su aire de doncel.

Los campesinos que les veían pasar, y los que se incorporaban a la comitiva camino del palenque, conocedores de la invencibilidad del caballero Garcés, se compadecían de él. A la mitad del camino se incorporó a la comitiva el judío Elifaz y prevaliéndose de su condición de tesorero real se acercó a Rodrigo Díaz y le susurró al oído:

—Mira lo que ocurre, mi joven señor: al conde de Lizarra le han negado la absolución porque ha cruzado una apuesta con su propia esposa. Por eso, según las leyes de vuestra religión, caso de que le mates irá directamente a los infiernos. ¿Qué piensas hacer?

—Herirle de manera que tenga tiempo de pedir confesión antes de morir —contestó sin inmutarse el de Vivar.

El conde Pedro Peláez arrimó su caballo a la mula del judío y le reprochó:

—¿Por qué distraes al caballero con chismes de mujeres antes del combate?

—¿Son chismes de mujer el destino del alma de un caballero cristiano? —se escandalizó Elifaz—. Mis criados me han traído puntual información y la situación es la siguiente: caso de que el señor de Lizarra pierda el combate y con él la apuesta, su hija Estefanía deberá contraer esponsales con el príncipe de Viana que es un viejo decrépito y disoluto de más de setenta años. Pero la doncella, que sólo tiene doce años, siente tal repugnancia por el anciano que ha jurado quitarse la vida antes de casarse con él.

—Ese juramento es sacrílego —dijo Rodrigo Díaz que

era muy aficionado a cánones y juridicidades—. Nadie puede disponer de su propia vida.

—Me temo, mi señor —ironizó Elifaz abusando de su condición de funcionario real—, que en este negocio hay demasiados sacrilegios. Empezando por la celebración de este duelo. Vuestra religión es muy estricta al respecto.

—Te ruego, buen hombre —le exigió Rodrigo Díaz sin perder la compostura—, que te abstengas de enjuiciar nuestra religión.

—Perdonadme, mi señor —dijo Elifaz con una humildad que no engañaba a nadie—, pero me preocupaba por vos. Una cosa es luchar por un castillo arruinado que a nadie interesa, y otra es batirse con un campeón que ha puesto en juego su vida y la de su única hija. Recurrirá a lo que sea para salir vencedor.

La razón era de tanto peso que el conde Pedro Peláez se removió inquieto en su silla de montar. No así el de Vivar, que con la insolencia de su juventud dijo al judío:

—Si tienes miedo de que pierda la loriga que me has prestado y las espuelas de plata, te las puedes llevar. No las necesito para el combate.

—Temo por vuestra vida, mi señor —replicó sentidamente el judío Elifaz—, que para mí vale más que todas las espuelas de metales preciosos del mundo entero. ¿No comprendéis que el caballero vascón tiene que salir vencedor, por encima de todo?

Lejos de dejarse influir por los desinteresados sentimientos del hebreo, le dijo Rodrigo Díaz, altanero:

—A pesar de todo, podéis llevaros vuestra loriga y vuestras espuelas. Prefiero no vestir sobre mi cuerpo nada de un hombre tan pusilánime. Me podría traer mala suerte.

Acostumbrado a ser maltratado de palabra y aun de obra por los caballeros cristianos, el judío Elifaz, sin ofenderse, se dirigió al conde Peláez quien para disimular la inquietud que le producían las palabras del funcionario real hacía caracolear su caballo con paso de través.

—Señor conde, vuestras leyes son muy sabias y admiten variadas interpretaciones; si vos queréis podéis concertar la lid de manera que no sea a muerte. Que crucen sus lanzas y los jueces decidan quién es el ganador. Así es muy posible que la lid quede en empate. ¡Que se queden los navarros con el castillo! ¿A quién le interesa semejante miseria?

Esto último lo decía señalando el castillo de Pazuengos que se ofrecía a su vista, a dos leguas de camino, perfilándose sobre un cerro, tan ruin y desmantelado que las palabras del judío parecían de tal sentido común que el conde Peláez le dijo a su joven amigo:

—En eso Elifaz lleva razón, tengo facultades para concertar las condiciones de la lid...

—No hay más condiciones que las que señala el Fuero Juzgo —le interrumpió el de Vivar, ejercitando su autoridad.

Se hizo un silencio enojoso que rompió Elifaz comentando con aire distraído:

—Se me olvidaba deciros, mi señor, que la bruja de Munarriz, la más poderosa de la región, está interesada en el resultado de la lid.

—¿Bruja? ¿Qué bruja? —preguntó perdiendo la calma el joven caballero, al oír la temible palabra.

—Ya os lo he dicho. La de Munarriz.

—¿Y de qué parte están sus intereses? —preguntó quien no temía a los hombres, pero sí a los espíritus malignos.

El judío Elifaz, no queriendo arriesgar juicios en cuestión de tanta trascendencia, se limitó a decir:

—¿De parte de quién va a estar una bruja? ¡Del demonio! Y quiero recordaros, mi señor, que vuestro demonio y el mío es el mismo: Belcebú.

—Pero con la diferencia —replicóle Rodrigo Díaz para disimular el desasosiego que le había producido la noticia— que nosotros hemos sido redimidos de él por la pasión y muerte de Nuestro Señor Jesucristo.

—Entonces no tenéis por qué temer a una pobre bruja de una aldea perdida —concluyó con su peor intención el judío Elifaz, dolido porque se tomaran en tan poca consideración sus desinteresados consejos.

Así, en su primera entrada al palenque para un duelo singular, lo hizo el joven caballero temiendo que si la bruja estaba de la parte del demonio necesariamente estaba contra él. Rodrigo Díaz de Vivar era un joven sencillo, convencido que cuando servía a su rey y señor estaba sirviendo a Dios.

CAPÍTULO VIII

EL DUELO DE PAZUENGOS

En atención a Ramón Cabeza de Estopa, conde de Barcelona, cuyas atribuciones eran las de un rey en los territorios situados al norte de la Marca, asistieron a la lid todos los nobles del reino de Navarra, los infantes del reino de Aragón, los duques de Aquitania, el rey moro de Calatayud, el rey Modáfar de Lérida, el conde del Rosellón y el historiador vasco Ben-Hair; la mayoría acompañados de sus señoras e hijas por ser ésa la costumbre. Incluso estaban en la tribuna del palenque la condesa de Lizarra y su hija Estefanía. La primera andaba como privada del sentido por la locura que había cometido y no hacía nada más que sonreír a las gentes que le deseaban la victoria de su marido, pero sin saber dónde tenía su alma.

En cuanto a la joven doncella, antes de entrar en el palenque se dirigió a la tienda de guerra de su padre y a solas con él le dijo:

—Mi padre y señor, en este trance tan difícil para vos y para mí que Dios os perdone, como yo os he perdonado.

—¿Qué tenéis que perdonarme? —se extrañó Eximino Garcés ante tan inusual lenguaje—. ¿No voy, acaso, a exponer mi vida por evitar vuestros esponsales con ese anciano crapuloso?

Pero la doncella, como quien se lo tiene muy pensado, le replicó:

—¿Quién os autorizó a vender mi juventud? Nadie os obligaba a poner en juego mis esponsales. Teníais autoridad suficiente para haberlos prohibido sin necesidad de apostarlos contra los bienes de mi madre.

El conde de Lizarra tomó conciencia de su exceso y se le llenaron los ojos de lágrimas porque aquella hija suya era más que la luz de sus ojos.

—Estefanía, prenda de mi corazón, ¿es que acaso dudas de que la victoria será mía?

—La victoria es del Señor, padre mío.

—El Señor está conmigo, no lo dudes. Podría lidiar con tres jóvenes como el castellano, uno detrás de otro, y los vencería.

Estefanía, sin más comentarios, besó las manos de su padre y salió de la tienda. Era tal la dulzura y el candor de aquella criatura, tantas las prendas que la adornaban en el cuerpo y en el alma, que el conde de Lizarra, conmovido en lo más íntimo de su corazón, deseoso de asegurar una victoria que tanto necesitaba, mandó llamar al anciano y santo capellán y ante su presencia, arrodillado a los pies de un crucifijo, juró:

—Juro por los clavos de la Cruz de Nuestro Señor Jesucristo, por las benditas llagas de sus manos y sus pies, por la herida de su costado, por su frente lacerada por afrentosísima corona de espinas, juro por la Trinidad Beatísima, juro por Santa María, madre de Dios y madre nuestra, que si salgo vencedor en este combate nunca más aceptaré o provocaré envite de clase alguna, ni apuesta de dineros, cosas o personas, ni participaré en ninguna clase de juegos de destreza o fuerza, ni de hombre o animales, ni tomaré armas si no es para servir a mi rey en guerra formal, y en cuanto a los bienes de mi esposa, que confío recibir después de este combate, los destinaré en un tercio para dote de mi hija y el resto lo entregaré al monasterio de San Millán de la Cogolla para atención de menesterosos y misas por mi alma.

—Así sea —rubricó el capellán—, pero no os puedo dar la absolución si no anuláis la apuesta cruzada con vuestra esposa.

—Es tarde para eso, santo padre —replicó sin una vacilación el de Lizarra.

—Pues entonces que Dios os ayude.

En aquel hermoso día del mes de julio del año 1066 se encontraron en el prado de Pazuengos dos caballeros armados, ambos necesitados de la victoria y contando los dos con la ayuda de Dios. Además, Rodrigo Díaz, aunque no lo supiera, contaba con la del demonio que, reconducido por la bruja de Munarriz, se introdujo en el caballo de Eximino Garcés a través de un elixir de papaverácea, también llamado "flor del Diablo", que le hizo beber valiéndose de un escudero del conde de Viana a quien pagaron por su felonía con treinta monedas de la acuñación de Granada, todas de oro fino. Quiso la hechicera que fuera el mismo precio que recibió Judas por la gran admiración que sentía por quien tan cerca había estado, en este mundo, del Señor de las Tinieblas.

El caballo del conde de Lizarra era de color dorado, de altura proporcionada a su robustez, que era mucha de acuerdo con la de su jinete, grupas grandes y redondas y orejas inquietas. La maldita mujer ordenó al escudero infiel que le diera la pócima justo en el momento de salir al palenque, como así lo hizo, a fin de que los efectos de la adormidera operaran sobre el equino en el momento del combate. Pero no contaba con la afición del conde de Barcelona, presidente del torneo, a los lances de caballería, que le llevó a reunir a ambos caballeros, junto con los otros jueces, y a todos ellos leyó íntegramente diversos códices del Fuero Juzgo relacionados con la lidia de caballeros armados. Primero lo hizo en latín y luego en lengua romance; la consecuencia fue que cuando dio la señal de partida, el caballo dorado ya estaba bajo los efectos del demoníaco elixir.

En la primera embestida no hubo encuentro de lanzas. Los dos caballeros se limitaron a correr el campo, observándose, caracoleando sus caballos como si estuvieran jugando cañas. El pueblo llano admiraba, embelesado, la armonía y destreza con que se manejaban ambos paladines, el esplendor de su armamento y la serenidad con que empeñaban sus vidas.

En la segunda embestida el conde de Lizarra se ciñó a la valla de separación de los contendientes e inició un galope medido de lanza en ristre y, embarazada, la adarga de modo que le protegiera desde el mentón a la cintura. La hermosura de su figura y la seguridad de sus movimientos hubiera sobrecogido el ánimo de cualquier caballero que no fuera Rodrigo Díaz de Vivar, que en aquel día del mes de julio adquiriría el sobrenombre de Campeador, por el que fue conocido hasta el fin de sus días. Y, sin embargo, en esta segunda embestida se produjo un movimiento de desconcierto entre los espectadores ya que la invitación al combate del campeón navarro no tuvo respuesta en el castellano, el cual se limitó a correr la parte de su valla a prudencial distancia de su oponente, de manera que el de Lizarra sólo pudo tocar su adarga con la punta de la lanza. El conde de Barcelona frunció el ceño, dispuesto a llamar la atención del joven caballero que rehuía el encuentro.

Mientras Eximino Garcés interpretaba favorablemente la moderación que mostraba el caballo en el galope, el de Vivar de tal modo había sido dotado por la naturaleza, que desde los iniciales caracoleos de la primera embestida se apercibió que el animal caminaba con las orejas gachas y que un ribete de espuma circundaba su belfo. En la segunda embestida se fijó en sus ojos cruzados de rayas sangrientas y fue el único que no se extrañó, en toda la extensión del palenque, que al iniciar la tercera carrera se le doblaran los remos delanteros dando con el caballero de Lizarra en tierra.

Pese a lo insólito de la situación, el conde de Barcelona, haciendo gala de gran serenidad y conocimiento del arte de la caballería, se apresuró a vocear de modo que fuera oído por los contendientes:

—¡Continúe la lidia!

El caballero navarro, experimentado hasta la saciedad en los avatares del combate, sin perder un segundo, logró con sus extraordinarias fuerzas poner en pie a su caballo de un formidable serretazo que a punto estuvo de romperle la boca. Y como si en lugar de hierro fuera vestido de seda se montó de un brinco sobre su lomo, provocando que el noble animal, abierto de patas, se aplastara contra el suelo en medio del regocijo del pueblo vil y de las lágrimas de la joven condesa Estefanía, que sin recato alguno, puesta en pie, gritó al campeón castellano que andaba no lejos de allí:

—¡Por María Santísima os ruego que tengáis compasión de mi padre!

Lo dijo con tanto sentimiento que los que reían dejaron de hacerlo y un silencio doloroso cubrió el campo de combate. Pese a ello, quien estaba investido de la autoridad repitió para que no quedaran dudas:

—¡Continúe la lidia!

El de Vivar, en uso de su derecho, encaminó su caballo

hacia el caído, que ya le esperaba con el hacha alzada. Al llegar a tres pies de él lanzó la lanza a modo de jabalina contra el verde esmeralda de la pradera y allí quedó cimbreándose. A continuación descabalgó, desenvainó su espada y se colocó en posición de combate frente al de Lizarra. Éste retrocedió tres pasos, se levantó la celada y preguntó al castellano:

—¿Por qué renunciáis a vuestro derecho a combatirme desde el caballo?

—Me avergonzaría hacerlo —le contestó Rodrigo Díaz—; vuestro caballo está envenenado. Sólo puede haberlo hecho una bruja que me han dicho que es vuestra enemiga y que está aliada con el demonio. Dejaría de ser un caballero cristiano si me aprovechara de los poderes de Belcebú.

—Dios os tendrá en cuenta vuestra nobleza, joven caballero —díjole el de Lizarra—, pero pensároslo bien. Aún estáis a tiempo de volver a montar. Pie a tierra no hay ningún caballero en todos los reinos de España que pueda vencerme. Mirad esta hacha, con ella he devastado hayedos con los que no podían cien leñadores juntos.

Esto lo decía Eximino Garcés, sin jactancia, como advertencia, al tiempo que le mostraba el hacha de tan descomunales proporciones que sólo él podía manejarla.

Rodrigo Díaz, que también se había subido la celada, por toda respuesta se la bajó y dijo:

—Que Dios nos acompañe a los dos.

Se inició un combate del que el historiador vasco Ben Hair dejó cumplida memoria, pero moderando la realidad porque de narrar todo lo que allí ocurrió nadie lo hubiera creído. En los primeros embates Eximino Garcés procuraba no herir de muerte al castellano como para corresponder a su nobleza. Si bien de estatura andaban parejos era tal la corpulencia del navarro que cuando su hacha hendía el aire parecía que había de arrasar cuanto encontrara a su alcance. Pero al que no encontraba era al castellano, que pareciendo no sentir el peso de la loriga enmallada en hierro fundido se movía con tal ligereza que nunca estaba en el sitio que hendía el filo mortal. (Con el tiempo se vino a decir que Rodrigo Díaz tenía su centro de equilibrio en un punto distinto al de los demás mortales que le daba aquella ventaja.) Y si el hacha alcanzaba su adarga era de refilón levantando chispas como para provocar un incendio, pero sin tocar al de Vivar.

Seguía el sol su recorrido y los caballeros una y otra vez se colocaban el uno frente al otro, con tal disciplina y disposición de encuentro, que el presidente de la lidia para nada hubo de intervenir. Al mediodía, el caballero Lizarra vio tan clara su oportunidad, que aun lamentando tener que abrir en canal a tan valeroso y noble joven, a la salida de una finta, desprendiéndose de su adarga, tomó con las dos manos el hacha y la dejó caer con todas sus fuerzas. Primero encontró el vacío y luego el filo se hundió hasta el mango en la tierra oscura; a continuación sintió que la espada del castellano le atravesaba la axila derecha y el sabor de la sangre llegó a sus labios.

—¡Confesión! —pidió el caballero caído de rodillas.

Rodrigo Díaz de Vivar le sostuvo entre sus brazos hasta que llegó el capellán y le absolvió de todos sus pecados.

—¿Qué será de mi hija? —preguntó el moribundo dirigiéndose a los que le rodeaban y muy especialmente a quien le había herido de muerte—. Por la necedad de su padre deberá contraer un matrimonio vergonzoso.

—Haré cuanto esté en mis manos para que no sea mancillada por ese anciano crapuloso —díjole el Campeador.

Y como si la proximidad a la verdadera vida le diera especial clarividencia, musitó el noble vascón:

—Entonces muero tranquilo. Habéis nacido para cumplir cuanto decís y ser la estrella de millares de hombres.

Desde aquel día a Rodrigo Díaz le pusieron de sobrenombre el Campeador que significa vencedor en las armas y en la vida.

Por mandato de su señor, el Campeador, el judío Elifaz consiguió localizar a la bruja de Munarriz. Se valió de los criados que tenía distribuidos por diversos territorios para hacerle saber su deseo de gratificarle con monedas de oro el servicio que había prestado a la corona de Castilla, ayudándole a recuperar el castillo de Pazuengos. La pobre mujer era tan codiciosa de dineros que se presentó a cobrar donde no debía y apresada por la autoridad civil fue condenada a la hoguera.

Muerta la bruja, el señor de Viana, privado de sus elixires y medicinas, cayó en un alelamiento que le condujo a su incapacitación y privación de derechos, entre ellos el de desposarse con la doncella de Lizarra.

La condesa viuda, frustrado el sacrílego plan en el que apostó contra la vida de su marido, terminó por perder el poco sentido común que le quedaba y acabó siendo el hazmerreír de las gentes.

En cuanto a la desgraciada huérfana, conocedora de cuanto había hecho el Campeador para liberarla del caquéctico anciano, quedó prendada de él. Pero consciente de que no podría casarse con quien tenía las manos manchadas con la sangre de su padre, eligió como esposo definitivo al único que podía superar al mejor caballero de la cristiandad. Al mismo Cristo, Nuestro Señor. Ingresó en religión y llevó tal vida de santidad que fue canonizada en 1567, bajo el pontificado de Gregorio XIII, celebrándose la festividad de santa Estefanía de Lizarra, en los territorios navarros como patrona de los amores desgraciados, el día 13 de julio.

Capítulo IX

EL MORO HÁRIZ Y EL BELLO INGLÉS

Desde muy joven tuvo ocasión Rodrigo Díaz de aprender en qué poco tenían los reyes sus promesas y compromisos. El de Zaragoza, Moctádir, que tan sólo dos años antes juró pagar las parias al rey de Castilla, ensoberbecido por el esplendor de su ciudad, cambió de parecer y proclamó públicamente:

—¿Cómo, yo, el rey de la ciudad más hermosa y mejor fortificada en todo el Occidente, voy a pagar protección a caballeros que duermen en tiendas de piel de cabra, como si fueran pastores?

Razón no le faltaba. La ciudad de Zaragoza estaba ceñida por una muralla de sillares de toba encajados uno en otro, alzándose a cuarenta codos del suelo, de manera que la fortificación destacaba en la llanura en muchas leguas a la redonda. Además, eran tales los ingenios de regadío que aprovechaban las aguas del caudalosísimo río Ebro, que hasta las calles empedradas parecían huertas y jardines. La abundancia reinaba por doquier y aunque la ciudad fuera sitiada nunca sus habitantes habrían de rendirse por hambre. Para colmo, estaba tan bien enjalbegada que en las noches de cielo raso resplandecía la cal con un fulgor mágico, que le mereció el título de la Ciudad Blanca. Los geógrafos del Islam determinaron que aquella blancura tenía un significado misterioso y los faquíes profetizaron que los caballeros cristianos que contemplaran su blancura en noche de luna llena quedarían ciegos.

—Entonces la atacaremos de día —comentó el rey Sancho.

Y organizó una expedición al mando de Rodrigo Díaz, el Campeador.

En Medinaceli, bastión adelantado del reino de Zaragoza, frontera con Castilla, les salió al paso el moro Háriz en solicitud de duelo judicial.

Dice el *Libro de les Reyes*, en su redacción de 1220, que este moro era muy buen caballero y tan famoso por su estatura que a los más altos aún les sacaba cabeza y media. Si cometió la imprudencia de solicitar del Campeador lid de caballeros armados, fue embaucado por los vendedores de noticias, que cuando le vendieron la de que el castellano se acercaba a Medinaceli al frente de un ejército, le dijeron:

—Tú podrías con él, señor, la largura de tu brazo hace que tu espada valga por dos.

Se lo dijeron porque su negocio de vender noticias hubiera sido muy mísero si no las mezclaban con el halago que propiciaba la dádiva generoso.

—Pero ¿no ha vencido el castellano a Eximino Garcés, conde de Lizarra, cuya fama se extendía hasta el Languedoc? —preguntó el notable.

—Cierto es, señor —dijéronle los vendedores repitiendo la trampa de siempre—, pero ¿acaso no sabéis que una bruja maldita envenenó el caballo del conde vascón?

—Algo he oído —admitió el moro Háriz que como vasallo del rey de Zaragoza pensaba en el provecho que obtendría de su señor si cortaba el paso de aquel ejército, derrotando en duelo singular a su capitán.

Además era muy aficionado a pelear y estaba acostumbrado a obtener victorias por la ventaja que le daba su estatura. Pidió consejo a los faquíes y éstos enviaron emisarios pidiendo instrucciones al rey de Zaragoza. Moctádir no se lo pensó dos veces. Olvidado el gran servicio que le había prestado Rodrigo Díaz en el sitio de Barbastro, frente a los normandos, mandó decir a los de Medinacelli:

—Cualquier que acabe con la vida de tan noble como peligroso capitán será nombrado visir con mando sobre tres ciudades.

El moro Háriz, hombre de muchas mujeres, siempre alcanzado de dineros para atenderlas, decidió aprovechar aquella oportunidad que la providencia ponía en su camino y mandó emisarios solicitando del que llegaba lid de caballeros armados. Como no fuera Medinaceli su destino, Rodrigo Díaz hizo caso omiso de ellos y siguió su camino. Pero el rey Sancho que vivaqueaba no lejos de allí —en eso llevaba razón el rey de Zaragoza; eran tan míseras las ciudades castellanas que sus reyes se encontraban más a gusto en tiendas de campaña que montaban en parajes de recreo— mandó a su alférez aceptar el duelo ya que no le parecía Medinaceli una plaza despreciable en modo alguno. Y como premio y confianza en el buen fin de la lidia le prometió su asistencia al acto, como así hizo.

Se concertaron los caballeros en los prados de Barahona el 27 de septiembre del año 1067, y en presencia de los dos ejércitos Rodrigo Díaz de Vivar cortó la cabeza del caballero árabe de un solo mandoble de su espada. Trotó el caballo del vencido unos pasos llevando a lomos el cuerpo descabezado de su señor y aun así superaba en estatura al de su matador. José ben Zaddic de Arévalo, cronista judío, cuenta que a partir de aquel día comenzaron a llamarle al de Vivar, "Cidi" en hebreo, que en árabe y castellano quiere decir, Mio Cid, o mi Señor.

Le faltó tiempo a Moctádir para mandar trujimanes al rey don Sancho, pidiéndole la paz que éste le concedió en condiciones durísimas, mediante el pago de una cuantiosa suma en oro, plata y aljófares como gotas de rocío. El judío Elifaz era felicísimo con la administración de tantas riquezas aunque se desesperaba del mal uso que de ellas hacían los cristianos. En lugar de ponerlas a buen recaudo, las gastaban en armar nuevas mesnadas ya que el rey Sancho no tenía otra obsesión que ser más fuerte que sus hermanos para recuperar los reinos divididos por su padre, el emperador. Y no dudaba que con la buena estrella y disposición de su alférez lo conseguiría.

Así como Rodrigo Díaz lidió en Pazuengos y Medinaceli en obediencia debida a su señor natural, en Celanova lo hizo creyendo prestar un servicio a la Iglesia y sin que lo supiera el rey don Sancho.

Andaba el Campeador por las fronteras de León cobrando parias para Castilla, cuando los vendedores de noticias fueron a decirle:

—Sólo a ti, Cid Campeador, podemos darte esta nueva. Si la contáramos en las cortes de León y Castilla nos costaría la vida. Pero es lo cierto que la infanta doña Elvira, con su vida mundana, está atropellando los monasterios de los que es señora. Y ahora, en el de Celanova, ha expulsado al padre abad y en su lugar ha colocado a un apóstata inglés que no teme a Dios ni al diablo, convirtiéndolo en un lupanar real. La infanta doña Elvira está tan prendada de él, por ser hombre de gran hermosura, que hace cuanto le dice.

De primera intención mandó el Campeador detener a los portadores de la noticia con intención de mandar que les cortaran la lengua, como era costumbre se hiciera con los que injuriaban a los reyes e hijos de reyes. Pero el judío Elifaz, repasando las monedas que no se cansaba de contar, le advirtió:

—Me temo, mi señor, que la noticia es cierta. El emperador Fernando, que vuestro Dios tenga en su gloria, no debió imponer el celibato a sus dos hijas. Es más, la infanta doña Elvira dice que su padre les prohibió contraer matrimonio, pero no el tener otra clase de relaciones amorosas. Y de tenerlas es lógico que lo hagan en sus señoríos.

Esto lo decía porque el emperador Fernando, para compensar a sus dos hijas, doña Urraca y doña Elvira, la prohibición de matrimoniar impuesta para que futuros yernos no hicieran sombra a sus hijos, había distribuido entre ellas el señorío de todos los monasterios que se extendían desde Finisterre hasta Toledo, por entender que era labor muy propia de mujeres administrar la vida de piedad de los santos monjes benedictinos. Pero no era de este sentir la infanta doña Elvira, mujer de mediana belleza, muy compensada por una extraña sensualidad que fomentaban mujeres moras que había incorporado a su séquito. Además era muy aficionada al vino y para colmo tenía la conciencia escrupulosa, lo cual complicaba más las cosas.

—¿Quién demanda mi ayuda? —preguntó Rodrigo Díaz a los portadores de la noticia.

—El anciano abad se halla encerrado en los calabozos del monasterio y no hace más que rezar a san Rosendo, pero nosotros le hemos aconsejado que es mejor que recurra a vos, Mio Cid.

—¿Y cuánto pensáis cobrar por meteros en donde no os llaman? —les preguntó el judío Elifaz, sin disimular el enojo que le producía aquella burda oficiosidad.

—Lo que tengáis a bien darnos por prestar este servicio a nuestra Santa Madre la Iglesia —respondieron con aire piadoso.

Eran los vendedores de noticias gente de mala condición al punto de que, considerados como espías, estaban excluidos de la tregua de Dios y cualquier caballero, árabe o cristiano, podía darles muerte allá donde los encontrara. Por eso, la invocación que hicieron sonaba cínica y blasfema en sus labios. Sin embargo, Rodrigo Díaz, como si intuyera cuánta ayuda habría de recibir de ellos a lo largo de su procelosa vida, haciendo caso omiso de las advertencias de Elifaz y del conde Peláez, mandó que los gratificaran.

—No podéis ir a Celanova, Rodrigo —le dijo el conde Pedro Peláez—, se trata de un señorío exento sobre el que ningún rey tiene dominio. Lo más que podéis hacer, si son ciertas las noticias, es recurrir al Santo Padre, en Roma.

—Así lo haremos, conde —díjole quien tanta afición tenía a las leyes.

Pero aquella noche, dicen, se le apareció en sueños san Rosendo y a la del alba, mientras dormían sus capitanes, tomó una tropilla de veinte hombres y se encaminó a Celanova que estaba a dos jornadas de camino.

La infanta doña Elvira dormía en brazos del apóstata de los ojos luciferinos, sumida en terribles pesadillas. En las madrugadas, al cesar los cantos y bailes de las moras, llegaban hasta sus oídos los rezos de los monjes encerrados en los sótanos del monasterio. Y ni en sueños lograba quitárselos de la mente. Pero el apóstata inglés, aburrido de los temores de su regia amante, cuando aquella mañana le despertó despavorida, le preguntó con aparente dulzura:

—¿Qué teméis, mi señora, estando en mis brazos?

—¿Pueden acaso tus brazos protegerme de la cólera de Dios?

—¿No decís, mi señora, que yo soy vuestro dios? ¿Entonces a qué Dios teméis?

—Al que rezan de noche y de día los monjes que hemos expulsado del refectorio y del claustro. Nosotros nos cansamos de beber, cantar, y bailar, pero ellos no se cansan de rezar.

El bello inglés, sin más comentarios, se levantó del

lecho, bajó al sótano del monasterio y advirtió al padre abad:

—La próxima vez que despertéis con vuestros rezos a la dueña y señora de este monasterio os mandaré cortar la cabeza. A vos y a todos vuestros monjes.

—Podéis empezar ya —dijo el abad, y tomando su báculo se dispuso a salir de la celda.

Era tal la afición que tenía el inglés a derramar sangre que no dudó en aprovechar semejante ocasión que, además, pensaba ejecutar en nombre de la infanta real para mayor oprobio de la cristiandad.

Doña Elvira, ajena al mal uso que se estaba haciendo de su nombre, fue advertida por sus damas que un caballero solitario demandaba duelo armado frente a quien usurpaba la silla abacial. Efectivamente, frente a la llanura del monasterio se dintinguía la figura de un jinete sobre caballo de guerra, sin enseña ni divisa que acreditase su condición.

Los monjes, que en espera del martirio recibieron la noticia del misterioso lidiador, no dudaron de que se trataba del espíritu de san Rosendo, cuyo sepulcro y reliquias se veneraban en el monasterio. Por eso el padre abad advirtió al apóstata:

—De nada os ha de valer vuestro diabólico poder si está de Dios y de nuestro santo patrono, Rosendo, que lleguen a término vuestros crímenes.

—Eso lo hemos de ver —replicó orgulloso el inglés, y se dispuso a salir al encuentro del misterioso caballero.

Cuando lo supo la infanta se abrazó a sus rodillas pidiéndole que no aceptase el combate. Abandonada, como se sentía, de la mano de Dios, temía que si perdía, también, los carnales consuelos del bello inglés, anticiparía el infierno que le esperaba en la otra vida. Pero el caballero, cuanto más se humillaba ante él la hija de reyes, más deseaba lucirse y demostrar sus poderes. En este caso consistieron en distribuir a sus arqueros portugueses de manera que le ayudaran, con disimulo, a acabar con quien tan imprudentemente le desafiaba en sus dominios.

Pero Rodrigo Díaz, dotado por la providencia para combatir en las condiciones más desfavorables, ya había previsto esta añagaza y a su vez distribuyó la tropilla de manera estratégica y él se situó a tiro de arco de las almenas del cenobio-fortaleza de modo que el bello inglés, convencido de la eficacia de su plan, no dudó en salir a campo abierto. Nunca había visto el Cid Campeador caballero de tan hermosa apostura, a la que contribuía el yelmo de oro fulgente y las múltiples diademas de electro con que se adornaba su loriga, que era de mallas de plata, más el escudo, todo él labrado en oro, con la enseña del Ángel Caído esculpida a fuego, en bermellón.

A cada movimiento de su caballo negro azabache, tan reluciente como sus pertrechos de guerra, suspiraban admiradas las damas de la infanta que desde las ventanas del monasterio seguían el desarrollo de tan lucido espectáculo. Por contra, la infanta doña Elvira, atormentada por su extraña y escrupulosa conciencia, no tuvo mejor ocurrencia que ponerse a rezar ante la tumba de san Rosendo, pidiéndole por la vida de quien la hacía vivir en pecado mortal.

—¡Milagro! ¡Milagro! —oyó clamar la desgraciada infanta a los monjes, y en su locura soñó que no podía haber otro milagro que el triunfo de su amado sobre quien sin derecho alguno había ido a desafiarle.

Cuando le llevaron el cadáver del inglés pensó que estaba dormido. La espada de Rodrigo le había atravesado el corazón, con tal limpieza, que el rostro conservaba su belleza natural, con una serenidad que no tuvo en vida.

—Dios se habrá apiadado de su alma —consoló el padre abad a la pecadora que, no obstante, seguía siendo señora de treinta y siete monasterios.

—¿Quién ha sido su matador? —preguntó la que no quería otro consuelo que la venganza—. ¿Quién se ha atrevido a ejercer la fuerza en mis dominios?

—San Rosendo —le contestó el padre abad—, que mandaba aquí antes que vos.

Se refería el anciano monje a la mediación del santo que les había enviado a aquel desconocido caballero cristiano para librarle de la muerte; pero la gente sencilla lo interpretó como intervención directa de san Rosendo, que salió de su sepulcro para combatir al apóstata, y esa leyenda, recogida en la crónica *Rudesindi*, ha llegado hasta nuestros días.

CAPÍTULO X

SAN PEDRO DE CARDEÑA

Rodrigo Díaz de Vivar, herido en el combate y temeroso de una hazaña que desafiaba el señorío regio, se refugió en el monasterio de San Pedro de Cardeña. De las heridas del cuerpo le curó Ermelinda, la gallega, y de las del alma el santo abad Dom Sisebuto.

Resultó herido, primero por un arquero portugués, y después por la lanza del bello inglés que se aprovechó del desequilibrio que le produjo al Campeador el flechazo traidor. Fingió el de Vivar mayor desequilibrio ante la lanzada, y su contrincante, ebrio del deseo de matar a la vista tantas damas como le contemplaban desde las ventanas del monasterio, forzó la suerte y para cuando quiso darse cuenta la espada del Cid le había atravesado de parte a parte.

Tenía Rodrigo Díaz la encarnadura de un perro mastín y con ayuda de los emplastos de la gallega curó de las heridas del cuerpo en quince días y de las del alma en cuarenta, que fue la penitencia que le impuso Dom Sisebuto.

—¿Y cómo, dices que fuiste requerido por san Rosendo? —le preguntó con dulzura el abad cuando el Cid Campeador, en confesión, le relató ser él el misterioso caballero sin enseña que había puesto fin a la profanación de Celanova.

—Pienso, santo padre, que fue en sueños.

—Considera, hijo mío, que estás en confesión —le recordó el abad—. Cuéntame cómo fue el sueño.

—El sueño fue, padre, que no podía dormir —se excusó el guerrero—. Porque me consume el celo por la corona de

Castilla y por la causa de Dios. Me habían informado de que la infanta doña Elvira, hermana de mi rey y señor, estaba embrujada por un apóstata malvado que con su conducta estaba enfangando a toda la Cristiandad...

—Sigue, hijo, sigue —le animó el abad sin perder un ápice de su dulzura.

—Advertido por el conde Peláez que no podía intervenir con mis mesnadas por ser señorío exento —continuó el Cid alentado por las palabras del sacerdote—, decidí exponer mi propia vida, sin comprometer el nombre de Castilla.

—Entonces... ¿no fuiste requerido por san Rosendo?

—No, padre, esa especie la he oído de camino hacia aquí, y no me ha parecido oportuno desmentirla —admitió humilde Rodrigo Díaz.

—¿Y estás dispuesto a perder la gloria de haber derrotado en lid de caballeros armados a tan poderoso aliado del demonio?

—Sí, padre —díjole Rodrigo Díaz, que a sus veintitrés años aún tenía mucho que aprender de la sabiduría de los ancianos—, la única gloria que busco es servir a Dios.

—Tu soberbia, hijo mío, es semejante a la del bello inglés.

Y el padre abad, con todo detalle, le fue explicando cuánto gusto estaba tomando el Campeador en intervenir en lides de caballeros armados, aprovechándose de los excepcionales talentos de que había sido dotado por la naturaleza; cuánto halago encontraba en sentirse rodeado de gentes dispuestas, siempre, a obedecer sus órdenes; qué regalo era para su oído saberse llamado Campeador, o Mio Cid, o ambas cosas a la vez; y cuánta satisfacción le producía saberse deseado por hermosas mujeres de ambas religiones.

—En esto último, santo padre, no os falta razón. La carne me trae muy apurado y os ruego que no dejéis de rezar por mí para que pueda mantener el voto que tengo hecho ante vos.

Cuando esperaba comprensión para tan sincera como humilde confesión, quedó sorprendido el caballero por la cólera del monje, nunca antes conocida.

—¡De esto último y de lo primero! —replicóle el abad con el rostro del color de la púrpura—. ¿Quién os ha convertido en paladín de Dios? ¿Con qué derecho habéis provocado y dado muerte en duelo a quien tanto precisaba de otras ayudas? ¿Qué necesidad teníais de haber cortado la cabeza del moro Háriz de un solo tajo?

Rodrigo Díaz, que no salía de su doloroso asombro, se atrevió a decir:

—No me quedó más remedio, santo padre, mi vida estaba en peligro.

—¿Ah, sí? ¿No sería más bien porque así os podíais lucir paseando su cabeza clavada en una pica ante las murallas de Medinaceli, como efectivamente hicisteis?

—Había que dar un escarmiento a los infieles y, además, me lo pidió nuestro rey Sancho —se defendió el Mio Cid a punto de responder a la cólera del abad con la misma moneda.

—¿No será más bien, Rodrigo, que no podéis vivir sin el halago y el favor de vuestro rey? ¿Que tenéis en más su parecer que el de vuestra conciencia?

—Padre —díjole el de Vivar con el tono de quien está acostumbrado a tener mando sobre muchas gentes—, he venido a pediros en confesión absolución de mis pecados, no a rendir cuentas que sólo debo a mi rey y señor.

—En eso llevas razón —admitió Dom Sisebuto—, por eso será mejor que te busques otro sacerdote que te absuelva de tus pecados de orgullo y vanidad. Cuando se curen tus heridas te ruego que abandones San Pedro de Cardeña.

Le dolió la frase más que la lanzada del apóstata, pero por mantener la dignidad de alférez real dejó el confesonario sin ánimo de contrición.

A la gallega Ermelinda, que había conseguido cicatrizar sus heridas con emplastos de helechos enmohecidos, le advirtió destempladamente:

—Terminad con vuestros mejunjes que debo abandonar el monasterio hoy mismo.

En mal momento se lo dijo. Aprovechó Ermelinda que estaba haciéndole la que podía haber sido su última cura, para despegar de un tirón el emplasto que tenía entre sus manos, provocando una nueva hemorragia.

—¡Pero qué hacéis! —gritó rabioso el caballero.

—Perdonadme, señor, ha sido un descuido.

Lo dijo en un susurro, para disimular la profundidad de su ira.

—¡Lo habéis hecho a propósito, maldita mujer! —le recriminó Rodrigo viendo cómo la sangre empapaba su jubón.

—De verdad que no, mi señor —mintió la gallega sin hacer nada por detener la hemorragia—, soy una mujer torpe acostumbrada a dar de comer a los cerdos y a otros trabajos viles. Ha sido una locura encargarme a mí que cuidara las heridas del más noble caballero de toda la cristiandad. Nuestro señor, el Cid, redentor de doncellas huérfanas, castigo de renegados, defensor de la fe...

—¡Dejaos de pamplinas y cortad esta sangre! —bramó Rodrigo Díaz sujetándose con una mano la herida de su hombro.

—¡Dejadla que corra! —le respondió la gallega sacando a relucir la furia que tanta fama le dio cuando vivía en el mundo—. ¡Así os debilitaréis un poco!

—¡Esto es una traición! ¡Llamaré a mis hombres!

Rodrigo Díaz intentó levantarse, pero aquella forzuda mujer de un empellón lo sentó de nuevo en su escabel.

—¡Os mandaré ahorcar por esto! —díjole Rodrigo con decidida determinación.

—Estáis en vuestro derecho, señor, mi vida es vuestra. Os la debo varias veces puesto que me salvasteis del normando y del cadí.

—¿Y así me lo pagas, maldita bruja? —preguntó alarmado Rodrigo Díaz viendo que un hilo de sangre le llegaba a la cintura.

—Si a vos os debo mucho, más le debo a nuestro padre abad. A vos os debo esta vida, pero a él, con la gracia de Dios, la vida eterna —y recuperando la furia de sus mejores tiempos, conminó al caballero—. ¡Y no consentiré que salgáis de este monasterio sin pedirle perdón!

—Pero ¿cómo te atreves a decirme a quién debo pedir perdón de mis pecados?

—No me refiero de vuestros pecados, señor. Por mí podéis iros al infierno. Sino a la ofensa que habéis hecho a nuestro santo padre dejándole con la palabra en la boca y sin querer escuchar sus consejos.

—Ése es asunto mío y no vuestro.

—¡Ése es asunto de todos los que vivimos en Cardeña que sabemos cuántas penitencias ocultas se inflige nuestro santo padre por vos! ¡Porque seáis fiel al juramento de derramar vuestra sangre por el rey, por la religión, por las mujeres indefensas, los huérfanos y los oprimidos! ¡Porque sepáis ser un hermano para vuestros iguales, cortés con los humildes y veraz con todos! ¡Que nunca faltéis a vuestra palabra, ni manchéis vuestros labios con mentiras o calumnias!

Como viera la mujer que el caballero palidecía, cesó su perorata y usando el emplasto a modo de torniquete detuvo la sangría, al tiempo que le decía:

—No os preocupéis por la sangre perdida. A vuestra edad es bueno sangrarse un poco.

—¿Qué pretendéis con todo esto? —le preguntó Rodrigo con voz debilitada.

—Que no os vayáis del monasterio sin haber reflexionado sobre vuestra vida —y pasando de la cólera al llanto le dijo con mucho sentimiento:

—Mi señor, Rodrigo Díaz, el Cid Campeador, tú no eres de la condición de los demás hombres, y mira quién te lo dice: una mujer que ha conocido a tantos que no tiene, ya, ni memoria para contarlos. Tú no puedes hacer lo que hacen los demás porque estás llamado a ser ejemplo de muchos.

Adquirió gran fama Ermelinda, la gallega, por saber hurgar con sus dedos poderosos entre las heridas más descarnadas y sangrientas, con tal mimo y delicadeza que parecía las estaba acariciando, proporcionando gran placidez de ánimo incluso a los que iban a morir de ellas. Cuando terminó de colocarle el nuevo emplasto de helechos, preguntó Rodrigo Díaz, con lágrimas en los ojos:

—¿Es cierto que Dom Sisebuto hace penitencia por mí?

—Así es, mi señor. Y nos pide a los demás que la hagamos también. Y quiero que sepas que yo siempre hago el doble de la que me pide.

Rodrigo Díaz tomó las manos de aquella mujer, cuyas descomunales proporciones no podían disimular su hermosura, y se las besó con mucho amor.

—Y ten por seguro que cuando el padre abad se entere de qué modo os he hablado me impondrá tal penitencia que no me quedará tiempo para ayudaros a cumplir la vuestra.

Como fuera costumbre de la época imponer penitencias proporcionadas a la culpa, Dom Sisebuto impuso a Rodrigo

Díaz la de cuarenta días de ayuno apartado del mundo, al término de los cuales díjole el de Vivar:

—No es suficiente, padre abad, a veces sueño que los hombres son enemigos a los que sólo estoy dispuesto a amar después de muertos.

—Considera, hijo —advirtióle Dom Sisebuto—, que no eres culpable de tus sueños.

—Es que me temo, padre, que a veces sueño despierto.

Y aprovechando que el rey Sancho andaba de excursión guerrera por tierras de Galicia, en empresa tan fácil que no precisaba la ayuda de su alférez, se quedó a vivir en San Pedro de Cardeña. Se despojó de todos sus atributos, revistióse con un jubón de estameña, cambió su manto bermejo con bandas doradas por una pelliza de piel de cordero, y su lanza de fresno la modeló a fuego lento hasta convertirla en un cayado. Se levantaba con los monjes a maitines y llevaba la misma vida que ellos, tomando tanto gusto a la oración que al cabo de unos meses expresó a Dom Sisebuto su deseo de profesar en religión. Por toda respuesta le dijo el padre abad:

—De aquí en adelante, después de maitines, te pondrás a las órdenes de Ermelinda y la ayudarás a cuidar los ganados.

—Padre, yo lo que quiero es aprender a rezar mejor. Pido permiso a vuestra reverencia para instruirme en los escritos de los Santos Padres.

Esto lo decía por ser famosa la biblioteca de Cardeña por la abundancia de manuscritos con distintas versiones de las sagradas escrituras.

Dom Sisebuto ponderó tan piadosa petición y le dijo como el que lo tiene muy decidido:

—Ermelinda te enseñará a rezar sin necesidad de libros.

Obedeció el caballero que quería ser monje y desde el día siguiente comenzó a arrear los ganados camino de los oteros que rodeaban el monasterio.

Fue aquel invierno especialmente crudo y de gran trabajo para mantener los rebaños de corderos y vacas que apenas encontraban dónde pastar en las llanuras tundidas por la helada negra. El hambre asoló la región y los mendigos sólo podían alimentarse de lo que les proporcionaban los monjes.

Las nevadas se sucedían una detrás de otra hasta convertirse en una maldición. Eran tan abundantes que tapaban los edificios y no era raro que al caminante que cogiesen de camino quedase enterrado entre ellas para siempre. Uno de los milagros que se atribuían a la gallega era poder andar entre aquellos hielos y nevadas llevando por todo vestido un sayal y los pies descalzos. Y de esta guisa era capaz de sumirse en oración en cerros azotados por la ventisca, tan alejada de lo que le rodeaba, que los ladrones de ganado, advertidos de ello, depredaban los rebaños del monasterio.

—Nadie roba por su gusto —comentaba Dom Sisebuto cuya indiscutible santidad le privaba, en ocasiones, del rigor que exigían tiempos tan alborotados.

No era del mismo parecer Rodrigo Díaz y por entender que no estaba sujeto en este punto a la obediencia debida al abad, decidió terminar con los robos.

—La culpa es mía —le advirtió la gallega— que me traspongo cuando mi obligación es cuidar del ganado.

Pero era tal la admiración que sentía Rodrigo Díaz por aquel modo de rezar en las más adversas circunstancias, que le dijo:

—Tú sigue pidiendo por tantas necesidades como tenemos todos, que yo me preocuparé de los ladrones. Y de modo especial preocúpate de rezar para que el padre abad me admita en el convento, como monje.

—Por eso no he de rezar —le advirtió la gallega— sino por que se haga la voluntad de Dios. Y tengo para mí que no es la de que ingreséis en religión.

—Pues en otro sitio no he de encontrar la paz.

—¿Y qué clase de paz pensáis que quiere Dios para vos?

La gallega era mujer sin letras y, sin embargo, hacía preguntas que gentes muy letradas no sabían contestar.

En la luna llena del mes de marzo Rodrigo Díaz sorprendió a los cuatreros en el momento de arrear una punta de ganado. Les dio el alto pensando que su presencia sería suficiente para hacerlos desistir del intento, pero el que mandaba la cuadrilla, jinete sobre un caballo alazán, le preguntó fingiendo autoridad:

—¿Quién eres y qué haces aquí?

—Soy el encargado por el padre abad de cuidar de los

ganados del monasterio —dijo Rodrigo Díaz con toda la humildad de la que fue capaz.

—Pues entonces ocúpate de ello. Éstos no son del monasterio sino nuestros. De los infanzones del valle de Orbaneja.

—Lo siento, señor —le dijo Rodrigo Díaz procurando hablar con el tono que correspondía a quien deseaba profesar en una orden mendicante—, pero tengo por cierto que esas vacas y sus terneros son nacidos y criados en la jurisdicción de San Pedro de Cardeña.

El infanzón dio con él en tierra, golpeándole con el asta de su lanza, y ordenó a su gente continuar con la faena.

De primeras el caído se alegró de padecer aquella humillación y se encomendó a los clavos de la cruz de Cristo, pero el infanzón de Orbaneja, con gran insolencia, le espetó:

—Si el monasterio tiene alguna reclamación que hacer que se dirija al juez merino, pero como tú vuelvas a estorbarnos en nuestro trabajo, emplearé la lanza por el otro lado.

Consideró Rodrigo Díaz que todavía no estaba sujeto a los votos monacales y sí a los del caballero armado; se puso en pie y valiéndose de su cayado dio con el de Orbaneja en tierra. Como hubiera resultado desproporcionado permitirle sacar su espada, Rodrigo Díaz le tundió a palos y lo mismo hizo con los que pretendieron ayudarle, de manera que terminó de jinete sobre el caballo del infanzón y con la lanza en ristre hizo correr a los cuatreros hasta más allá de los lindes del monasterio.

Así comenzó el pleito con los infanzones del Valle de Orbaneja que no concluyó hasta 1073 con sentencia favorable para San Pedro de Cardeña, según consta en el cronicón del monasterio.

Quedó tan confundido Rodrigo Díaz por su incontinencia en soportar la afrenta que le hubiera parecido de razón su expulsión de Cardeña y, sin embargo, Dom Sisebuto le preguntó:

—¿Cuántas reses creéis que nos han sustraído los de Orbaneja?

—Ciento cuatro en lo que va de año, santo padre, de las cuales treinta y siete eran bueyes de labor.

—Muchas son —admitió el abad.

—¿Eso dispensa mi falta?

—Eso nos dispensa de la ruina porque por el camino que

llevaban mal hubiéramos acabado. Pero en lo que a ti respecta... ¿le golpeaste con gusto al infanzón?

—Sí, padre, con mucho gusto.

—Entonces la soberbia que se satisface en la violencia sigue dentro de ti.

—Eso me temo, santo padre.

—Para dominar la soberbia prescribe nuestra regla la humillación del calabozo. Ésa es la pena que os correspondería si fuerais monje.

—Sea, padre, aunque no lo sea.

Y así, por su propia voluntad, por primera y única vez en su vida, sufrió Rodrigo Díaz pena de privación de libertad. La sufrió el de Vivar con tal disposición y deseo de aprovechamiento para su alma, que la gallega, encargada de llevarle la comida, le decía, admirada:

—Cierta, como estoy, de que no es el convento vuestro camino viéndoos así me hacéis dudar.

Las cárceles monacales eran muy severas y a menos que los penitentes estuvieran enfermos, la dieta consistía en pan de cebada, agua y cardillos silvestres con vinagre. La gallega, por su cuenta, suplía llevándole cosas de mayor regalo, pero Rodrigo Díaz, conocedor del código disciplinario, se abstenía de probarlas.

Al cabo de un mes Dom Sisebuto le levantó el encierro y le dijo:

—Te voy a dar gusto. Vas a pasar a la biblioteca como ayudante del padre Perigord y así te instruirás en las sagradas escrituras.

Siempre recordaría Rodrigo Díaz aquellos meses como los más hermosos y tranquilos de su vida. Dom Perigord era un monje francés cuya sabiduría alcanzaba tal magnitud que trascendía a los que le rodeaban.

Era la biblioteca la pieza más noble del monasterio, sólo superada por el coro capitular. De hermosas proporciones, orientada al mediodía, estaba inundada de sol la mayor parte del día. Si bien la Regla no admitía alterar la temperatura natural, en la biblioteca, a fin de que la humedad no afectase a los pergaminos, ardían en los crudos días del invierno gigantescos troncos de encina en una gran chimenea central. Resultaba así una estancia tan grata para trabajar y estudiar que se pasaban los días y las horas sin sentir.

—Habéis de instruirle, también —advirtió el padre abad

a Dom Perigord—, sobre el Fuero Viejo, los fueros leoneses, y cuando los tenga sabidos, que comience con el Corán.

—¿Por qué, santo padre, debo conocer la doctrina de los infieles? —se interesó Rodrigo Díaz, postulante a la santidad entre los muros de Cardeña.

—Porque el rey al que servís quiere ser emperador de las dos religiones.

—Yo sólo quiero servir a Dios.

—Cierto, pero todavía no sabemos cómo quiere Él que le sirváis.

—¿Y cuándo lo sabréis, santo padre?

—Quizá Dios os lo diga a vos antes que a mí. Mientras tanto haced lo que os digo. Y el Corán aprendedlo a leer en su lengua.

Gracias a la previsión de Dom Sisebuto, y a la ayuda de Dom Perigord, resultó Rodrigo Díaz de Vivar, el Cid Campeador, tan versado en la literatura árabe que llegó a causar la admiración de moros amigos y enemigos.

A partir de la muerte de la reina madre, viuda del emperador Fernando, empezaron a sucederse acontecimientos que los vendedores de noticias hicieron llegar al monasterio de San Pedro de Cardeña con poco éxito. La muerte de la reina se celebró como se merecía tan egregio personaje con un funeral oficiado por el abad, en persona, seguido de misas gregorianas durante noventa días.

—Pero ¿no os dais cuenta —advirtieron los vendedores a Rodrigo Díaz— que muerta la reina madre el rey Sancho está libre del compromiso de respetar la división del reino que hizo el emperador Fernando entre sus tres hijos?

Pero de poco servía la advertencia a quien cada día estaba más deseoso de vivir en la paz del claustro, sustituyendo la aventura de las armas por la de descubrir, de la mano de Dom Perigord, las esencias de la vida, contada con tal arte por los autores griegos, latinos y árabes, que Rodrigo Díaz, deslumbrado por la inteligencia humana, como chispa del saber divino, tenía en nada el oficio de las armas.

La siguiente noticia no la llevaron los vendedores de noticias sino el judío Elifaz. El venerable anciano, sin querer traspasar las puertas del monasterio, requirió la presencia de Rodrigo Díaz, en demanda de consejo. Viajaba el funcionario real con el boato propio de un monarca, montado sobre una mula ricamente enjaezada y con gran acompañamiento de hombres armados. Era inevitable que tantas riquezas como pasaban por sus manos lucieran de algún modo en su persona y en la de los que le rodeaban.

—Y, sin embargo —advirtió al que había elegido la pobreza por compañera—, no soy feliz. Nos esperan malos tiempos.

—¿Desde cuándo son los tiempos de guerra malos para ti? —le preguntó Rodrigo Díaz.

—Es que ahora se avecinan guerras entre hermanos y ésas suelen traer desgracia.

—Todas las guerras traen desgracias y todas las guerras son entre hermanos —dijo Dom Sisebuto, presente en la entrevista.

—Razón no os falta, padre abad —admitió Elifaz—, nos han tocado vivir tiempos en que todos los días son vísperas de una guerra.

—La placentera tarde de la víspera hace triste la mañana —dijo Dom Sisebuto—. En vísperas del combate todo son ilusiones, pero después del combate todo son tristezas.

Suspiró conmovido Elifaz ante tanta sabiduría para a renglón seguido tentar al Campeador:

—Como tesorero del rey me corresponde pagaros vuestra soldada. Pese a vuestro desvío, don Sancho os mantiene como alférez de la hueste real. En estos momentos os adeuda mil monedas de oro, de la acuñación de León, más quinientas de plata. ¿Qué queréis que haga con ellas? Ése es el consejo que he venido a pediros.

—Entrégaselas al ecónomo de este monasterio —contestó sin una vacilación Rodrigo Díaz, para mostrar al padre abad hasta qué punto estaba dispuesto a vivir desprendido de toda riqueza terrena.

El judío Elifaz, demudado ante aquella salida, pretextó:

—Venía a pediros consejo y a daros el mío, que era el de que colocarais ese dinero, a rédito, en los banqueros.

—No hay mejor banquero que el que administra el dinero de los pobres —le contestó Rodrigo Díaz.

—Cierto, cierto, señor, pero quería deciros que no traía tanto dinero encima...

—Un pagaré firmado por Elifaz vale tanto como el dinero.

Éste fue el primer donativo, de una larga serie, que

recibió San Pedro de Cardeña de Rodrigo Díaz de Vivar; nunca olvidó el caballero cuánto debía a la sabiduría y santidad que se encerraba en aquellos muros, en los que tan feliz fue incluso cuando estuvo encerrado en sus cárceles.

—Se me olvidaba deciros, señor —dijo Elifaz después de firmar el pagaré—, que el cobro de este dinero os sigue obligando frente a vuestro rey.

—Obligado estoy por el juramento que le presté —le reprochó el caballero—, no por el dinero que me paga.

—Así es, señor, os pido perdón por mi impertinencia —se excusó Elifaz—, pero también quería advertiros que el rey os quiere cerca de él en los tiempos que se avecinan.

Por respuesta, Rodrigo Díaz escribió una carta de su puño y letra rogándole al rey Sancho que le dispensara del juramento para así poder prestárselo al único rey más poderoso que el castellano: a Jesucristo Nuestro Señor.

Se hizo cargo de la carta lacrada y sellada el judío Elifaz, y al despedirse de vuelta a la corte, le dijo a Rodrigo Díaz:

—Si conociendo a nuestro rey, don Sancho, le hacéis desistir de teneros por su alférez, confesaré a vuestro señor Jesucristo como el más grande profeta sobre la tierra.

—Amén —contestó Rodrigo Díaz de Vivar.

El siguiente mensajero real fue el conde Pedro Peláez, en persona. Pero antes de que llegara pasaron varios meses, de primavera y verano, y los campos se pusieron tan hermosos que el padre abad sacaba a los monjes a rezar sobre los prados floridos o a la sombra de los gigantescos castaños y de los hayedos que rodeaban el monasterio. En ocasiones, Dom Sisebuto dirigía la oración en voz alta, y de cualquier pajarillo que pasara volando discurría de tal modo y sacaba tales conclusiones que cuantos le oían se sentían impulsados a adorar a Dios en sus criaturas. Respetaba tanto a todas, incluso a los animales más insignificantes, que si un monje, por descuido, pisaba un hormiguero, le imponía como penitencia mínima reconstruirlo con sus propias manos. Y, sin embargo, un día le dijo a Rodrigo Díaz:

—Estamos necesitados de carne y no es prudente sacrificar más reses. Convendrá que salgáis de caza.

En virtud de la obediencia debida, Rodrigo Díaz, con ayuda del monje-herrero, se hizo una jabalina de vara de fresno y punta de hierro fundido, más un arco con sus flechas bien herradas y volvió a practicar el ejercicio en el que tan diestro era. Le producía tales gozos perseguir los jabalíes y los ciervos por bosques y montes de la sierra, a veces en excursiones de varios días, durmiendo bajo las estrellas, bebiendo en los arroyos y alimentándose de frutos y bayas, que se confesó al padre abad de poner más empeño en cazar al jabalí que en aprenderse las sagradas escrituras.

—Lo uno y lo otro, hijo —le respondió Dom Sisebuto—, pero el invierno ha sido muy cruel para el ganado y necesitamos la carne que la bondad de Dios ha puesto a nuestro alcance.

—Así sea, padre —dijo Rodrigo Díaz y comenzó a adiestrar una pareja de halcones para proveerse, también, de volátiles.

En este quehacer tan grato le sorprendió la llegada del conde Pedro Peláez, que le dijo:

—Nuestro rey y señor entiende que una vez que se restaure la unidad del reino de Castilla, León y Galicia se cumplirá la ley de los godos: el imperio de España será todo de un señor y tendremos paz por muchos años. El rey Sancho y el rey Alfonso se han puesto de acuerdo y han desposeído al rey García de sus territorios en Galicia y Portugal, y lo han desterrado a vivir en la corte del rey Motámid, de Sevilla. Ahora sólo les queda por dirimir la cuestión entre ellos.

—¿Cuándo y cómo esperan hacerlo, y qué quieren de mí? —preguntó Rodrigo Díaz.

—El rey Sancho piensa solicitar de su hermano Alfonso lid singular de caballeros armados.

—Tengo prometido al padre abad que nunca más participaré en duelo singular por ser éste blasfemo y prohibido por nuestra santa madre la Iglesia.

Dijo esto el de Vivar porque de concertarse duelo singular no dudó que le correspondería a él dirimirlo.

—Las promesas al abad tienen menos valor que las prescripciones del Fuero Juzgo —arguyó el conde Peláez.

Y con gran rigor le recordó las obligaciones que tenía contraídas el Cid con el reino de Castilla, no por ser hombre de temperamento belicoso, sino muy cumplidor del cometido que le había conferido Sancho el Fuerte.

—A pesar de todo el rey os transmite que cuando queden

unidos los reinos estaréis en libertad de entrar en el convento si ésa es vuestra voluntad. Pero —y añadió por su cuenta— entiendo que esta vida no se ha hecho para hombres como nosotros.

Rodrigo Díaz, ante tan compleja situación, pidió consejo a Dom Sisebuto para el caso de que fuese designado como mantenedor en lid de caballeros armados.

—Espera primero a que se concierte y si esto ocurre, ya sabrás lo que debes hacer.

—¿Y cómo lo sabré?

—Si después de estos años de estancia aquí no sabes emplear tu juicio, con la ayuda de Dios, poco hemos conseguido. No me vas a tener siempre a tu lado para decirte lo que debes hacer o dejar de hacer. Ni es ésa mi misión en esta vida. He procurado que aprendas lo que debe saber un monje, si ése es tu camino, que no es muy distinto de lo que debe saber un caballero que quiere servir a Dios.

Y le despidió con su bendición.

Consideró un gran logro el conde Pedro Peláez haber logrado arrancar de las manos del clero a caballero tan principal y necesario para la causa de Castilla. Como fuera ostensible su satisfacción cuando ambos emprendían el camino de Burgos, le advirtió la gallega, que seguía conservando el don de la profecía:

—A su tiempo Dios se cobrará la deuda. A no mucho tardar otro caballero de sangre más noble que él, vendrá a ocupar el lugar que deja Rodrigo.

Diez años después, a raíz de la batalla de Lérida, el conde Pedro Peláez, el mismo que manifestara su menosprecio por la vida monacal, abandonó el mundo y profesó como novicio en Cardeña. El biznieto del emperador Vermudo II fue el primer personaje de sangre real que llegó a ocupar la sede abacial en un monasterio cluniacense. Rigió los destinos de San Pedro de Cardeña con la misma prudencia y fidelidad que mostró para los negocios del siglo y murió a los noventa y dos años de edad, según consta en el Cronicón.

Capítulo XI

GOLPEJERA

Por mucho que forzó el intento no logró Sancho el Fuerte que su hermano Alfonso aceptase la lid de caballeros armados, por lo que ambos monarcas, conforme a la costumbre de la época, designaron trujimanes para determinar la fecha y el lugar de encuentro definitivo.

Así como Sancho el Fuerte ardía en impaciencia por dirimir la cuestión, el rey Alfonso, calculador, procuró dilatar la fecha para poder allegar más huestes leonesas. Por lo pronto consiguió que la batalla tuviera lugar en Golpejera, junto al río Carrión, dominio de su favorito, el conde Pedro Ansúrez. Tan seguro estaba de la victoria Sancho el Fuerte que nada objetó a la elección. En cuanto a la fecha definitiva, decidieron respetar las Navidades de aquel año, el 1071 de la era cristiana, y consideraron como muy adecuada para la batalla la festividad de San Sebastián, centurión romano cuyo martirio se conmemoraba el 20 de enero.

Con la guerra llegaba la prosperidad para muchas gentes. En los días previos a la batalla de Golpejera cobró gran fama un pueblo de Badajoz, llamado Naciados, cuyos habitantes lograron salir de la miseria gracias a la venta de noticias a los ejércitos que estaban muy interesados en conocer el número y posición del contrario. Los de Naciados fueron los primeros que para obtener tal información se valieron de sus mujeres y sus niños. Era un pueblo de gente mora y cristiana, muy mezclada, tan ajena a las contiendas entre León y Castilla que los movimientos de sus gentes por aquellos campos no despertaban sospechas. Vendían noticias a uno y otro bando sin ajustarse a ningún código moral y en muchas ocasiones tal desorden lo pagaron con la vida.

Por la fiesta de la Epifanía ya estaban ambos ejércitos concentrados en las márgenes del río Carrión, el castellano en el denominado Soto de Mazintos y el leonés asentado en la amurallada ciudad de Santa María de Carrión. Andaban promediados de fuerzas, unos diez mil hombres cada ejército, de los cuales la mitad eran de a caballo. El ejército leonés tenía superioridad de arqueros y el castellano de lanceros porque el fogoso temperamento de Sancho el Fuerte se avenía mal a la lenta estrategia que requería el uso de las flechas.

Ante batalla de tal magnitud se llenaron los campos de Golpejera de miles de personas que tenían diversos cometidos en la preparación del combate. Los labradores de las acequias del Carrión tuvieron que trabajar de día y de noche para proveer de comida a los soldados. Vendían sus alimentos almacenados a gran precio porque sabían que después de la batalla quedarían las huertas esquilmadas y pasaría mucho tiempo, quizá años, sin volver a recoger cosecha. Además procuraban plantar verduras invernales, de prisa y corriendo, porque todo lo que brotase encontraba comprador. También tenían gran trabajo los herreros, que llegaban de puntos apartados del país, los carpinteros, los fabricantes de tiendas, los alquiladores de mujeres, los vendedores de vino, los jugadores, etcétera.

Pero lo más importante de todo era la comida porque alimentar a tantas gentes y animales era el principal problema de las batallas. Por eso el conde Pedro Ansúrez, anciano de gran malicia, consiguió, aprovechándose que estaba en su feudo, que los campesinos no vendieran alimentos al ejército de Sancho el Fuerte. Los señores castellanos reprocharon a su rey el haber aceptado combatir en campo contrario y amenazaron con retirar sus mesnadas. Pero no contaban con el talento organizador del judío Elifaz para cuya lúcida mente no pasaban los años cuando estaban sus intereses de por medio. Al quinto día de comenzar el racionamiento en el castro castellano, cuando Sancho el Fuerte estaba a punto de admitir su error y ordenar la retirada, empezaron a llegar rebaños de ovejas que había mandado traer el judío de la parte de Coimbra. Llegaban los animales exhaustos de caminar día y noche y tenían que ser sacrificados en el acto.

Sancho el Fuerte no sabía cómo agradecer la previsión del funcionario real, aunque era notorio que el judío Elifaz compraba por uno lo que luego vendía por tres al ejército de Castilla.

—Algo tengo que ganar para compensarme de tanta desgracia —le decía a Rodrigo Díaz que, tiernas las enseñanzas que recibiera en San Pedro de Cardeña, le reprochaba aquellas gigantescas operaciones de agio.

El judío Elifaz decía estar inmerso en desgracias que los demás no sabían en qué consistían.

—Tu verdadera desgracia va a ser no poder llevarte a la tumba tantísimas riquezas como estás acumulando —le contestaba el Campeador.

—Por eso no temo, mi señor, tengo descendientes para tantas generaciones que necesitarán todavía muchas más riquezas de las que poseo. Además, señor, no son tantas. La vida es muy difícil para los que no tenemos una patria en la que hacer guerras.

El judío Elifaz practicaba un sincretismo religioso conforme al cual mientras viviera un descendiente suyo, por línea de varón, él también seguiría viviendo.

La familia y las desgracias del tesorero real eran un misterio para todos. Sus criados, distribuidos por todo el mundo conocido, le trataban como un padre y no se sabía cuáles eran sus hijos y cuáles no.

Lo cierto es que el monarca estaba muy contento con su administrador real, que le dispensaba de cualquier problema con el dinero, y cada día le confería más atribuciones y privilegios. Algunos nobles castellanos le odiaban y le tenían jurado a muerte, pero la mayoría prefería entenderse con él porque el judío era muy comprensivo con las necesidades de todos ellos. Pero sólo tenía un amigo al que respetaba de verdad: Rodrigo Díaz de Vivar.

—Tu estrella es tan poderosa —le dijo humildemente la víspera de la batalla— que sería locura no ser tu amigo.

Esto se lo decía en un momento en que la estrella del Campeador menguaba en la corte de Castilla. Desde que se enteró Sancho el Fuerte de que su alférez, por instigación de los monjes de Cardeña, consideraba sacrílegos los duelos personales, le tenía en menos y apenas le dio atribuciones para organizar la estrategia frente a los leoneses.

Para colmo, en la vigilia del 19 de enero, se produjo un incidente entre el monarca y su vasallo. Aquella misma tarde los vendedores de Naciados llevaron una noticia insólita: el ejército leonés, de la noche a la mañana, había aumentado en dos mil infantes. Luego se vino a saber que eran labradores de la parte de Saldaña y Sahagún que habían sido obligados por los Beni Gómez —sobrinos del conde Pedro Ansúrez— a ocupar el vado menos caudaloso del río Carrión para dificultar el paso del ejército castellano. Las pobres gentes apenas llevaban otras armas que las mismas que empleaban para sus trabajos de campo y no podían ofrecer más resistencia que el efecto que pudiera hacer su presencia.

El rey Sancho, al conocer la noticia, dijo con jactancia delante de sus vasallos principales:

—Si ellos son más, nosotros somos más fuertes. Mi lanza valdrá por mil caballeros y la de Rodrigo Campeador por cien.

—Yo por mí sólo afirmo que combatiré bien con un caballero, y Dios dirá después —replicó el Campeador con una humildad muy adecuada para el espíritu de Cardeña, pero impropia para un castro en vísperas de la batalla.

—Está bien, Rodrigo —le dijo el monarca, rojo de cólera—, en el combate guárdate a mis espaldas que así nos irá a todos mejor.

Con este detalle recoge la Crónica Najerense, escrita noventa años después del suceso, la censura del monarca que tanto había de influir en el desarrollo de la batalla. Porque, efectivamente, Rodrigo Díaz, que nacido para mandar aprendió obedeciendo, no se movió de la grupa del caballo de su rey, desempeñando en la primera parte de la batalla funciones más propias de un escudero que de un alférez real.

El día 20 de enero amaneció sereno y con los campos escarchados. Como estuviera concertado el encuentro sin derecho a refugio en ciudad amurallada, so pena de darse por vencido, desde las primeras luces del día se acometieron las haces de uno y otro ejército con gran saña y mortandad. Era costumbre que los monarcas se mostraran de modo ostensible, muy rodeados por la flor de sus caballeros, ya que si eran prendidos o muertos la batalla se daba por terminada. Procuraban estos caballeros dejar malheridos o desarmados a los que se aproximaban a su rey para que éste pudiera lucirse rematándolos, no por crueldad sino por aumentar el ánimo de las tropas que deseaban estar al servicio de un monarca con fortuna en la batalla.

Al mediodía lucía un sol tan hermoso que parecía haber llegado la primavera, pero la batalla seguía incierta y con gran confusión ya que las bandas auxiliares, compuestas incluso por ancianos, niños y mujeres, aun a riesgo de su vida, se mezclaban entre los combatientes, para despojar a los caídos de sus ropas. También arriesgaban sus vidas los capellanes, la mayoría de ellos monjes benedictinos, que procuraban prestar los últimos auxilios espirituales a los que caían en combate. Y a veces coincidía que mientras un forajido quitaba las botas al moribundo el sacerdote le daba la absolución *in extremis*.

Las armas de hierro, en ocasiones áspero y mal fundido, hacían tan gran destrozo en los cuerpos que la sangre, al mezclarse con las aguas de las acequias, las ponían tan rojas que resplandecían al sol con un hermoso color bermellón. Después de cuatro horas de ininterrumpido batallar era desdoro para cualquier caballero no mostrar semejante color en su cuerpo y en sus armas, por heridas recibidas o inferidas en mortal lucha cuerpo a cuerpo.

A la caída de la tarde, cuando faltaba una hora para la puesta de sol, estaban los contendientes con las fuerzas tan mermadas que el fragor inicial de los metales se había convertido en un rumor. En tal momento se supo que el rey Alfonso había caído prisionero de los castellanos cuando intentaba refugiarse, en contra de lo pactado, en la iglesia de Santa María de Carrión. Loco de júbilo Sancho el Fuerte, olvidada toda prudencia y pensando que su sola presencia triunfadora pondría fin a la batalla, puso al galope su corcel en dirección a la ciudad amurallada. No midió el joven monarca que su caballo era de refresco y el más corredor de todo el ejército castellano, por lo que no pudieron seguirle los caballeros de su guardia y para cuando quiso darse cuenta se encontraba en medio de una hueste leonesa que le hizo prisionero, sin apenas darle oportunidad de combatir. Los caballeros que le aprisionaron eran catorce y sus nombres constan en la Crónica Najerense. Con el respeto debido a su realeza, lo desarmaron y se apartaron con él, al galope de sus caballos, a lugar seguro al tiempo que mandaban emisarios que propagaran el suceso.

Pero el Campeador, cumpliendo el mandato de no separarse de la grupa de su rey, había conseguido abrirse paso entre las haces enemigas y cuando avistó a los que se lo llevaban les gritó conciliador:

—¿Adónde lleváis así a nuestro señor, si el vuestro está también prisionero? Devolvámonos libres uno y otro rey.

El conde García Ordóñez, principal de los catorce caballeros, cuya fama de mezclador de mentiras y verdades fue muy superior a sus hazañas guerreras, no dudó que las palabras del Cid eran una burda añagaza y le desafió a que fuera a rescatarlo.

Rodrigo Díaz, que tenía rotas sus armas, conservando una prudencial distancia de los que le desafiaban, intentó razonar con ellos.

—¿De qué sirve combatir, ahora, si nuestros monarcas están presos? Lo único que conseguiremos es seguir derramando sangre y que mañana tengamos que hacer el canje.

Y les citó los preceptos del Fuero Viejo que contemplaban tan insólita, pero no imposible situación. Pero los leoneses, que ignoraban la prisión de su monarca, hicieron mofa de él y le hostigaron a que intentara rescatarlo por entender que la victoria sería más completa si aprisionaban, también, al alférez real.

—No tengo armas —les advirtió el Campeador— y dispuesto estoy a seguir la suerte de mi señor si con ello dais por terminada la batalla.

Hizo ademán de aproximar su caballo a la hueste de los catorce caballeros, pero el conde García Ordóñez, que sería el más sañudo enemigo que tuvo Rodrigo Díaz a lo largo de su vida, no estaba dispuesto a desperdiciar la ocasión de afrentar a quien tenían por orgulloso e invencible campeón castellano.

—Ahí tenéis un arma —le dijo.

Y con gran desprecio hincó un asta en la tierra y volvió grupas como si no temiera dar la espalda al castellano. Al mismo tiempo tiró del ronzal del corcel real con tal desabrimiento que a punto estuvo de dar con el monarca en tierra. Los otros caballeros leoneses le siguieron entre risas y befas.

Rodrigo Díaz, olvidando cuanto había aprendido en Cardeña, recuperó la soberbia dormida y no soportando la afrenta a su monarca, tomó el asta clavada en el suelo y para cuando el caballero Bernaldo, que cerraba la marcha, quiso volver grupas para hacer frente al castellano ya tenía la lanza clavada en el cuello. El conde García Ordóñez, satisfecho de que el Campeador hubiera caído en la trampa, ordenó rodearle y ahí estuvo su mal. Porque descuidó al regio prisionero que pudo colocarse junto a su alférez que, entretanto, había logrado descabalgar a otro caballero leonés, con cuyas armas se hicieron.

Sancho el Fuerte, haciendo honor a su apodo, se mantuvo en el centro del círculo rechazando a los caballeros que intentaban recuperar al prisionero perdido, mientras Rodrigo Campeador salía y entraba del cerco haciendo tales estragos con su espada empuñada a dos manos, que los leoneses, convencidos de que aquel hombre estaba endemoniado, abandonaron el campo. Y el primero de todos el conde García Ordóñez, condenado de por vida a sufrir afrentas del Cid de las que se vengaba inventando patrañas que tanto daño habían de hacer a la cristiandad.

Tardaron veintitrés días en enterrar todos los cadáveres de la batalla y durante otros tantos, los monjes de Santa María de Carrión recitaron oficios fúnebres sobre aquellos campos de cruces de madera, al término de los cuales el rey Sancho, para fehaciencia de su victoria, encadenó a su hermano Alfonso y conducido por el alférez real le hizo recorrer las principales villas de León y Galicia, para que todos los que habían sido sus vasallos tuvieran constancia de su derrota. Cumplido lo cual se coronó en León el 12 de enero de 1072, como emperador de Castilla, León y Galicia y protector de los reinos árabes de Zaragoza, Toledo, Badajoz y Sevilla. A continuación mandó encerrar al rey Alfonso, de por vida, en el castillo de Burgos.

Mientras la estrella cortesana de Rodrigo Díaz recuperaba todo su esplendor ante un monarca que no sabía cómo agradecerle el servicio que le había prestado, su interior seguía sumido en la confusión. Sancho el Fuerte para nada quería oír hablar de dispensarle del juramento que le tenía prestado como alférez real y ya estaba pensando en nuevas hazañas en tierras de moro, so pretexto de cristianizarlas.

Temeroso de la influencia de Dom Sisebuto prohibió al Campeador retirarse a Cardeña para curarse de una lesión del hombro izquierdo, que resultó ser fractura de clavícula consecuencia del combate con los catorce caballeros leoneses. Pero llegó un momento que tanto se le inflamó el brazo que los físicos de la corte hablaron de cortárselo, remedio habitual en aquellos tiempos.

—No te preocupes, Rodrigo —le tranquilizó el rey—, tú, con un brazo, sigues valiendo por dos caballeros completos.

—Preferiría, señor —le contestó Rodrigo—, conservar los dos brazos y así os podría seguir sirviendo por cuatro caballeros.

El rey mandó traer médicos del reino de Toledo, muy acreditados, que no conseguían curar aquella inflamación que según crecía amorataba las carnes del Campeador. Y a la postre, comido por la fiebre, lo trasladaron a Cardeña y lo pusieron en manos de la gallega, cuya fama de curandera aumentaba de día en día. Lo primero que le diagnosticó la mujer fue la necesidad de contraer matrimonio. Le tocó la frente y le dijo:

—Me parece que tenéis ardores que no sólo son de la fiebre. Si para monje no servís, mejor será que os caséis.

Y con gran erudición le citó una epístola de san Pablo que venía muy al caso. El de Vivar, en lugar de enfadarse por semejante intromisión, se lamentó:

—He perdido la edad de casarme y mal partido sería para ninguna doncella con un brazo de menos.

—Eso dejadlo de mi cuenta —dijo la gallega que comenzó por darle un bebedizo de hierbas opiáceas, traído de Oriente, que sumió al caballero en un delirio que permitió a la mujer reducir con sus mágicos dedos aquella fractura ya encallecida.

Se lamentaba el de Vivar, como en un sueño, pero al mismo tiempo se deleitaba con aquellos tocamientos y de toda aquella confusión el ganador fue el rey Alfonso porque cuando la gallega consiguió colocar los huesos en su sitio, tan aliviado se sintió el Campeador, que le dijo a la mujer:

—¿Cómo puedo pagarte por el brazo que me has salvado?

—Librándonos a la cristiandad del oprobio de que un emperador católico encierre a muerte a un hermano suyo, que también es rey y católico.

—Eso no depende de mí, sino del rey nuestro señor.

—Nada que le pidas al rey Sancho te lo negará. Te es deudor de mucho y aún espera más de ti.

—Lo último que haré en mi vida será interferirme en un pleito familiar entre reyes —le replicó Rodrigo Díaz—. No puedo hacer lo que me pides. Si dices que me debes dos veces la vida, me doy por pagado con este brazo y estamos en paz.

—Yo siempre os deberé mi vida y eso nunca os lo podré pagar. Pero vos siempre deberéis a Dios no haber hecho nada por impedir que se consumara una ruindad.

Terminaron medio reñidos, lo que no era desusado entre ellos, y el Cid le juró no volverse a poner en sus manos ni aunque estuviera en trance de muerte.

—Antes de lo que os pensáis volveréis por aquí —le profetizó la gallega y Rodrigo Díaz, aunque disimuló su temor, comenzó a discurrir qué nuevo mal era el que le esperaba.

Una semana después tuvo la respuesta. Andaban a la caza del oso por la sierra de la Demanda —el Cid muy recuperado de su dolencia—, cuando un día, muy de mañana, le dijo el rey Sancho:

—Esta noche se me ha aparecido una mujer en sueños y me ha pedido, por el bien de la cristiandad, que ponga en libertad a mi hermano Alfonso. Esa mujer sólo puede ser mi hermana Urraca.

Lo decía porque la infanta doña Urraca, la mayor de todos los hermanos, tenía tal debilidad por el rey Alfonso que los juglares, aun a riesgo de su vida, componían poemas acusándola de sentir por él un amor incestuoso.

Caminaban por la sierra, tras el rastro de un oso herido, el Cid con un brazo en cabestrillo, en el que sintió como un latigazo cuando el rey le contó su sueño.

—Si es Urraca —continuó el monarca— he de hacer lo contrario de lo que me pide, sea en sueños, sea en vida, porque sé que nada bueno puedo esperar de ella.

—¿Cómo era la mujer? —preguntó Rodrigo Díaz, sin poder disimular su inquietud.

—Rubia y de grandes proporciones. Hermosa, pero de tan descomunal tamaño que casi no parecía una mujer.

—Recordad, mi señor, que la infanta doña Urraca, aunque de buena figura, es más bien menuda, y los cabellos los tiene oscuros.

Siempre habría de caracterizarse Rodrigo Díaz por una especial disposición para hacer diversas y aun contrarias cosas a la vez. Por eso, mientras el monarca, embargado por el significado de su sueño no vio al oso herido a cinco pasos de él, el Campeador, con su único brazo útil le lanzó la jabalina y lo atravesó a la altura de la paletilla cordial. Aprovechó el asombro que el alarde produjo en el monarca para decirle, con gran decisión:

—Si la mujer que se os ha aparecido en sueños es la que me pienso, mejor será que sigáis su consejo.

—Si tienes tanto tino en interpretar sueños como en alancear osos, seguro que lo haré. ¿Quién piensas que es la mujer?

—Ermelinda, la gallega —díjole el Cid sin ninguna vacilación.

Capítulo XII

ZAMORA

En el mismo monasterio de Cardeña, y ante la presencia de Dom Sisebuto, los magistrados y el coro capitular, tomó Sancho juramento de fidelidad a su hermano Alfonso y lo desterró a la corte del rey Mamún, de Toledo, tributario del reino de León.

—Ahora que habéis conseguido la paz entre los hermanos, es llegado el momento de que penséis en contraer matrimonio —advirtió la gallega a Rodrigo Díaz—. Si dejáis pasar un año más, en lugar de casaros con una doncella habréis de hacerlo con una viuda.

Se lo decía porque Rodrigo Díaz estaba para cumplir los treinta y un años, edad desusada en aquella época para permanecer soltero. El Campeador estaba tan convencido, después de lo sucedido, que lo que la gallega advirtiera habría de cumplirse, que no cesaba de fijarse en las damas de la corte con las que pudiera contraer matrimonio. Por la advertencia de la gallega, sobre su mucha edad, procuraba no fijarse en las doncellas y sí en las viudas que tanto abundaban dada la corta vida que tenían los caballeros que se dedicaban a la guerra. Pero tampoco resultaba fácil casarse con ellas ya que debían guardar luto por el marido durante tanto tiempo que cuando volvían al mundo estaban pasadas. O, por lo menos, a Rodrigo le gustaban más jóvenes.

En estas dudas andaba cuando para desgracia de muchos llegó la noticia de que la infanta doña Urraca, a quien en la herencia del emperador Fernando le había correspondido la ciudad de Zamora, se hacía llamar reina de Zamora. Le faltó tiempo al que tenía rango de emperador para ir a pedirle cuentas de semejante usurpación, al frente de un ejército de mil quinientos caballeros y dos mil infantes, con el alférez real a su lado, que le decía:

—¿Por qué, señor, te aproximas a la persona de la que temes que sólo han de venirte males? ¿Qué daño nos puede hacer que se haga llamar por un título que no le corresponde? ¿Qué significa una pequeña ciudad de labradores comparada con todos los territorios de vuestro reino?

En esto último se equivocaba Rodrigo; cuando avistaron la ciudad de Zamora, tan hermosamente erguida sobre los meandros del Duero, le dijo Sancho:

—No puede llamarse señor de España, quien no sea señor de Zamora.

Se alzaba la ciudad sobre una peña tajada, ceñida de muros de hormazo, con espesas torres, defendida toda ella por el río Duero que discurría a sus pies y con fortificaciones tan famosas que en las partes principales se componían de siete murallas con sus correspondientes fosos.

Para que no quedaran dudas de su determinación, mandó Sancho establecer cerco formal dispuesto a sitiar a la ciudad por hambre.

—Tened en cuenta —le advirtió el Campeador— que es vuestra hermana y que os exponéis a tener sueños desagradables como os ocurrió después de Golpejera.

—Prefiero tener malos sueños que no poder dormir pensando que dejo a mis espaldas semejante fortaleza gobernada por quien sé que me quiere mal.

A pesar de todo, era tal el cariño que sentía por su alférez, que por darle gusto le autorizó a negociar con la infanta el trueque de la ciudad por cinco villas en la parte del Bierzo, más ricas, pero peor fortificadas.

Pero el intento de Sancho el Fuerte llegaba tarde. Desde el momento en que iniciara la cabalgata en Burgos, camino de Zamora, los vendedores de noticias se apresuraron a vendérsela al conde Pedro Ansúrez, principal de los Beni-Gómez, ayo del rey Alfonso, al que acompañaba en su destierro de Toledo decidido a que éste durara lo menos posible. Si bien el rey Alfonso estaba sujeto a respetar el exilio por el juramento prestado, no era ése el caso del conde Ansúrez que, muy por el contrario, se consideraba obligado a restaurar en el trono a su rey y señor.

El conde Pedro Ansúrez, maestro de los mestureros o mezcladores de verdades, supo organizar desde las riberas del Tajo la ingeniosa conspiración que sumió en el duelo a Castilla. Día tras día mandaba mensajeros a la infanta doña Urraca advirtiéndole que su hermano favorito, por quien los juglares decían que sentía un amor incestuoso, se consumía en la melancolía de estar condenado, de por vida, a tener como únicas ocupaciones pasear por la huerta del rey Mamún y cazar osos entre los robledales del valle del Tajuña. Y cuando ya el hambre empezó a dejar sentirse en la ciudad le envió a su propio sobrino, el conde García-Ordóñez, que logró romper el sitio al frente de una tropa de quinientos lanceros y le prometió a la infanta que en pocos días, los nobles leoneses que no aceptaban el reinado de Sancho el Fuerte, vendrían en su ayuda.

De momento lo único que consiguió el conde García-Ordóñez fue aumentar los problemas de abastecimiento de la plaza sitiada. En cuanto a los nobles leoneses procuraban mantenerse a prudencial distancia del poderoso ejército castellano.

Por segunda vez Rodrigo Díaz penetró en la fortaleza, bajo tregua de Dios, a negociar con la infanta el trueque de villas, pero el conde Pedro Ansúrez que, pese a la distancia, estaba advertido de todo, le mandaba decir a la infanta: "Si aceptas el trato del rey Sancho, acabarás encerrada en el castillo de Burgos o, con suerte, en el exilio en algún lejano reino de taifas." La infanta doña Urraca era una mujer agraciada, cuya obligada virginidad le daba un cierto aire de juventud y candidez. Había renunciado a llevar una vida disoluta, como la de su hermana Elvira, y le entró un fervor místico que unido al deseo de engrandecer el reino de León y Castilla, la convertía en un ser desconcertante. Rodrigo Díaz la trataba con el respeto que se merecía una hija del emperador Fernando y con su mejor intención le aconsejaba el trueque, sabedor de que su señor nunca renunciaría a la ciudad de Zamora.

La infanta, que de pequeña había jugado con Rodrigo en aquella misma ciudad, lloraba angustiada ante el caballero, pero no cedía. Porque su hermano Sancho era noble, casto y hasta, en ocasiones, desprendido, pero no se hacía querer. Mientras que Alfonso era sensual, vanidoso y, en ocasiones, tramposo, pero simpático, se hacía querer de las gentes y cuánto más de su hermana mayor que, con independencia de las malediciencias juglarescas, le tenía un gran amor.

A la salida de aquella segunda entrevista, el conde García-Ordóñez, cuya torpeza militar era famosa, le esperaba en la linde del lugar en el que terminaba la tregua de Dios, con quince caballeros leoneses. Rodrigo Díaz no vestía la loriga de mallas de hierro, ni portaba lanza y se tuvo que valer de una espada corta que ceñía, casi como adorno, en su tahalí de plata y piedras preciosas. En el combate, que fue presenciado desde las murallas por los sitiados, incluso por la misma infanta, perdió la vida un caballero leonés, resultaron malheridos otros dos, dando lugar a que llegara la guardia castellana y pusiera en fuga a los restantes.

El conde García-Ordóñez, ante la infanta, dio la excusa de siempre:

—El maquilero de Vivar tiene pacto con el diablo, por mediación de una bruja gallega, que le domina. Fue ramera en el harén de Barbastro y ahora tiene embaucado al anciano y chocho abad de Cardeña. El rey Sancho, sin él, no sería nada.

Pero la infanta doña Urraca le replicó con una gran verdad:

—Y el rey Alfonso, con él, sería el más poderoso monarca de la cristiandad.

—El que sobra, entonces, es el rey Sancho —dijo el caballero italiano Vellido Dolfos.

Era costumbre crudelísima de la época no consentir que abandonasen las plazas sitiadas las bocas inútiles. Como las defensas desde lo alto de una fortaleza eran muy superiores a los medios de ataque de los sitiadores no había más remedio que rendirlos por hambre para lo cual convenía que no salieran de la fortaleza mujeres, ancianos y niños. Y si salían se les obligaba a entrar de nuevo, o se consentía que cayesen en manos de las bandas auxiliares que los podían hacer presos y venderlos como esclavos, sobre todo a las mujeres y a los niños. A los ancianos, si eran de algún relieve, los retenían para pedir rescate por ellos y de no obtenerlo los entregaban a sus mastines como alimento. Los auxiliares musulmanes eran muy aficionados a tener grandes jaurías de las que sacaban un gran provecho como guardianes nocturnos de sus infames campamentos.

Pero Rodrigo Díaz, que bien contra su voluntad estaba labrando el destino final de su señor, convenció a éste de que tan bárbara costumbre, propia de tierra de moros, no debía consentirla en una guerra entre hermanos. El rey Sancho autorizó a abandonar Zamora a las bocas inútiles y protegió sus salidas de las bandas de forajidos. Y en una de ellas consiguió huir, disfrazado, el conde García-Ordóñez, que fue a informar a su tío, Pedro Ansúrez, sobre lo que estaba ocurriendo y sobre el comentario que hiciera el caballero Vellido Dolfos.

—El rey Alfonso para nada debe intervenir en ello —dijo juiciosamente el ayo del rey—; no puede manchar sus manos, ni su conciencia, con la sangre de su hermano. Pero no somos responsables de lo que pueda hacer un mercenario italiano.

Cierto que Vellido Dolfos estaba al servicio de la infanta, por precio, pero para colmo se había enamorado de ella o, por lo menos, la deseaba ardientemente, quizá atraído por la idea de poseer a una mujer de la estirpe real más importante de Europa. Además no era un sueño imposible, ya que cuando las princesas e infantas no podían contraer matrimonio por razones de estado, tendían a mantener relaciones con caballeros de escasa nobleza e, inclusive, con criados y palafreneros. Y doña Urraca trataba con deferencia al italiano, le hacía confidencias, suspiraba y lloraba en su presencia lamentándose de su desgraciada situación, y le consentía que alargase los besamanos. El caballero Vellido Dolfos, no sólo era audaz, sino que a diferencia de los rudos cortesanos castellanos y leoneses, se vestía con esmero y sabía tañer el laúd. Y algún caballero que se burló de aquellas aptitudes más propias de mujeres lo pagó con la vida porque no en balde el italiano se había labrado su posición manejando las armas.

El conde García-Ordóñez era torpe para las hazañas guerreras, pero audaz para la vida. Por eso, con el beneplácito de su tío, regresó a la fortaleza sitiada en arriesgado viaje de tres jornadas, para negociar con la infanta la solución definitiva a los problemas dinásticos entre León y Castilla.

—Hay precedentes —tranquilizó el conde a la infanta—; sin ir más lejos el mismo rey Sancho, en el sitio de Graus, consintió que un caballero suyo, quizá el mismo Rodrigo Díaz, penetrara en el campamento enemigo y matara a su tío, el rey Ramiro, de Aragón. El hecho fue muy celebrado tanto en las cortes moras como cristianas. Ni el Fuero Viejo ni el Fuero Juzgo lo prohíben.

Y siguió con su embeleso consciente de que era la última oportunidad que tenían los Beni-Gómez de restaurar en el trono de León a quien tanto les apreciaba y distinguía. La infanta le escuchó en silencio y por toda respuesta se retiró a orar en su capilla particular.

—Quien calla, otorga —dijo García-Ordóñez a los caballeros que le asistían, entre los que se encontraba Vellido Dolfos que, loco de júbilo por la oportunidad que se le presentaba, pidió:

—Prefiero hacerlo solo. La única ayuda que preciso es que en el momento oportuno me abráis la muralla por la puerta que os indicaré.

Esa puerta fue la llamada de Arena, en la muralla sur, conocida desde entonces como postigo de la Traición. Porque así que la franqueó Vellido Dolfos, cumplida su hazaña, le esperaban en ella tres criados de los Beni-Gómez que, al tiempo que le ayudaban a desmontar, lo apuñalaron y arrojaron a las aguas del Duero que en esa parte corrían muy profundas porque las lluvias de otoño habían sido aquel año, a Dios gracias, muy abundantes.

El 7 de octubre amaneció tan templado que parecía que había vuelto el verano. De las riberas del río se levantaba una niebla, suave y algodonosa, que según salía el sol se deshacía en jirones que rodeando las murallas de la ciudad le daban un aire de tal belleza que el rey Sancho dijo a Rodrigo Díaz:

—Cuando sea nuestra traeremos aquí la corte.

Y le detalló, como el que lo tiene muy pensado, cuántas ventajas tendrían desde tan excelente plaza fortificada, para penetrar por tierras de Toledo y Badajoz y así poder llegar hasta la mar Atlántica, a través del reino de Sevilla. Conseguido lo cual celebrarían un solemne Te Deum en Santa María del Algarve y seguirían por la margen del mar hasta Tarifa y allí fijarían las fronteras de la cristiandad con el Islam ya para siempre. Rodrigo Díaz le hizo ver el problema de conseguir tan extenso asentamiento con las gentes de que disponían, no por la dificultad de conquistarlas, sino por la de mantenerse en ella en son de paz. Proponía como único remedio conceder a los árabes conquistados un estatuto muy favorable, que los animase a trabajar las tierras sin temor a las continuas algaras de unos y otros, reservando para la corona el diez por ciento de todos los frutos. Le parecía poco al rey Sancho el diez por ciento, pero condescendía por dar gusto a su alférez a quien aquel día trató con tal cariño que nunca lo olvidaría el Campeador. Incluso le gastó bromas sobre su soltería, le encareció las ventajas de un buen matrimonio, le ofreció su ayuda para que pudiera casarse con mujer noble y rica, quizá de la parte de la Cerdaña que tenían fama de muy amorosas y adineradas.

Y de repente muy reflexivo, emotivo y condescendiente, le dijo:

—Podemos hablar con los abades benedictinos sobre la validez del codicilo que prohíbe matrimoniar a mis hermanas. Siempre he pensado que no es bueno, por ley, prohibir casarse a las mujeres. Fíjate cuánto escándalo nos ha proporcionado la infanta Elvira.

Rodrigo Díaz no se atrevía a asentir ni a desasentir por no poner en tela de juicio una decisión del que fuera emperador de las dos religiones, ni el rey Sancho esperaba su respuesta sino que siguió razonando como el que piensa en voz alta:

—En tal caso podíamos pensar en que te casaras con la infanta Urraca. Si te trata con el mismo amor que a mi hermano Alfonso serías un marido muy dichoso.

La generosidad del ofrecimiento era tal que dejó sin voz al Cid Campeador, por su origen modesto infanzón, afortunado en la guerra, pero sin más riquezas que las joyas de sus arreos y dos molinos en las márgenes del río Ubierna. El rey Sancho echó las cuentas de los años de su hermana y resultó que tenía cuatro más que el de Vivar, pero no lo consideró óbice, por lo muy entera y lozana que se conservaba. Aprovechó para gastarle algunas bromas sobre los placeres del amor y terminó con mucho sentimiento:

—Además, terminaríamos con esta guerra que de seguir así puede llevarnos todo el invierno que en estas tierras son muy malos.

Así siguió discurriendo hasta el mediodía, en el que almorzaron con gusto y bebieron los vinos de la tierra, al aire libre, recreándose bajo un sol tan cálido, que tras las abundantes lluvias del otoño retoñaron las caléndulas silvestres como si fuera primavera. Por extraña providencia todo se concitó para que el alocado plan del caballero Vellido Dolfos tuviera puntual cumplimiento. Porque el rey Sancho, después de bien comer y bien beber, se metió en su tienda para hacer la siesta, Rodrigo Díaz se fue a revisar el campamento por donde no debía, y los guardias del rey, en día tan propicio para la holganza, aprovecharon los restos del regio condumio, descuidando la que era su principal obligación.

Mientras el rey Sancho dormía la siesta con sueños de paz encontró la suya definitiva de la mano de Vellido Dolfos, que aprovechando el momento propicio consiguió entrar en la tienda real y ante la emoción del logro que tenía a su alcance dudó entre la espada y el puñal. Como tuviera un temperamento caballeresco y romántico le pareció más noble cumplir justicia en la persona del rey con la primera y se la clavó en el esternón, en parte no vital; el rey, malherido, intentó defenderse y tuvo que rematarle con el puñal. Aun herido de muerte, la gran fortaleza de Sancho el Fuerte le permitió levantarse y agarrarse a su matador, dando voces que movilizaron el dormido campamento y obligaron al caballero italiano a darse a la fuga.

Cubierto de sangre real, montó sobre su corcel camino del postigo de la Traición y para cuando los caballeros castellanos iniciaban su persecución, él atravesaba la muralla y tras ella en lugar de encontrar la recompensa a su audacia y a su amor, halló la muerte a manos de los Beni-Gómez que pagaron a los vendedores de noticias para que hicieran correr la especie de que el italiano, asustado por las consecuencias del regicidio, había huido río abajo, hacia lugar ignorado.

El estruendoso dolor del que dieron muestras los caballeros castellanos duró hasta que los capitanes de las huestes tomaron conciencia de que muerto el rey Sancho, recuperaba el trono su hermano Alfonso y temiendo el rencor del desterrado, levantaron el sitio sin orden ni concierto y emprendieron, en desbandada, el camino de sus casas.

Fue aquélla la única derrota que había de conocer el Cid Campeador y tan estremecido le dejó que nada hizo para impedir la desbandada. Mientras los medrosos huían, los fieles mostraban su fidelidad y el conde Pedro Peláez, que andaba cobrando tributos por la parte de Talavera, se presentó con su mesnada y gracias a él pudieron trasladar el cadáver del rey a través de territorio enemigo, para darle sepultura en el atrio del monasterio de Oña.

Contaba el rey Sancho, cuando encontró la muerte, treinta y cuatro años. De mediana estatura tenía hermosas facciones que los escultores esculpieron con gran fidelidad en su sarcófago sobre el que los monjes gramáticos redactaron epitafios, asemejando su hermosura a la de Paris y su valentía a la de Héctor de Troya; a continuación, en latín y romance, recriminaban la traición de la infanta doña Urraca.

El judío Elifaz, a través de los judíos de la sinagoga de Toledo, se informó que las disposiciones del rey Alfonso eran buenas para los castellanos, pero como estaba convencido que Rodrigo Díaz de Vivar había nacido para ser rey, intentó convencerle de la oportunidad que se le presentaba.

—Soy muy viejo, ya, mi señor, y antes de morir me gustaría hacer una buena acción duradera —le explicó—, estoy aburrido de tener que hacerla todos los meses, por la luna nueva de prisa y corriendo. Quisiera hacer una que me sirviera para los años que me restan de vida, que no son muchos. ¿Y cuál mejor que dar un buen rey al único país al que casi considero mi patria?

El judío Elifaz nunca hablaba por hablar y contaba con el apoyo de los jóvenes castellanos que veían en el Cid el modelo de caballero que ellos querían ser. Teniéndole por un dios el que fuera rey no les parecía demasiado. Hacían cabeza de los jóvenes Álvar Háñez, de veintiún años, y Muño Gustioz que no había cumplido los veinte. Éstos, a su vez, contaban con otros nobles castellanos, adinerados, con muchos siervos y villas, que temían, dado el carácter dilapidador del rey Alfonso, nuevos y crecientes impuestos si llegaba al trono.

Álvar Háñez Minaya, criado en el solar de Vivar y llamado a ser el mejor caballero de la cristiandad, después del Cid, le explicó al que consideraba su tío, con gran detalle y sentido común, cómo andaban dispersas todas las fuerzas después de la tragedia de Zamora, no sólo las castellanas sino también las leonesas, y el mismo rey Alfonso de camino de Zamora, con muy escasa tropa de asistencia y moviéndose por tierra de árabes de incierta amistad.

—¿Por qué no ha de ser rey, García, de la misma sangre real que don Alfonso y limpio de toda sospecha de haber intervenido en la muerte de nuestro rey don Sancho?

Esto le dijeron Álvar Háñez y Muño Gustioz, porque el rey García, desterrado en Sevilla, había demostrado tal ineptitud para gobernar que de volver al trono, el Cid Campeador sería su regente con poderes absolutos. Hablaban por boca de muchos y hasta de los monasterios de Oña, Arlanza, Silos y Cardeña le llegaban voces pidiéndole que coronase al rey García, empresa fácil para quien podía organizar una mesnada capaz de poner orden en el desconcierto de la meseta.

—No necesita organizar una mesnada —le envió a decir el rey Moctádir, de Zaragoza, que tenía motivos para admirar y respetar al Campeador—, yo pondré a su disposición un ejército completo que a sus órdenes dejará las cosas en su lugar. Pero no nos conformamos con que sea regente. Lo queremos como rey.

Era de la misma opinión el judío Elifaz y le citaba el libro sagrado de judíos y cristianos del que resultaban los reyes elegidos por decisión del pueblo. Tan fuerte era la presión de unos y otros, que hasta el conde Pedro Peláez, de suyo tan equilibrado, intervino en el debate recordándole las leyes de los godos que también le autorizaban, en casos como aquél, a coronarse como rey.

—Además —le arguyó el nieto del emperador Vermudo el Gotoso—, vuestra soltería es una ventaja. Podéis contraer matrimonio con la infanta doña Elvira y así estaréis más legitimado para lo que es de justicia que sea.

La infanta doña Elvira era la del escándalo del monasterio de Celanova, entre otros, y la gallega, en persona, se desplazó a Burgos y le dijo al Campeador:

—No te cases con una puta, somos mala gente. Te lo digo yo que lo he sido muchos años y con tantos otros como llevo de oración y penitencia no logro quitarme el veneno que me metieron los hombres dentro.

—Ten cuidado con lo que dices, mujer —le advirtió el Campeador—, que por decir semejante atrocidad de quien lleva sangre real te pueden cortar la lengua.

—Favor me harían —replicó, humilde, la gallega—, que cada vez que hablo me arrepiento de lo que digo y hasta Dom Sisebuto pierde la paciencia conmigo y se resiste a darme la absolución.

—¿Y qué dice el padre abad de todo esto? —se interesó Rodrigo Díaz.

—Nada dice ni tiene por qué decir. Y si alguno se lo pregunta le responde que leyes hay en Castilla y que vos las aprendisteis muy bien en los años de Cardeña y conciencia tenéis para aplicarlas.

Entretanto, los vendedores de noticias recorrían la península de un extremo al otro, matándose entre ellos por anticiparlas, inventándoselas cuando era oportuno, con tanta diligencia que hasta Sevilla llegaron y de tal modo se la vendieron al desterrado rey García que se puso en camino de su desgracia, creyendo que el alférez de Castilla estaba dispuesto a coronarle.

Pero también llegó hasta Zamora la noticia de que el santo abad de Cardeña recomendaba al Cid que aplicara, en conciencia, las leyes de Castilla.

—¿Y cuáles son esas leyes, para este caso? —preguntó la infanta doña Urraca al conde Ansúrez que discurría día y noche cómo asegurar el trono a su señor.

—Que don Alfonso salve, con su jumento, que para nada tomó parte en la muerte de su hermano, el rey Sancho.

—Sea —dijo con gran decisión la infanta—. Rodrigo Campeador hará lo que corresponda por ley.

Y le mandaron una embajada de peritos en leyes que le demostraron que, conforme al derecho visigótico, su obligación era pedir juramento al rey Alfonso.

Los jóvenes guerreros castellanos, deseosos de dirimir la cuestión en el campo de batalla, intentaban convencer al Cid para que no accediese a la trampa que le tendía aquella infame mujer. Pero el Cid, después de meditarlo durante varios días, les dijo:

—Decís que me tenéis por modelo de caballeros, pues bien, la primera obligación de un caballero es cumplir las leyes, que si son justas es como cumplir la misma ley de Dios. Dadme razones para no aplicar la partida XII de la *lex visigothorum*.

Los jóvenes castellanos, empezando por su sobrino Álvar Háñez, eran muy aficionados a pelear, pero ni tan siquiera sabían leer, y nada pudieron replicar a lo que les decía el alférez real.

En vista de ello el Cid Campeador accedió al juramento que tuvo lugar en una pequeña iglesia de las afueras de

Burgos, consagrada a santa Gadea, virgen por vocación y mártir por no prestarse a jurar en falso. Juró Alfonso, poniendo las manos sobre los evangelios, que para nada había participado en la muerte de su hermano, y aceptó la maldición que le formuló el Cid, como portavoz de Castilla, para el caso de que hubiera mentido, con un solemne "Amén" que pronunció con júbilo contenido sabiendo que con él recuperaba el trono de su padre, el emperador Fernando. Sin embargo, los vendedores de noticias, siempre deseosos de novedades, contaban por caminos y posadas que el Cid le hizo repetir el juramento por tres veces y que a la tercera, el rey Alfonso, demudada la color y comido por los remordimientos, a punto estuvo de desmayarse. Y los juglares añadían por su cuenta, en los romances de gestas, que el rey así humillado había desposeído de su cargo al altivo alférez castellano y le había mandado, de nuevo, a cuidar las vacas del monasterio de Cardeña.

Capítulo XIII

EXIMINA Y EL PROCURADOR DE CARDEÑA

Esto último era verdad sólo en parte. Rodrigo Díaz, cuando terminó de cumplir las obligaciones de su cargo, se encontró de vuelta de todo entusiasmo por la vida de la corte. Los mismos que le azuzaban para presentar batalla al rey Alfonso, una vez asentado éste en el trono, se apresuraron a rendirle entusiasta pleitesía. En muchas iglesias se olvidaron de seguir celebrando sufragios por el alma del rey Sancho y tacharon los epitafios en los que recordaban la supuesta traición de doña Urraca a la que temían por su fama de mujer malévola y vengativa. Pero no lo fue con Rodrigo Díaz y le insistía a su hermano, el rey, que lo mantuviera como alférez.

—Sabe gobernar tan bien como guerrear. El ejército que él mande siempre será el vencedor. Si tú no le das trabajo acabará sirviendo al moro y ¡ay de ti el día que lo tengas enfrente!

Quizá el rey Alfonso hubiera accedido por el mucho respeto que tenía a su hermana mayor, pero aún se lo tenía más a su ayo el conde Ansúrez, el cual le decía:

—No temas por el Campeador. Te ha besado las manos en Santa Gadea, prometiéndote fidelidad, y nunca tomará las armas contra ti. Pero déjale que siga su camino. ¿No quería ser monje? Pues mejor oportunidad que ésta no va a tener. ¿Crees que puedes tener a tu lado un hombre que piensa así?

Esto se lo advertía porque el rey Alfonso tenía afición por toda clase de mujeres, tanto moras como cristianas, y por contra era sobradamente conocido que el Campeador condenaba las proclividades sensuales causantes de la ruina de los reinos. En cambio, el conde García-Ordóñez, que se daba maña por fomentar la afición de su rey, acabó siendo nombrado alférez de León y Castilla.

El caso es que Rodrigo Díaz volvió a llamar a la puerta de Cardeña y el abad le dijo:

—¿Otra vez por aquí? —Y para quitarle toda esperanza de ser monje, le preguntó—: ¿Qué sentiste cuando mataron, casi en tu presencia, a tu rey y señor?

Rodrigo Díaz ya estaba acostumbrado a que Dom Sisebuto le hiciera preguntas desconcertantes, que parecían ajenas a aquello de lo que estuvieran hablando. Pero como no lo eran, se tomó bastante tiempo antes de contestar y cuando lo hizo, confesó con gran sinceridad:

—Rabia y vergüenza de que un mercenario extranjero, al que en lid abierta hubiera quebrado como una caña, matara, tan cerca de mí, a mi rey y señor.

—¿Y después? —insistió el abad.

—Me puse a considerar los cuidados que habría que tomar, en lo futuro, para que no volviera a ocurrir un suceso así.

—¿Y después? —continuó el abad con la dulzura en él acostumbrada.

—Mandé ahorcar a los guardias que se habían embriagado mientras nuestro rey y señor dormía.

—¿Y qué penas te impusiste a ti mismo?

—Me pareció suficiente el dolor de haber perdido a quien me trataba como un igual y al que yo quería como un hermano.

—Tardaste mucho, hijo, en darte cuenta de esto último. Antes estuviste muy poseído de ti, preocupado por tu deshonor y justiciero en extremo con la guardia del rey.

—¿Y por eso no sirvo para monje?

—Por eso y por muchas cosas más. Ahora bien, si quieres hacer un servicio a la iglesia de Dios en la tierra, recupéranos las ciento cuatro reses que nos quitaron va, ya, para cinco años, los infanzones del valle de Orbaneja, de las cuales, si mal no recuerdo, treinta y siete eran bueyes de labor. Son muchas las necesidades del monasterio para que podamos resignarnos a perder tan gran caudal.

Le faltó tiempo a Rodrigo Díaz para dar gusto a Dom

Sisebuto, a cuya fama de santidad contribuyó el gran cuidado que ponía en administrar los bienes de Cardeña y el buen destino que les daba en los tiempos malos, que para los pobres eran casi todos, y su único refugio estaba en los monasterios.

—Cuidad con lo que hacéis —le advirtió la gallega—, que a nuestro padre abad no le gustan las violencias.

Era tal la fama de milagrosa curandera que había adquirido Ermelinda, la gallega, que para nada podía ocuparse ya de la intendencia del monasterio, ni cuanto menos de ganados y rediles. Bastante trabajo tenía con curar a personas venidas de todos los reinos de España, muchas de las cuales se volvían sin ser vistas por la piadosa mujer que únicamente atendía, con sus prodigiosas manos, a las que tuvieran mal de huesos. No distinguía que fueran pobres o ricas, pero a estas últimas les hacía ver cuántas gentes dependían de la caridad de Cardeña. Así conseguía cuantiosos donativos y hasta mandas y herencias de los beneficiados por sus curaciones. Tampoco era extraño que aun no consiguiendo la curación, las gentes, conmovidas por la sinceridad y amor que ponía la gallega en conseguirlo, dejaran generosas limosnas.

A los que curaba del cuerpo también procuraba mejorarles el alma enseñándoles las virtudes que ella, a su vez, aprendía de los monjes. Cuando se trataba de mujeres les recomendaba mucho que cuidaran la modestia en el vestir, sobre todo por la parte de los pechos que las moras ilustres habían puesto de moda llevarlos muy descubiertos, y algunas cristianas, aunque con más disimulo, las imitaban.

Por aquellos días andaba curando a una sobrina del mismo rey Alfonso, doncella de diecinueve años, que por una mala caída del caballo llevaba camino de quedarse coja, con una cadera fuera de su sitio. Había llegado al monasterio con mucha soberbia por su ilustre linaje, forzada por su madre, la condesa de Oviedo, ya que ella decía que no le importaba quedarse renca. Como para disimular el defecto de la cadera gustaba de vestir con gran lujo y riqueza, luciendo mucho los pechos que los tenía muy hermosos.

—Si así los mostráis a todo el que quiera verlos —le dijo la gallega, nada más conocerla— poco guardáis para el que tenga derecho a verlos y aun palparlos en su condición natural que es el legítimo connubio.

De primera intención, asombrada del descaro de la gallega, montó en cólera y ordenó levantar su campamento. Y cuanto más le rogaba su madre que esperase a ver si aquella mujer le acertaba con su mal, más se encrespaba la doncella, y a su dama de compañía, que se atrevió a reprenderle sus modales, le cruzó el rostro con un peine de púas hirientes.

Tal fue el escándalo que llegó a oídos del abad el cual determinó su expulsión:

—Que se vaya en paz y que Dios la ampare.

—La culpa ha sido mía, santo padre —intercedió la gallega—, que digo tan mal las verdades que mejor haría no diciéndolas. Si la dejáis marchar así, amargada como está y desesperada de la vida, es como si la mandarais al infierno.

Condescendió el abad y la gallega, después de mucho rezar y mortificarse, se presentó de nuevo ante Eximina, la doncella, y puesta de rodillas le pidió perdón. De nada le sirvió y en mal momento llegó, porque Eximina, montada sobre su mula ricamente enjaezada, se disponía a partir con toda su servidumbre que era mucha y variada. Pese a estar el día fresco, llevaba el pecho muy al aire, como desprecio a las palabras que le dijera la gallega. Pero el rostro lo tenía desencajado por el dolor que le causaba montar a la jineta con su mal y por eso contestó desabrida a la que se humillaba a sus pies:

—Tarde viene vuestro arrepentimiento. En cuanto llegue a León advertiré al rey cómo tratáis a las personas de su casa.

—Razón no os faltará, señora —se disculpó la gallega—; no tengo excusa y sólo sirvo para tratar con bestias. Pero de éstas sí entiendo y permitidme que os diga cómo os conviene sentaros sobre la mula para que el animal note menos vuestro peso.

Y sin más permisos se levantó, se acercó a la dama y la tomó en sus brazos. Era tal la estatura de Ermelinda que podía hacerlo, sin esfuerzo, aun siendo de muy buena alzada aquella mula. Fue tal el dolor que sintió la doncella que perdió el conocimiento y cuando lo recobró, la gallega la tenía recostada en sus haldas, y sin hacer caso de la compungida madre ni de la atemorizada servidumbre que los rodeaba, inició sus frotamientos y juego de dedos sobre la cadera enferma, produciéndole tal alivio que la doncella, sin saber por qué, se puso a llorar con mucho sentimiento. Despidió la gallega a la madre y a los criados y cuando se quedaron solas, comenzó a darle consuelos, tanto con sus fornidas manos, que penetraban las carnes distendiendo el amasijo de músculos y nervios crispados por el dolor, como de palabra. Se excusaba, una y otra vez, de lo que la dijera a propósito de sus pechos cuando la conoció, pero le explicó cuál era la condición de los hombres, bien conocida por ella a causa de su triste pasado; siempre codiciosos de sobos carnales, pero luego con gran desprecio para las que consentían en ellos. Mientras esto le decía le subió el escote de su vestido, tiró para arriba de su cinturilla y le recomendó:

—Guarda todo esto, y aún más, para que el que vaya a ser tu marido.

La doncella, vencida por el arte y amor de la gallega, dejó mostrar su amargura:

—¿Quién va a querer casarse con una mujer coja? ¿Crees acaso que no sé que mi destino es el convento o casarme con algún anciano impuesto por mis padres? Además, con la cadera así no podré concebir hijos y de concebirlos nacerán torcidos o yo podré morir en el parto.

—¿Quién te ha dicho semejante cosa?

—Las moras que tenemos en Oviedo. Muchas de ellas han sido criadas en los harenes y son, por tanto, grandes conocedoras de la vida.

—¡Valiente partida de putas es lo que son! —comentó la gallega—. ¿Tú quieres curarte?

—Más que nada en este mundo —contestó Eximina.

—Pues comencemos por tu alma —le dijo la gallega.

Y mandó que todo su séquito, incluida la condesa de Oviedo, abandonasen el cenobio. De paso se llevaron todos sus trajes y atavíos de lujo, y desde aquel día, vestida con una sencilla túnica de lienzo, se aposentó, como cualquier peregrino, en la hospedería de los monjes. De esta guisa la conoció Rodrigo Díaz de Vivar y si se fijó en ella fue por compasión ya que la gallega, como primera providencia, le inmovilizó la pierna con tablillas y cocimientos de barro, y para andar tenía que valerse de muletas.

—Cuidad con lo que hacéis, que a nuestro padre abad no le gustan las violencias —dijo Ermelinda al Campeador cuando se enteró que el abad le había encomendado resolver el pleito con los vecinos del valle de Orbaneja.

—¿Y a quién le gustan? —respondió contrito quien tanta fama había conseguido con ellas.

Obtuvo el Campeador de los magistrados castellanos que se decidiera el pleito por juradores, y que el rey Alfonso le nombrara procurador del abad. El 17 de abril de 1073 se reunió con los infanzones en el valle del Litigio, en presencia del merino de Burgos, y allí tuvo ocasión de lucir su conocimiento de las leyes ante muchas gentes venidas de los contornos, atraídas por su fama. Entre ellas se encontraba Eximina Díaz que en compañía de la gallega arrastró sus muletas más de cinco leguas para conocer, en persona, al caballero del que contaban y no acababan los romances de gesta. Fue tan ostensible la impresión que le causó Rodrigo Díaz, a la sazón en la flor de la vida, con sus cabellos rubios ya plateados por los aladares, ricamente vestido como convenía al procurador del rey, de buena estatura y enjuto de carnes, que la gallega, advertida de ello, le dijo con toda intención:

—Ese caballero os convendría por esposo, pero es lástima porque dicen que va para monje.

—¿Para monje? —se escandalizó la doncella—. ¡Qué disparate! —Pero como viera la sonrisa maliciosa que provocó en la gallega, añadió:— Claro que, ya a sus años, quizá es lo mejor que puede hacer.

Al mediodía, después de arduas discusiones, los infanzones del valle se declararon vencidos porque les traía más cuenta. Destacó entre ellos Martín Antolínez, el mismo que fuera vapuleado por el Cid cuando arreaba la punta de ganado que, ahora, Cardeña recuperaba por ley. Anduvo el infanzón tan ingenioso en argüir que Rodrigo Díaz tuvo que hacer gran alarde de elocuencia para convencer de su razón al merino de Burgos. Era costumbre que las discusiones las mantuvieran sin bajar del caballo, haciéndolos caracolear y entrecruzándose las partes como si fueran a acometerse con las armas. En cada pase se decían los argumentos, a grandes voces y muchas veces de la potencia de la voz dependía el éxito del concurso. Rodrigo Díaz hacía las citas tanto en romance como en latín, y cuando era necesario glosaba los preceptos de los árabes que fueran aplicables al caso.

Su principal oponente, Martín Antolínez, aunque no

sabía leer ni escribir, como era de costumbre en los jóvenes caballeros, estaba tan bien dotado para el trato y la trampa, que ponía en grandes apuros al Campeador, con respuestas festivas que hacían reír a las gentes. Él fue, cuando vio el pleito perdido, quien decidió confesarse vencido y pedir avenencia. Con ello, en lugar de la pena de devolver el duplo del ganado sustraído, obtuvo del merino de Burgos la sanción simbólica de una vaca de más sobre las debidas. Y el Campeador, feliz con el triunfo, dispuso que se asara y comieran de ella todos los asistentes. Entre ellos se encontraba el judío Elifaz, que andaba de visita al que seguía considerando su amigo y señor, y le dijo:

—Puesto que has renunciado a ser rey, sigue con este negocio de las leyes, que tanto te gustan. Con paciencia y habilidad se puede conseguir con su manejo más riquezas que con las armas. Y con menos penalidades y peligros. —Y añadió—: No pierdas de vista a ese Martín Antolínez. Te puede convenir su amistad.

Elifaz, desposeído de su cargo de tesorero real, había quedado reducida su función a la de proveedor de la corte, principalmente de ganado ovejuno para los ejércitos, con lo cual ganaba más dinero que antes. También decían que tenía tratos con el conde García-Ordóñez en asunto de cantoras moras, a las que era muy aficionado el rey Alfonso, y Rodrigo Díaz, mientras comían de la vaca, aprovechó para advertirle:

—Como sea cierto que andas en tratos de tercerías de mujeres, con los Beni-Gómez, ten por seguro que haré que te lleven a la hoguera por hereje y pervertidor.

Elifaz, mediando el rey, no tenía por qué temer las amenazas del Campeador, pero consideraba en tanto su amistad, que le rogó:

—Dime hasta dónde puedo llegar en ese asunto. Es cierto que mis criados traen de Badajoz y Granada cantoras para que toquen la música en las fiestas del rey, ¿hay algún mal en ello, según vuestra religión?

—El mal está en lo que sucede después —le replicó Rodrigo—; Ermelinda, la gallega, te lo podrá explicar muy bien porque ella lo padeció.

—No me hables de esa mujer. A veces me da miedo. Me mira como si quisiera estrangularme igual que al normando de Barbastro. Viviría más tranquilo si hubieras dejado que la ahorcaran como se merecía —se lamentó el judío al tiempo que aprovechaba la presencia en el festejo del monje ecónomo para proponerle la compra de las ciento cuatro reses que, gracias a la destreza del Cid, acababan de recuperar.

Andaba Rodrigo Díaz feliz y discurridor, casi fanfarrón con su logro, cosa que no le ocurría cuando los triunfos eran con las armas. A los infanzones del valle les gastó bromas sobre su impericia con las leyes y éstos, picados, le desafiaron a correr cañas. Aceptó el Campeador por dar gusto a las gentes que deseaban verle galopar, simulando ejercicios de guerra con lanzas despuntadas, y de paso, entre bromas y veras, se vareó con los infanzones, principalmente con Martín Antolínez al que de tal modo amorató el cuerpo a varazos, que cuando lo descabalgó, juró el caballero desde el suelo:

—Tened por cierto, señor, que es la última vez que me pongo en un bando que no sea el vuestro.

Cumplió Martín Antolínez la palabra que dijo en público, y hasta el fin de sus días sirvió a la casa del Cid.

En tales circunstancias conoció Rodrigo Díaz a Eximina de Oviedo y de primeras pensó que era una pobre inválida, de noble cuna, que estaba allí para profesar en religión. Tal era su recato en el vestir y la modestia de sus formas. La trató con caridad y cuando Ermelinda le explicó su parentesco con condes y reyes, se admiró de que estuviera dispuesta a dejar el mundo quien tanto tenía.

—Pero ¿quién os ha dicho que esa doncella va a abandonar el mundo? —le preguntó la gallega—. O mucho me equivoco, o Eximina de Oviedo está destinada, por Dios, para ser vuestra esposa.

Rodrigo Díaz se echó a temblar, acostumbrado como estaba a que las premoniciones de la gallega se cumplieran. Ni tan siquiera se atrevió a enfadarse sino que le suplicó:

—Considera bien, Ermelinda, que no he nacido para hombre casado, sino ya lo estaría hace mucho tiempo, que oportunidades no me han faltado. Pero en todo caso no me obligues a casarme con una coja que ya sabes que traen mala suerte.

—¿Ésa es tu caridad? —le reprochó la gallega—. ¿Y tú te dices caballero cristiano?

—Mi juramento de caballero me obliga a ayudar a las

jóvenes desvalidas, no a casarme con ellas —se defendió torpemente el Campeador y, para no seguir discutiendo, en la primera oportunidad, abandonó Cardeña y se fue a recaudar sus maquilas al río Ubierna y a recorrer sus posesiones, que no eran muchas, de Castrogeriz y Lerma.

Con la esperanza de que la gallega se olvidara de él, obtuvo del rey Alfonso otra encomienda jurídica para resolver un pleito entre moros del rey Moctádir, de Zaragoza, y cristianos de Gormaz, sobre lindes de tierras de labor, que le llevó más de un mes.

Pero tan prendada se había quedado la joven Eximina del caballero castellano que, sin recato alguno, le dijo a la gallega:

—¿Qué debo hacer para que ese caballero sea mi esposo?

—Lo primero de todo, curar de vuestra cojera. ¿Quién se va a querer casar con una coja? ¿No sabéis que traen mala suerte?

—Por mí no ha de quedar —contestó la doncella y desde aquel día no se negó a ningún ejercicio, por doloroso que fuera, que ayudara a encajar la cadera en su sitio, al tiempo que soportaba emplastos de arcilla cocida, que le quemaban las carnes, y rezaba, día y noche, a los santos que Ermelinda le recomendaba como más propicios para curar su mal.

No había juglar que pasara por el monasterio al que no le preguntara la doncella por las hazañas del Campeador y a Ermelinda la mareaba haciéndole contar, una y otra vez, cómo el caballero de Vivar, al mando de una tropilla de lanceros, derrotó a los normandos en Barbastro. Se lo hacía contar con mucho detalle y cuando le ponderaba la belleza de la hija del cadí, se ponía mustia.

Entre su deseo de curar y las artes de la gallega, pronto pudo empezar a andar sin muletas, aunque con muchos dolores. Sin embargo, un día de verano ya entrado, dio un mal paso y sintió que la cadera se movía de su sitio. Desesperada, clamó al cielo en presencia de la gallega:

—¡Juro a Dios que si no curo de mi cojera me he de quitar la vida!

Ermelinda, sin una vacilación, de un terrible bofetón dio con ella en tierra.

—¡Así aprenderás a no emplear el nombre de Dios en vano! —le advirtió colérica.

Tal dolor sintió la doncella en todo su cuerpo, que ni

fuerzas tuvo para llorar. Lo que a continuación sucedió se cuenta en el Cronicón como milagro de la gallega indómita. Y fue que cuando la doncella se incorporó del suelo estaba, otra vez, la cadera en su sitio y empezó a caminar sin sentir dolor alguno.

Ermelinda, lejos de conmoverse ante el agradecimiento de Eximina, le impuso una penitencia de quince días a pan y agua, por blasfemar, y a ella le impuso otros tantos el abad Dom Sisebuto que andaba desconcertado con la extraña santidad de la gallega.

—¿Fue, acaso, alguna moción del Espíritu Santo lo que te impulsó a golpear tan brutalmente a una pobre inválida? —le preguntó el abad.

—No, santo padre —confesó contrita la gallega—, fue la rabia de que una doncella mal criada hiciera un juramento sacrílego. Por ello pienso añadir a vuestra penitencia, pena de azotes que me infligiré yo misma.

—¡Cuídate mucho —le advirtió el abad— de usar tus manos, en lo sucesivo, para algo que no sea curar a los enfermos!

Pero la fama de la bofetada milagrosa se extendió por los contornos y muchos enfermos iban a recibirla de la gallega y dicen que alguno lo consiguió porque el violento carácter de la piadosa mujer la acompañó hasta la tumba.

El judío Elifaz se había aficionado a ir por Cardeña para comprar reses a los monjes y Ermelinda aprovechó para pedirle que negociase con el rey el matrimonio de su sobrina con el Campeador.

—Si lo conseguís —le dijo— os prometo que nunca más os volveré a mirar atravesado.

—Pero puede que el que me mire atravesado, entonces, sea Mio Cid. ¿Quién os dice que quiere casarse y menos con una coja?

Esto lo decía antes del bofetón milagroso y su observación no carecía de sentido.

—Vos preocupaos del rey que yo me ocuparé de enderezar la pierna de la doncella —le contestó la gallega.

Accedió el judío por la gran vocación que tenía al trato. Aunque ya no fuera funcionario real, el rey Alfonso cuidaba su relación, no sólo por el asunto de las cantoras moras, sino porque los reyes cristianos estaban acostumbrados a recibir dineros de los judíos para atender a sus guerras. De primeras le dijo don Alfonso:

—Pero ¿cómo voy a consentir el matrimonio de una sobrina mía, hija de los condes de Oviedo y hermana del conde Fruela, con un infanzón que a sus años apenas tiene heredades ni señoríos?

—En eso lleváis razón, señor, pero la culpa no es suya sino de vuestro hermano que en gloria esté. ¿Os ofenderéis si digo las verdades sobre un muerto?

Como el muerto era el rey Sancho, de quien tantas afrentas había recibido don Alfonso, escuchó con gusto las acusaciones del judío sobre las desatenciones del difunto con su alférez y cómo la corona de Castilla debía alguna reparación a Rodrigo Díaz por los servicios prestados contra los moros en tierras de Toledo y Zaragoza.

—Vuestra generosidad trascenderá las fronteras cuando se conozca que habéis pagado la deuda que tenía vuestro hermano. Además, se la pagáis a quien algunos dicen que fue vuestro enemigo en Golpejera y en Santa Gadea —le arguyó Elifaz sin levantar la vista del suelo.

—Y no olvidéis —medió el conde Pedro Peláez, requerido para la ocasión por el judío— que al ser Eximina asturiana, le corresponde casarse por el fuero de León y así Rodrigo Díaz también se hace leonés. Y es bueno que en vuestro reino no haya unos que se dicen castellanos y otros leoneses.

Tenía el rey Alfonso una hermosura sensual, y muy distinta de la de su hermano Sancho, y un carácter abierto y simpático, dispendioso y amigo de hacer favores, excepto cuando le entraba el veneno de la envidia. Si no hubiera sido por los enredos de su favorito, el conde García-Ordóñez, al que los moros empezaban a llamar el Boquituerto, su relación con el Cid Campeador hubiera sido muy provechosa para el occidente cristiano. En aquella ocasión, como el Boquituerto andaba por tierras de Portugal en son de guerra y no pudo malmeter, el monarca se dejó llevar por su natural generoso y concedió a Rodrigo Díaz el señorío sobre tres villas de Burgos más treinta y cuatro heredades en el término de Lerma.

El conde Peláez y el judío Elifaz fueron a comunicarle la noticia al Cid Campeador que andaba de caza, en compañía del rey Moctádir, por las laderas del Moncayo.

Contar la verdadera vida
de Rodrigo Díaz de Vivar
haría la narración inverosímil.

Rodrigo, un joven de hermosas proporciones, ojos garzos y cabellos rubios (izquierda), **contaba entonces (1063) veinte años. Reinaba en León, Castilla y Galicia Fernando I** (derecha), **hijo de un vasco y una castellana.**

Desde su adolescencia, y pese a ser un sencillo maquilero en Vivar, el Cid obtuvo los favores del infante don Sancho (a la izquierda), de cuya mano recibió la investidura de caballero (en ceremonia parecida a la que representa este grabado conservado en la Biblioteca Nacional de París).

En la caza (tal esta escena de la arqueta de marfil de Leire), **con ser grande la destreza física del Cid, era superior su sereno desasosiego.**

Por entonces, excepto los que hacían la guerra, sus paisanos vivían en los campos trabajando las mieses, las huertas o los ganados (como refleja, bucólicamente, la imagen de «Las Cantigas»).

Camino de la Corte del rey Fernando en León (el cual flanquea con su esposa doña Sancha al monje Fructuoso) **hizo el cortejo del Campeador un alto en el monasterio de San Pedro de Cardeña** (abajo).

Rodrigo Díaz hizo después noche en el monasterio de San Millán de la Cogolla. Allí estaban los jueces de la lidia (arriba)**: uno por el reino de León, otro por el de Aragón y el tercero era el conde de Barcelona Ramón «cabeza de Estopa»** (abajo, su sepulcro en la catedral de Gerona).

El abad de Cardeña, don Sisebuto, sacaba al Cid y a los monjes a rezar sobre los prados floridos. Gracias a sus previsiones y enseñanzas, Rodrigo Díaz resultó tan versado en la literatura árabe que llegó a causar la admiración de moros amigos y enemigos. («El ocio y el trabajo en el campo», según el «Liber divinorum operum».)

La infanta doña Urraca tenía tal debilidad por su hermano el rey Alfonso (de izquierda a derecha) **que los juglares, aun a riesgo de su vida, componían poemas acusándola de sentir por él un amor incestuoso.**

Los vendedores de noticias cantaban por caminos y posadas que el Cid le hizo repetir el juramento en Santa Gadea (en el grabado) **por tres veces y que, a la tercera, el rey Alfonso VI, demudada la color, a punto estuvo de desmayarse.**

Su boda con Eximina, que a partir de entonces fue conocida como doña Jimena (en el grabado, la esposa del Cid se despide de su padre conde Lozano)**, se celebró en la iglesia catedral de Oviedo el 19 de julio de 1074. Asistieron como testigos las infantas doña Urraca y doña Elvira.**

El rey Motámid de Sevilla, consentidor de que su esposa Romaiquía tuviera otros amores, sobre todo con poetas y escritores (como los del grabado)**, nada hubiera objetado a que también los tuviera con tan espléndido guerrero y conveniente aliado como el Cid lo era.**

Antes de partir de Burgos para el destierro, Martín Antolínez les dejó a los judíos Raquel y Vidal y en prenda del préstamo, dos arcas llenas de arena diciéndoles que contenían oro. (El famoso engaño aparece así miniaturizado en el Salterio de Canterbury, Biblioteca Nacional de París.)

El emir Yusuf pidió que le desalojasen la ciudad de Algeciras para poder desembarcar con sus tropas. Los faquíes comenzaron a pasar inmediatamente los famosos camellos almorávides, fundamento de su economía en tiempos de paz e inestimables colaboradores en la guerra.

Estrechó Mohammed el cerco de Valencia con nuevas máquinas al mismo tiempo que desplegaba las tropas de arqueros, infantes y caballeros. (Asedio, por mar y tierra, a una ciudad según la «Crónica troyana» del monasterio de El Escorial.)

Murió el conde Rodrigo el 10 de julio de 1099 con gran duelo de la Cristiandad y gozo grande entre los musulmanes enemigos. Jimena, cuando terminó sus negocios en Valencia, el 4 de marzo de 1102, se retiró a Cardeña como viuda rica y acomodada. (Cofre con los restos del Cid.)

—Ya sois rico, mi señor —le dijo Elifaz—. El rey Alfonso os ha dotado de manera que si no dilapidáis vuestra hacienda en algaradas, tenéis para vivir en paz el resto de vuestros días.

—Además —añadió de seguido el conde Peláez— os ha buscado, como cumple a un buen señor, un matrimonio honrosísimo y con mujer de muchas riquezas para añadir a las vuestras.

—¡Maldición! —rugió Rodrigo—. ¡Con la coja!

E hizo ademán de huir por las trochas del bosque. Le detuvieron y arguyeron el conde y el judío, en su condición de trujimanes del rey, y el mismo Moctádir, hombre de mucho harén, le hizo ver que no siempre las cojas eran las peores amantes, como él sabía por experiencia propia.

Como fuera impensable que un vasallo se negara al matrimonio concertado por su señor natural, Rodrigo Díaz ofreció los sacrificios que de él se derivaran como reparación de los pecados de orgullo y vanidad que tan arraigados tenía.

A Eximina le quedó un renqueo en el andar que la gallega procuró disimular compensándole el chapín izquierdo con un taco de madera.

—En cuanto te quedes embarazada —la tranquilizó— terminará de encajar la cadera y quedarás bien del todo. Ya lo verás.

Se lo dijo el día que esperaban la visita de Rodrigo Díaz, como pretendiente a su mano designado por el rey.

—Pero para que te quedes embarazada —añadió— hace falta empezar a poner los medios desde el principio. ¿Adónde vas con esa túnica talar? ¿Quién va a dejar embarazada a quien más parece una monja que una enamorada?

Y con gran asombro de Eximina la comenzó a desnudar con sus manos y le ordenó ponerse un vestido de rica pasamanería y amplio escote que la gallega se preocupó de colocar de modo que luciesen los hermosos pechos de la doncella.

—No ocultes los dones que Dios te ha dado a quien está llamado a ser su dueño. Ponte este manto sobre los hombros, pero cuando estéis a solas deja que vea que no es aire lo que abulta tu corpiño, ¡pero sin tocarlos! ¡Ay Dios mío!

—clamó entusiasmada Ermelinda—. ¡Qué buena nodriza vas a ser! Cría a los hijos que el Señor te envíe, con esta hermosura, y no consientas que te los amamanten las nodrizas moras, que las hay tan rudas que transmiten su mala leche a las criaturas.

Según se acercaba el momento del encuentro, más nerviosa se sentía la doncella y volvía a preguntar a la gallega si tanta insignificancia como se reunía en ella sería suficiente para atraer al más cumplido, famoso y hermoso caballero de todos los reinos de España.

—Sólo te diré una cosa, Eximina —le contestó Ermelinda con gran convencimiento—, yo pensé que nunca podría pagar al Campeador el bien que me hizo salvándome del harén y de la muerte, pero después de que te haga suya me consideraré en paz. Tienes todas las hermosuras del cuerpo y también creo conocer las de tu alma. Y encima eres rica. Quiero que Rodrigo Díaz, que ya ha peleado bastante en esta vida y conseguido más gloria de la que se merece hombre alguno, pueda convertirse en un noble caballero y vivir en paz el resto de sus días.

Al decir esto último se le nubló el rostro porque sabía que la estrella de Rodrigo no había llegado todavía a su cénit y que para alcanzarlo no bastaba ser un hacendoso terrateniente. Por eso añadió:

—Al menos me conformo con que tú le hagas feliz en el matrimonio, empezando porque se encuentre más a gusto en el tálamo, contigo, que cabalgando sobre su caballo. ¿Me entiendes lo que te quiero decir?

Como la doncella no diera señales de entender le explicó con decoro, pero sin tapujos, los gustos de los caballeros en el lecho que, siendo nupcial, cuanto en él ocurriera era grato y santo a los ojos del Señor y ella no debía ser mirada en complacerle, e incluso anticiparse a sus deseos, ya que el de Vivar, entre su manía de ser monje y su afición a las armas, andaba muy descuidado en las prácticas del amor.

—Pero no sigamos hablando más de ello, que puede acabar en vicio —concluyó la experimentada mujer—, dejemos que la naturaleza os enseñe lo que no viene escrito en los libros.

Sabias palabras. El día del encuentro estaba tan luminoso y cálido, y Eximina tan bella y adornada, que Rodrigo Díaz tardó algún tiempo en convencerse de que aquella hermosa mujer era la misma que él tomara, meses antes, por una novicia inválida.

La gallega, como si no acabara de confiar en la madre naturaleza, les preparó un refrigerio, en lugar apartado, en el que introdujo mixturas de hierbas amorosas, y a la caída de la tarde estaba el caballero tan encendido, contándole a la doncella su pasada vida de aventuras, y ésta escuchándole con tal embeleso que apareció ceñuda para reprenderlos:

—¿Creéis que son horas para que un caballero siga cortejando a una doncella a la que acaba de conocer? ¿En tan poco tenéis su honor?

Rodrigo Díaz, embargado por sentimientos nunca antes conocidos que le removían hasta las más recónditas entrañas, se excusó torpemente, sintiéndose culpable de oscuras tentaciones. Y cuando, más tarde, la doncella le pidió cuentas por haber interrumpido de modo tan abrupto el encuentro, le contestó Ermelinda:

—Ya te terminará de contar su vida cuando os caséis que, por lo que veo, conviene que sea muy pronto. Entretanto, sólo os veréis en lugares públicos y con dueña que no os pierda de vista.

Efectivamente, la boda se celebró en la iglesia catedral de Oviedo, el 19 de julio de 1074, con tal solemnidad que asistieron como testigos las infantas doña Urraca y doña Elvira, más los condes de Ansúrez y García-Ordóñez, por parte del rey, y el conde Pedro Peláez, Álvar Háñez y Martín Antolínez, entre otros, por parte del Campeador.

Nueve meses más tarde nació su primogénito, al que pusieran por nombre Diego, y el rey Alfonso, para conmemorar el acontecimiento, por privilegio de 28 de julio de 1075, dispensó a las heredades del Campeador de toda clase de tributos, de manera que no pudiera entrar sayón ni merino en ninguna de ellas a cobrar el fonsado, el hurto, la castillería y la leva forzosa, por todo el tiempo de la vida del Cid, de sus hijos y sus nietos.

Eximina, que a partir de entonces fue conocida como doña Jimena, se puso más hermosa todavía y al año siguiente dio a luz a dos niñas, a las que bautizaron con los nombres de Cristina y María.

Rodrigo Díaz se convirtió en un hombre rico con títulos de nobleza por parte de su mujer, biznieta del rey Alfonso V de León, tan antiguos como los más antiguos del reino. Jimena, para que se cumplieran en todo las premoniciones de la gallega, había resultado tan buena madre como esposa, y mientras amamantaba en sus hermosos pechos a las dos gemelas, soñaba con bodas reales para ellas.

Los juglares seguían contando en romances de gesta los duelos individuales del Cid Campeador, multiplicándolos por tantos caballeros vencidos, que hubiera necesitado Rodrigo tener cien años para hacerlos ciertos.

Aunque ya sólo se ocupaba de encomiendas jurídicas por orden del rey Alfonso, la casa del Cid era frecuentada por todos los jóvenes que se armaban caballeros y acudían a él en busca de consejo. Rodrigo Díaz, que no había perdido la afición a rezar que aprendió en Cardeña, les daba muchos consejos sobre su trato con Dios, y cuando notaba que los jóvenes comenzaban a bostezar los sacaba a cazar el oso, que en las montañas de Asturias abundaban tanto como las perdices en Castilla. Los montañeses astures, pese a decirse cristianos, les daban culto de hierofanía, como si tuvieran alma inmortal, y les ofrecían las primicias de sus cosechas, consintiendo que destruyeran sus sembrados. Por todo ello, andaban tan envalentonados los osos grises, a veces formando manadas, que muchos caballeros que se atrevían a luchar contra el moro, no se atrevían a cazar el oso. No era ése el caso del Campeador que se daba tanta maña en cazarlos, bien con trampa, lanza, flecha y aun a cuchillo, que consiguió, con sus apreciadísimas pieles, fabricar una tienda de campaña de tales proporciones que de lejos parecía un castillo. Cuando se enteró el rey Alfonso, comentó en la corte:

—Bien quisiera yo poseer una tienda como ésa, que con pieles tan calientes tiene que ser de gran abrigo para el invierno.

Lo decía porque las cortes de los reyes eran itinerantes y por eso se cuidaban más y hasta tenían más lujo los campamentos que los palacios que, muchas veces, no merecían el nombre de tales.

Cuando los vendedores de noticias comunicaron al Cid los deseos de don Alfonso, Jimena se apresuró a recomendarle:

—Haz que tenga pronto otra tienda como la nuestra, no vaya a ser que le entre la envidia. Conozco bien a mi tío y señor y cualquier cosa que tenga otro, bien sea siervo, riqueza o mujer, la quiere también para él.

Rodrigo Díaz, como se dejaba aconsejar de la mujer que tan feliz le había hecho, se puso a la tarea con el tesón que ponía para todo. Por eso, cuando los jóvenes caballeros mostraban con sus bostezos que no habían acudido a Oviedo a oír hablar de Dios sino a ejercitarse en hechos de armas, los sacaba al monte y del comportamiento que mostraran ante el oso deducía el Campeador si servían o no para la orden de la caballería. Los había supersticiosos que, atemorizados por las leyendas campesinas, huían ante el rugido de los úrsidos; los había imprudentes que no seguían las indicaciones de Rodrigo y lo pagaban con la vida; y por fin, los había que hacían lo que debían y con el tiempo llegaron a ser notables caballeros. Entre éstos destacó Martín Antolínez, el infanzón de Orbaneja, que no sólo se convirtió en el primer cazador, después del Cid, sino que con su afición a los negocios organizó tan bien el aprovechamiento de las pieles que en menos de seis meses consiguió las suficientes para fabricar una tienda justo el doble de tamaño que la del Campeador. Para transportarla hasta León precisaron veinte yuntas de mulas y cuando el rey Alfonso la vio montada en el bosque de Coyanca, le entró tal emoción, que allí mismo, delante de los nobles de la corte, nombró a Rodrigo Díaz embajador ante el rey Motámid, de Sevilla, para el cobro de las parias debidas que vencían por aquellos días.

Era un trabajo sencillo, pero muy honroso porque el reino de Sevilla era el principal tributario de León y Castilla; por eso, el conde Pedro Ansúrez comentó con el monarca, por lo bajo:

—¿No creéis, señor, que Rodrigo es un poco mayor, ya, para ocuparse de un menester tan peligroso en tierra de moros? No olvidéis que el rey Motámid cada día está más remiso a pagar las parias que con tanto gusto pagaba su padre.

Pero el rey Alfonso no le hizo ningún caso; aquella tienda tan cálida, suntuosa y alhajada era el mejor presente que podía recibir para alejarse, con motivo de estrenarla, de su esposa, la reina Constanza, con la que acababa de contraer matrimonio en segundas nupcias. No se correspondía la alcurnia de doña Constanza, nieta de Roberto II el Piadoso, rey de Francia, con su belleza; era una viuda un poco pasada y que para su desgracia había traído en su séquito a una dama de tal hermosura que el rey Alfonso enloqueció nada más verla. Pese al temor de ofender al rey de Francia, y al mismo monacato francés, que había intervenido en aquella alianza, don Alfonso, rendido amante cuando quería, conquistó a la dama y consumó el adulterio, antes que su propio matrimonio; y con tan poco disimulo que la primera en enterarse fue su esposa.

Capítulo XIV

EL REY MOTÁMID Y LA SULTANA ROMAIQUÍA

En tales circunstancias, con el pretexto de hacer la guerra al rey de Toledo, don Alfonso tomó la tienda, con su amante dentro, y desapareció por el valle del Tajo.

Rodrigo Díaz hizo lo mismo, camino de Sevilla, con Jimena y sus tres hijos porque no era desusado que las damas acompañaran a sus esposos en embajadas y misiones de paz ya que la vida en los campamentos, cuando discurrían por lugares gratos y de buen clima, solía resultar más deleitosa que la pétrea frialdad de los castillos del norte.

Sevilla era la corte literaria más importante de Europa y su rey Motámid, hijo de eslava, rubio y melancólico, tan excelente poeta que hasta de Bagdad venían a aprender su métrica. Para colmo estaba casado con la sultana Romaiquía, famosa por su belleza, por sus caprichos, y por sus improvisaciones métricas en las veladas a orillas del Guadalquivir. Rodrigo Díaz y su séquito fueron recibidos con el recelo que merecían los rudos castellanos tan poco aficionados a la cultura como a la higiene, aunque con el respeto debido a su fama de guerrero invencible, que le precedía allá donde fuera.

Cuando el rey Motámid advirtió que Rodrigo Díaz leía el árabe con soltura quedó sorprendido, pero cuando comprobó que conocía su obra poética, desde los tiempos de Cardeña, se mostró tan emocionado que lo que se presentaba como ingrata embajada de recaudación de tributos se convirtió en amistosa estancia. Los castellanos, como de costumbre, habían montado el castro en un promontorio dominante a las afueras de la ciudad, pero el rey Motámid se empeñó y consiguió que Rodrigo y su familia fueran sus huéspedes de honor en el alcázar privado, y así, por primera vez en la historia, un cristiano traspasó la intimidad del más famoso palacio del Andalus.

Era la víspera de la Navidad de 1079 que aquel año fue tan benigna que aun de noche continuaban las veladas a la luz de las estrellas. El rey Motámid, por respeto a su pueblo y temor a los faquíes, fingía seguir la religión de sus mayores, pero tanto él como la sultana Romaiquía decían, en privado, no creer en más Dios que el que la naturaleza mostraba ante sus ojos. Rodrigo Díaz aprovechaba la festividad que se aproximaba para ilustrarle sobre los misterios de la religión, y el rey Motámid se mostró tan encantado de que un niño nacido en un pesebre fuera Dios, que compuso un poema sobre la navidad cristiana, tan sentido y hermoso que, pese a estar escrito por un pagano, se transcribió en el cronicón de Cardeña.

La sultana Romaiquía hizo gran amistad con doña Jimena y no hacía más que aconsejarla sobre las artes que debía manejar para conservar a un marido que, por hermoso y famoso, debía ser codiciado de muchas mujeres.

Pasaron las navidades y cuando Rodrigo se disponía a regresar a su tierra, cobradas las parias, llegaron los vendedores de noticias con una que parecía increíble: Abdallah, el rey zirí de Granada, se encaminaba en son de guerra hacia Sevilla. Resultaba increíble porque Abdallah era, con diferencia, el rey más tonto de toda Andalucía. Medio amariconado y cobarde era el hazmerreír de cuantos le rodeaban y todo el mundo sabía que si no fuera por su guardia berberisca, que a cambio de robarle le protegía, hace tiempo que no estaría en el trono.

Días después los vendedores completaban la información: el rey de Granada venía flanqueado por milicias cristianas al mando de García-Ordóñez, recién nombrado por don Alfonso, conde de Nájera, más otros tres caballeros principales. El alavés Fortún Sánchez, casado con una infanta de Navarra, su hermano menor Lope Sánchez y Diego Pérez, castellano de Burgos.

Como no fueran extrañas las intromisiones entre vasallos de un mismo rey, el Campeador, por el mismo conducto envió al conde de Nájera, llamado el Boquituerto por su modo de mirar atravesado, una carta de su puño y letra en la que les advertía que estando él, Rodrigo Díaz de Vivar, como embajador del rey Alfonso, en Sevilla, en servicio de cobro de parias y consiguiente protección se abstuvieran de atacar al rey Motámid.

La respuesta vino en la persona del alavés Fortún Sánchez, joven insolente de veintitrés años, que pidió audiencia al Campeador y concedida, en su presencia y en la de los reyes de Sevilla, le dijo:

—Dice nuestro señor, el conde de Nájera, que no contestamos a vuestra carta porque no sabemos escribir ni falta que nos hace. Somos guerreros y no monjes o poetas. El negocio que nos traemos con el rey de Granada es particular y a él tenemos derecho conforme al pacto de vasallaje con don Alfonso. En cuanto al rey Motámid, rey de Sevilla es, no de Murcia ni de Cabra. Que se retire de estas plazas y le dejaremos tranquilo a orillas de Guadalquivir.

Rodrigo Díaz, como buen jurista, sabía que el deslenguado alavés podía tener razón conforme al confuso derecho de guerra que regía entre moros y cristianos, pero le advirtió:

—Mal momento habéis elegido para hostilizar a Motámid. Justo cuando está pagando las parias al emperador.

—Y peor momento habéis elegido vos para oponeros a nuestra pretensión. Conviene que sepáis que el ejército berebere se compone de tres mil hombres, más dos mil que ha reunido el conde de Nájera.

Siete años llevaba el Cid Campeador apartado de toda acción de guerra, por deseo del rey Alfonso, pero ante tan explícito desafío se removió en su interior el atavismo del que había sido educado para luchar y respondió al caballero como se merecía, con una cólera contenida que el joven alavés interpretó mal y por eso se permitió decirle:

—Y si queréis, Rodrigo Díaz, dispuestos estamos tanto mi hermano Lope, como yo, a dirimir la cuestión en lid singular de caballeros armados como en otro tiempo dicen que hacíais vos.

Se refirió al *otro tiempo* con sorna, como si el Campeador, cuyos cabellos blanqueaban por las sienes, ya no estuviera en edad de repetir tales hazañas.

El Cid, olvidado cuanto aprendiera en Cardeña, le replicó:

—No es necesario. Poneos una enseña durante el combate para que pueda distinguiros entre todos los caballeros y tened por cierto que lucharé con vos. Decid que haga lo mismo a vuestro hermano Lope, y en cuanto al de Nájera, más conocido por el Boquituerto, no hace falta que se ponga enseña alguna. Me bastará para distinguirle ver su mirada atravesada, que en esta ocasión se la voy a enderezar de una vez por todas.

—Fijad la fecha y el lugar del encuentro —le emplazó Fortún Sánchez pensando que había llegado el momento de conseguir la gloria de la que tan precisados andaban los jóvenes caballeros.

Se lo pensó Rodrigo Díaz y le razonó con crudeza:

—Son los reyes los que tienen derecho a fijar el lugar de sus encuentros. No os asiste a vos que no sois más que un mercenario al servicio de un rey inútil.

Allí dio por terminada la audiencia y se retiró de ella, con tal majestad, que la sultana Romaiquía quedó tan prendada de él que ya nunca volvió a ser la misma.

Por fortuna para el Campeador formaba parte de su séquito Martín Antolínez, el infanzón de Orbaneja, que echó cuentas de los ejércitos en lid, resultando tan desproporcionadas a favor de los granadinos que, como primera providencia, compró con parte de las parias a la mayoría de los vendedores de noticias, que se las transmitieron al de Nájera y sus secuaces, con tal confusión que cuando pensaban que el Cid Campeador estaba intentando reforzar sus escasas huestes con refuerzos que habían de llegar de Badajoz, se lo encontraron al frente de un ejército de moros y cristianos, a las afueras de Cabra.

La batalla duró desde la hora de tercia hasta el mediodía y el Cid Campeador cumplió, con exceso, cuanto había prometido a Fortún Sánchez. Se mantuvo, como correspondía a su condición de capitán general, en lugar muy visible durante todo el combate y logró descabalgar, por su brazo, uno tras otro, a los cuatro caballeros cristianos, quedando alguno de ellos muy malherido.

En cuanto al conde de Nájera, una vez en el suelo, ya en las postrimerías de la batalla, le mesó las barbas delante de sus guerreros, lo que comportaba, según el fuero de Sepúlveda, enemistad perpetua entre mesador y mesado.

A continuación, para escarmiento de audaces e insensatos, los encadenó a los cuatro junto con el rey de Granada, que no hacía más que gemir y lamentarse, y los colocó durante tres días, con sus noches, en el cruce de caminos que conduce de Cabra a Lucena para que fueran vistos de todos. Al cuarto día los puso en libertad contra el consejo de Martín Antolínez que le advirtió:

—Haces mal, mi señor, por lo menos al Boquituerto debías haber aprovechado el fragor del combate para dejarlo sin vida. ¿No te das cuenta que se vengará de tanta afrenta con su lengua, que cuando quiere vale por mil?

Lo mismo le dijo Jimena cuando regresó triunfante a Sevilla.

—¿Que has dejado con vida al de Nájera? ¿No sabes que los juglares, por irrisión, le llaman, ya, el Boquituerto de Cabra? ¿Sabes cuánto mal te puede hacer ese hombre en la corte de mi tío? —y añadió—: Conviene que volvamos cuanto antes a León, para que no tengan demasiado tiempo de armar sus asechanzas.

Pero el Cid, halagado por los juglares y poetas sevillanos, que no se cansaban de relatar en bellísimas rimas la batalla de Cabra, no hizo caso de tan sabio consejo. Además, la sultana Romaiquía, como no perdiera la esperanza de ser correspondida en su pasión por el Campeador, manifestó estar interesada en convertirse al cristianismo.

El rey Motámid, consentidor de que Romaiquía tuviera otros amores, sobre todo con poetas y escritores, nada hubiera objetado a que también los tuviera con tan espléndido guerrero y conveniente aliado, pero le advirtió:

—Pierdes el tiempo. Si supo mantenerse casto cuando era soltero, más lo hará teniendo mujer casi tan hermosa como tú. Los cristianos son muy raros.

—Pues quiero comprobar hasta dónde llega esa rareza —le respondió la sultana que con el pretexto de instruirse en aquella religión mantenía largas pláticas con el Campeador en una tienda de piel de gamo, afincada en la playa del Guadalquivir, tan bellamente ilustrada, que los artistas lloraban de emoción al verla.

Hasta que Jimena la brava, como viera a su esposo cada día más conmovido por el interés de la bella Romaiquía en la fe de Cristo, montó en cólera y dijo:

—¡Si quiere catecismo que se lo dé quien lo conoce mejor que tú!

Y le llevó un sacerdote mozárabe, famoso por su ascendiente entre los moros conversos, y conminó a su marido para que emprendieran el regreso a casa.

Así lo hicieron, cargados de regalos que fue uno de los motivos que buscaron los Beni-Gómez para labrar su desgracia. El otro fue su estancia en el castillo de Luna en el que hubieron de detenerse por culpa de la cadera de Jimena; conforme le pronosticó la gallega, hacía muchos años que estaba en su sitio, pero le quedó como reliquia la facultad de anunciar los cambios de tiempo, en ocasiones con tales molestias que le impedían cabalgar. En aquella ocasión, con tanta inoportunidad se presentaron los dolores, que se vieron obligados a pasar una noche y un día en el castillo de Luna, a dos jornadas de León, en el que se encontraba confinado por orden el rey Alfonso, su hermano don García, el que fuera rey de Galicia y Portugal.

A pesar de su triste condición, Rodrigo Díaz se consideró en la obligación de cumplimentar a un hijo del emperador Fernando y ahí estuvo su perdición definitiva. Aunque el ex rey García daba ya ciertas muestras de alelamiento como consecuencia de tan prolongado encierro, así que vio al Cid, le reprochó:

—¡Ay, Rodrigo, Rodrigo, que yo salí de Sevilla pensando que tú me devolverías el trono del que me desposeyeron mis hermanos y mira en qué condición he venido a parar!

Rodrigo, conmovido por aquellas palabras, procuró consolarle y luego, delante de oídos traidores, comentó:

—¿Qué necesidad hay de mantener encerrado a quien ni luces tiene ya para discurrir? ¿Qué daño puede hacer?

Los dolores de la cadera le afectaban a Jimena en un nervio muy principal y de tal modo la sacaban de quicio, que su natural afable se tornaba en violento; en aquella ocasión, delante de los mismos oídos traidores, reprochó a su esposo que se metiera a opinar sobre negocios de reyes en los que nada le iba ni le venía. Lo hizo con tal acritud, que degeneró en discusión, la cual fue aprovechada por el Boquituerto y su tío Pedro Ansúrez, para instrumentar un conjunto de verdades que, sabiamente mezcladas, dieron como resultado que el rey Alfonso tuviera por cierto que Rodrigo Díaz de Vivar, al socaire de cobrar las parias al rey de Sevilla, había organizado un gran ejército de moros en el sur para hacer la guerra por su cuenta al de Granada y volver con más dádivas personales que tributos para su rey y señor. Ítem más, había visitado al confinado rey García y de nuevo habían vuelto a hablar de sus derechos al trono y criticado la oportunidad de aquel confinamiento, mereciendo el reproche de su esposa, doña Jimena.

Pero sobre todo influyó en lo que a continuación sucedió el mal momento por el que estaba pasando el rey Alfonso cuyo escandaloso adulterio con la dama francesa llegó hasta los oídos del enérgico monje Hildebrando, que ocupaba el solio papal con el nombre de Gregorio VII. A la sensualidad de su temperamento, unía el rey Alfonso una cierta debilidad de carácter, y no atreviéndose a perseverar en el escándalo de amar públicamente a la francesa, consumó con gran esfuerzo y muy contra su voluntad su matrimonio con la reina Constanza. Ésta, en más de una ocasión, le reprochó que se rodease de cortesanos rijosos, como el de Nájera y su camarilla y, en cambio, mantuviese apartados de la corte a caballeros famosos por su piedad, como era el caso de Rodrigo Díaz de Vivar.

Todo se concitó, por tanto, para que el rey Alfonso, que tan a disgusto cumplía en el tálamo nupcial, se vengase reprochando a su regia esposa:

—¿Piadoso, Rodrigo, decís? ¡Un hipócrita es lo que es! ¡Me sisa de las parias que me son debidas, como cualquier mayordomo infiel! ¡A mis espaldas negocia con mi hermano García, que ha sido toda su vida un inútil y un mal rey, caprichoso y despótico! ¡Y si no, que se lo pregunten a los portugueses! ¡Y en cuanto a su castidad habría mucho que hablar! ¡A saber cómo terminaron las lecciones de religión que pretextaba dar a la sultana Romaiquía que más puta no la hay!

Para desgracia del Cid se empeñó la reina Costanza en defenderlo frente a su airado esposo y la consecuencia fue que cuando el caballero llegaba a las puertas de León, los emisarios del rey le comunicaron que, de conformidad con el Fuero Viejo, don Alfonso retiraba su gracia al vasallo infiel, expulsándole del reino, con pérdida de todos los bienes y derechos que en él hubiera, concediéndole un plazo de nueve días para abandonarlo en compañía de sus criados y demás gentes de su mesnada, de manera que en el término de Vivar no quedara ningún varón de su sangre o por él criado.

Al mismo tiempo el rey Alfonso mandó cartas a las cinco principales ciudades del reino advirtiendo que cualquiera que diera posada o viandas al desterrado, incurriría en la ira regia, sus ojos serían cegados y sus bienes confiscados.

Capítulo XV

EL DESTIERRO

Mientras Jimena lloraba desconsolada ante la ruina que se les presentaba de la mañana a la noche, y pretendía ver a su tío el rey, Rodrigo Díaz, como primera providencia, encomendó a sus más fieles caballeros que se la llevasen, junto con sus hijos, al monasterio de San Pedro de Cardeña, recinto sagrado exento de la jurisdicción del rey, y él, con el resto de las huestes, emprendió a marchas forzadas el camino de Vivar.

De los ciento noventa caballeros que habían llegado a León con el Campeador se fueron rezagando y apartando durante el camino los que por su edad, o por sus riquezas, no estaban dispuestos a incurrir en la ira regia. Por el contrario, los más jóvenes, entre los que hacían cabeza Álvar Háñez Minaya y Martín Antolínez, no podían ocultar su alegría ante la empresa que se avecinaba. Sabían que, conforme al fuero, al caballero desterrado no le quedaba más remedio que irse a ganar el pan a tierra de moros y Martín Antolínez decía a los remisos:

—Tened por cierto que de ésta hemos de volver todos ricos porque Rodrigo Díaz ha nacido para triunfar siempre. Os lo digo yo que fui vencido tres veces por él, con la lanza, con la vara y con las leyes. Y desde entonces ningún otro caballero ha sido capaz de desmontarme del caballo ni de vencerme con la lengua.

Los caballeros, todos ellos vencedores en Cabra, empezaron a animarse unos y otros, y cuando entraron en el castillo de Vivar mostraban un aire heroico y decidido. Sólo Rodrigo sentía el dolor de la injusticia y la gran pena de tenerse que separar de su mujer y sus hijos.

En la plaza de Vivar, convocados todos sus deudos y vasallos, les dirigió un largo y emocionado discurso, protestando la decisión del rey, pero acatando su voluntad, que hizo llorar a las mujeres y a los ancianos.

—A los que quisieren venir conmigo de buen grado —concluyó— que Dios se lo pague. Y a los que prefieran quedarse en Castilla quiero despedirme como amigo.

En nombre de los reunidos tomó la palabra Álvar Háñez Minaya para decirle:

—Con vos, Cid, iremos por yermos y poblados, y mientras tengamos aliento no os hemos de abandonar. En vuestro servicio gastaremos nuestros dineros, caballos y mulas, y aunque quedemos desnudos seguiremos siendo vuestros leales vasallos.

Como no hubiera tiempo que perder, montó Rodrigo en su caballo y emprendió el camino del destierro dejando a sus espaldas, quizá para siempre, el solar que le vio nacer, las casas desiertas, las puertas abiertas, y los postigos sin candados; vacías las perchas, donde colgaban los mantos y pieles y donde se solían posar los halcones y los azores. Y no pudo reprimir el llanto que le duró casi hasta la entrada de Burgos. Menos mal que en ese momento vio la corneja por el lado izquierdo, que era augurio excelente según la tradición romana y secándose las lágrimas dijo a los caballeros que, en silencio, respetaban su llanto:

—Nos han desterrado, pero tened por cierto que hemos de volver con honra a Castilla.

—Nunca lo hemos dudado, señor —le consoló Martín Antolínez—, y ahí veo al judío Elifaz, medio escondido en aquel bosquecillo, que quizá tenga algo que decirnos relacionado con la corneja.

Efectivamente, el anciano hebreo, disimulado entre unos árboles, hacía gestos amistosos al Campeador, que desvió su caballo para hablar con él.

—¡Ay, Rodrigo, Rodrigo! —comenzó por lamentarse el anciano.

—Alabado sea Dios —le saludó el Campeador—. A esta condición me reduce la maldad de mis enemigos.

—Alabado sea el Dios de Israel —le contestó el judío—.

A esta condición te reduce tu tontuna. ¿A quién se le ocurre dejar con vida al viperino Boquituerto? Por lo menos le deberíais de haber cortado la lengua. —Y como viera que el Campeador hacía ademán de replicar, juntó sus manos en ademán de súplica y continuó—: No hay tiempo que perder, mi señor, ni tengo ningún interés en que me vean hablar con vos. El rey Alfonso, conocedor del aprecio en que os tengo, me ha hecho jurar que no os ayudaría con dineros y a mí, como a vos, me gusta cumplir la palabra. Por tanto, no puedo ayudaros con dinero, pero sí con algún consejo. ¿Es cierto que os habéis quedado con las parias de Sevilla?

Negó Rodrigo con indignación y se lamentó el judío:

—Me lo temía. Pero ¿necesitaréis dinero para armar a vuestras huestes si queréis ganaros el pan en tierra de moros? —Y ante la respuesta afirmativa del caballero continuó—. Pues bien, como a ningún judío le cabe en la cabeza que no os hayáis quedado con ese dinero, tenéis fama de hombre rico; por tanto, no os costará que os fíen un préstamo. Conozco a dos judíos en Burgos, llamados Raquel y Vidal, que están acostumbrados a prestar a los que tienen tesoros procedentes de la guerra.

En ese momento, Martín Antolínez, que se mantenía a prudencial distancia de los que conversaban, intervino con prudencia:

—Creo entenderos, señor, yo también conozco a esos judíos y con vuestro consejo no dudo que estarían dispuestos a prestar dinero a tan noble caballero como es nuestro señor.

Tuvo gran contento Elifaz al ver en la mesnada al infanzón de Orbaneja y tan bien le instruyó sobre lo que debía hacer que Raquel y Vidal le concedieron un préstamo de seiscientos marcos, trescientos de ellos en oro y trescientos en plata. Y tan satisfechos quedaron de la mediación del infanzón que le dieron una comisión de treinta marcos. Martín Antolínez, en prenda del préstamo, les dejó dos arcas llenas de arena, diciéndoles que contenían oro que, por su excesivo peso, no podían acompañar al Campeador en su destierro.

Aquella noche durmieron en descampado porque nadie, en la ciudad de Burgos, se atrevió a darles posada. A la mañana siguiente, con el segundo canto del gallo, emprendieron el camino de Cardeña y llegaron cuando los monjes rezaban maitines. La gallega dijo al de Vivar:

—Sabía que esto había de ocurrir porque tenías que cumplir tu destino de ser estrella de muchos hombres.

—¿Pero de quién va a ser estrella si está solo y rodeado de enemigos? —se lamentó doña Jimena que, transida por el dolor de la separación inminente, no sabía lo que se decía—. ¡Pobre esposo mío!

—No te compadezcas de él —la consoló la gallega—, sino de los que han de cruzarse en su camino.

Terminado maitines, Dom Sisebuto celebró misa de la Santísima Trinidad a la que asistieron todos los caballeros con sus pendones. A continuación tañeron a todo vuelo las campanas de Cardeña y de los montes empezaron a bajar gentes que querían incorporarse a las huestes del Campeador. A los que no tenían caballo no los admitía Martín Antolínez.

La gallega, la tarde anterior, con ayuda de quince legos, había matado, desollado y salado veinte vacas para que tuvieran de qué comer hasta llegar a tierra de moros. Rodrigo Díaz entregó al ecónomo ciento cincuenta marcos de plata para que no les resultara gravosa la estancia de Jimena durante los inciertos tiempos que se avecinaban. Cuando se disponía a partir le dijo Dom Sisebuto:

—¿No me pides confesión antes de emprender tan largo viaje?

Aceptó el caballero y comenzó por confesarle el mucho gusto que sentía cuando le explicaba los evangelios a la sultana Romaiquía y como entrara en detalles innecesarios, le cortó el abad:

—¿Y qué más?

Continuó Rodrigo aliviando su conciencia de las muchas faltas de amor a Dios, y de los odios y rencores que le embargaban como consecuencia de la injusta desgracia que le había sobrevenido por su caridad de no haber privado de la vida al conde de Nájera. En este punto le interrumpió Dom Sisebuto para preguntarle:

—¿Estás cierto, Rodrigo, que fue caridad lo que te movió a dejarle con vida? ¿No fue, más bien, el orgullo de encadenarle con otros principales caballeros, y con el mismo rey de Granada, para que el mundo entero se enterara de cuánto puede la fuerza de tu brazo?

—Así es, santo padre —admitió humilde el caballero—, yo sabía que la conciencia me remordía, pero no sabía por qué era.

—Pues ya lo sabes, Rodrigo, y conviene que no lo olvides. Por extraña providencia vas a tener muchas oportunidades como ésa.

—En tales casos, ¿es preferible que quite la vida a los vencidos? —preguntó el de Vivar contrito.

—En tales casos es preferible que te acuerdes del ejemplo que nos dejó Cristo y más no puedo decirte que no me corresponde a mí determinar cómo debes llevar tus negocios en el siglo.

—Gracias, santo padre, así lo haré.

Después de darle la absolución de sus pecados le advirtió:

—Y cuando te encuentres con mujeres como la sultana de Sevilla, encomiéndate a la madre de Dios.

—Así lo haré, santo padre, y prometo que si salgo con bien de esta empresa he de mandar celebrar mil misas en este mismo monasterio, en honor de Santa María, madre de nuestro señor Jesucristo.

Otros muchos caballeros, movidos por el ejemplo del Campeador, se recibieron en confesión y dispusieron mandas testamentarias, de misas y sufragios por sus almas, porque sabían qué fácil era dejar la vida en empeños com aquél.

Con tan buenas disposiciones y en medio de los llantos de los que se quedaban, emprendieron el definitivo camino del destierro.

Al llegar al puente sobre el Arlanzón los estaban aguardando ciento quince caballeros, todos ellos con pendón, criados y caballos de repuesto, los cuales, después de besar la mano del Campeador en señal de vasallaje, se incorporaron a la comitiva. Atravesaron la ciudad de Burgos que se ofrecía desierta, con las gentes escondidas tras las ventanas por miedo al rey. Pero iban los caballeros tan hermosos y decididos, las armas brillando al sol, acompañados del piafar de los corceles y del sonar de los metales, herraduras chasqueantes contra las piedras, levantando chispas en el pedernal, que las doncellas los veían pasar con los ojos brillantes, las damas lloraban, los niños querían irse con ellos y una anciana, que por ser ciega de nacimiento no temía perder la vista, gritó al paso del Campeador:

—¡Rodrigo, que en buena hora ceñiste espada, qué buen vasallo serías si tuvieras buen señor!

Tiraron por la izquierda de San Esteban de Gormaz, y

por la calzada de Quinea cruzaron el Duero sobre Navapalos para rendir jornada en Figueruela. Allí los esperaban cincuenta caballeros que besaron la mano del Cid y también un criado del judío Elifaz que le advirtió:

—El rey Alfonso dice estar arrepentido de su benevolencia con vos. Los Beni-Gómez le tienen convencido de que estáis armando un ejército para luchar contra él, por lo tanto ha dado órdenes de que os vigilen y como os cojan dentro de su reino después del plazo de los nueve días que os den muerte allá donde os encuentren.

Esto se lo decía el día séptimo y el Campeador, después de que comieron las bestias, ordenó de nuevo la marcha, atravesando la sierra de Miedes, por la derecha de las torres de Atienza. Al noveno día llegaron a la frontera con el reino de Toledo y el Cid Campeador ordenó el recuento de su ejército. Contó hasta trescientas lanzas a caballo, todas con pendones, más los infantes, arqueros y bandas auxiliares de forajidos y renegados, que iban a su negocio.

Era el día 9 de octubre de 1081, festividad de san Dionisio, obispo y mártir.

Capítulo XVI

LA NOCHE DE CARDEÑA

Brígida, la navarra, se puso de parto el día de Navidad del segundo año del destierro del Campeador. Los moros, que no respetaban la festividad, aprovecharon para atacar el campamento castellano, aburridos como estaban de sus continuas algaradas en las que las mesnadas del Campeador sacaban gran provecho y los poblados fronterizos de los reinos de Zaragoza, Toledo y Badajoz, gran duelo. Habían depredado los cristianos, en aquellos dos años, los castillos árabes de Alcocer, Castejón, Alcalá, Atienza, Guadalajara, Uclés y por la raya de Badajoz habían llegado hasta el río Alagón.

Los criados del judío Elifaz no daban abasto para trajinar las riquezas que en armas, joyas y telas preciosas conseguían las mesnadas del Campeador y, sin embargo, muchas veces pasaban hambre. Los pobladores de las fronteras, cuando tenían noticias de que se aproximaba la algara preferían quemar sus cosechas y el trigo de sus graneros, y ellos mismos dispersarse por los campos y los montes, para que los saqueadores no tuvieran de qué comer. Era una guerra a sangre y fuego, muy del gusto de los jóvenes caballeros, que de día en día incrementaban las huestes del desterrado al punto de que en aquella Navidad se contaban tres mil caballeros entre castellanos, vascones, portugueses y moros.

—Cuando lleguemos a los cinco mil —dijo Álvar Háñez Minaya delante de Rodrigo y los principales caballeros—, podremos atacar al rey Alfonso y recuperar lo que es nuestro.

Los caballeros, que con ocasión de la festividad habían bebido y comido más de la cuenta, recibieron con gran alborozo las palabras del alférez del Cid. Pero éste, tomándole del hombro, le dijo:

—Minaya, mejor caballero que tú no lo hay y sé que te debo la vida por lo mucho que me proteges y ayudas en el combate, pero ten por cierto que nunca lidiaré contra el rey Alfonso al que besé la mano en Santa Gadea. Y cualquiera que quiera lidiar contra él está de más en mis huestes y tiene mi permiso para marcharse.

Álvar Háñez Minaya, compungido, dijo de inmediato:

—Si tú besaste la mano a don Alfonso, nosotros te la hemos besado a ti. Si de ti hemos aprendido a pelear, igualmente queremos aprender la fidelidad.

Agradeció mucho estas palabras el Campeador y en presencia de todos le besó en ambas mejillas y aprovechó la oportunidad para improvisar una plática sobre la conveniencia de que fueran fieles no sólo a su señor, sino también a sus esposas, ya que entre las malas mujeres que iban en las bandas auxiliares y las moras que tomaban cautivas, andaba tan relajada la virtud de las tropas, que se propagaban las enfermedades del cuerpo y del alma con gran desdoro para los que se decían cristianos. Contribuía a tanto desorden la incorporación a las huestes de varios clérigos concubinarios, que siendo ellos casados o abarraganados mostraban gran benevolencia con todo género de adulterios. A tanto llegó la cosa que Dom Sisebuto le hizo llegar un mensaje en el que le venía a decir: no es bueno que los caballeros anden por los campos lejos de sus hogares. ¿Hasta cuándo piensas seguir así?

El mismo Campeador, dos años apartado de Jimena, sufría mucho con las tentaciones de la carne y, por más que se encomendaba a la madre de Dios, se sentía al borde de un abismo en cuyo fondo el deleite sensual se le ofrecía como la única compensación a los peligros de la guerra y a las amarguras del destierro.

Hasta que una noche soñó que yacía con Jimena, con tal detalle y satisfacción, que al despertarse, embargado de feliz deseo, decidió hacer realidad sus sueños. Llamó al fidelísimo Pedro Peláez, que hacía un año que se había incorporado a la hueste, y le dijo:

—Debo marchar a Cardeña a ver a Jimena y no me pidas más explicaciones.

—¿Os dais cuenta de que os jugáis la vida si sois preso en tierras de León y Castilla por tropas del rey Alfonso?

—Es que me temo, conde, que si sigo aquí, me juego el alma.

El conde Pedro Peláez entendió y bajó la cabeza, avergonzado, porque a pesar de ser tan buen caballero hacía meses que tenía relaciones ilícitas con una mora ilustre de Talavera.

—Está bien, organizaremos una buena escolta y yo mismo os acompañaré. Podemos entrar en Castilla, por la sierra de Cameros, viajando de noche. Cuando lleguemos a Oca...

—Alto, Pedro —le interrumpió el Cid—, este asunto conviene que lo despache yo solo. Y nadie, excepto vos, sabrá adónde voy. Cuando llegue a Cardeña me daré maña para que ni tan siquiera Dom Sisebuto se entere de mi presencia, a fin de no comprometerle.

Esto lo decía porque no estaba derogada la disposición del rey Alfonso de cegar y confiscar los bienes de quien ayudara al desterrado.

Disfrazado de vendedor de noticias cacereño, con un vestir medio andrajoso como era costumbre en ellos, atravesó la frontera por la raya de Tudela en las vísperas de aquella Navidad de 1083, sería finales del mes de noviembre, y cruzó la sierra de Urbión en medio de tales tempestades de nieve que una noche, hundido en ella hasta la cintura, pensó que en aquel paraje abandonado, al pie del monte negro de Cameros, dejaba la vida. Era tal el amor y deseo que sentía de Jimena, que ni aquellos terribles fríos lograban apagar, que ofreció a la Virgen María, al patriarca san José y a nuestro señor Jesucristo, servicio cumplidísimo del resto de sus días si le permitían llegar hasta ella. Incluso les ofreció que tomasen su propia vida, pero en el camino de vuelta.

Como respuesta a sus oraciones se le vino encima un alud de nieve y barro que le hizo rodar por un escarpado quebrándosele una pata a su caballo árabe de pura raza, el más corredor del ejército, de cuya velocidad, en más de una ocasión, dependió su vida. Con lágrimas en los ojos tomó la daga en su mano derecha y se la clavó al corcel hasta lo más hondo del corazón removiéndola en su interior con fuerza, para acortar su agonía, mientras que con la mano libre le sujetaba el cuello y le decía las mismas cosas que cuando iban a entrar en combate.

A punto estaba, desesperado, de dejarse morir junto a su caballo, sin que fuera suficiente para hacerle desistir de tan negra decisión el recuerdo de tantas gentes como dependían de él, cuando en medio de aquella helada oscuridad le volvió la dulzura del sueño en el que yacía con Jimena. Puesto de nuevo en pie enfebrecido, salmodiando a grandes voces los versículos del *Cantar de los cantares* que aprendió de memoria en Cardeña, perdida toda noción del tiempo y del espacio, y sin otro aliento que el de reposar en los brazos de la hermosa asturiana, anduvo extraviado tres días con sus noches por aquellas sierras nevadas.

Había cumplido Rodrigo Díaz cuarenta años y estaba tan bien dotado para la vida que aun estando perdido, no lo estaba del todo; su sentido de la orientación y su capacidad para seguir el rastro eran tales que por cualquier huella insignificante sabía qué sendero, cañada o camino le convenía elegir. Al cuarto día, cuando ya desesperaba de encontrar huellas humanas, se valió del gorjeo de un gorrión aterido, conocedor de que estos animales siempre se mueven cerca del hombre, y a la media mañana, cuando más arreciaba la ventisca, oyó tañer las campanas de un monasterio, que era el de San Millán de la Cogolla.

Pudo llegar hasta sus puertas, casi arrastrándose, y el hermano portero al verle de aquellas trazas, le preguntó admirado:

—¿Qué noticia tan importante tienes que vender que por ella te atreves a cruzar la sierra en lo más crudo del invierno?

—Vengo a vender la noticia de que un caballero está tan enamorado de su esposa y tanto la desea que ninguna otra mujer puede sustituirla, ni en su ánimo ni en su lecho —contestó Rodrigo sin una vacilación.

—Noble debe de ser el caballero que tan bien te paga como para que así arriesgues tu vida —dijeron otros monjes atraídos por la novedad de quien llegaba en medio de la tormenta— y dichosa la dama que va a recibir tan buena noticia.

—Así lo espero, padres míos —dijo el de Vivar y cayó exhausto a las puertas del monasterio.

Aunque no era habitual que los monjes dieran albergue a los vendedores de noticias, que con sus chismes podían alterar el recogimiento de los claustros, hicieron una excepción en tan señalado caso y el monje herbolario, muy entendido en medicina, determinó:

—Tardará más de una semana en poder volver a caminar —y palpándole las carnes, añadió—: Tiene la sangre muy aguada y casi sin color. Habrá que sacrificar una gallina y darle a comer sus higadillos.

Así lo hicieron, pero tan resecas y lijosas tenía sus interioridades que no pudo trasegar alimento alguno.

—Esto es más grave de lo que pensaba —insistió el herbolario y con gran paciencia se puso a darle, gota a gota, una tisana compuesta de valeriana y malvavisco.

Cayó el de Vivar en un sueño tan profundo que tardó diecisiete horas en salir de él, durante las cuales soñó siempre lo mismo, con tal intensidad y gusto, que cuando se despertó, se puso en pie y dijo a los monjes que le asistían:

—¿Dónde puedo comprar un caballo?

—Esperad a reponeos antes de pensar en viajar —le contestó su enfermero.

—Sólo me repondré cuando cumpla lo que tengo que cumplir —dijo decidido el de Vivar.

—En vuestras condiciones no llegaríais ni a la puerta del monasterio —le insistieron.

—Yo voy más cerca, santos padres, voy a las puertas del cielo —contestó Rodrigo con un lenguaje impropio de un vendedor de noticias.

Como los monjes creyeran que estaba delirando avisaron al padre abad y le informaron de lo que ocurría. Personado en la hospedería, con aquella mirada de santidad tan propia de los benedictinos en aquel siglo, contempló al de Vivar y le preguntó:

—¿Sois del reino de Badajoz como hacen presumir vuestros vestidos?

—Así es, santo padre, del mismo pueblo de Naciados —mintió el Cid, con más decisión en el tono que fuerza en la voz—. Si no vendo la noticia que me han encomendado, perderá crédito todo mi pueblo y volveremos a la miseria, ya que vender noticias es nuestro único oficio.

—Pero los de Naciados, hijo mío, son todos medio moros y tienen cabellos negros y la color cetrina, mientras que vos sois rubio y de ojos garzos, como los de Vivar.

Perdió Rodrigo la poca color que le quedaba, ya que San Millán de la Cogolla pertenecía al condado de su mortal enemigo, el conde de Nájera, y pretendió recurrir a una argucia.

—Cualquier otra cosa que os pueda decir, santo padre, pido decírosla en confesión.

—No hace falta, hijo mío —le tranquilizó el abad y dirigiéndose a los monjes les dijo—: Este hombre está enfermo de mal de amores que es enfermedad que se cura fácilmente cuando se es correspondido. Proporcionadle una mula y alimento para el camino y nosotros rezaremos para que llegue a donde tenga que llegar.

Desde aquel día dispuso el Cid Campeador que cada año, al término del Adviento, se enviasen al monasterio de San Millán de la Cogolla dos mulas de buena alzada y el equivalente a un quintal de trigo.

Tenía veintinueve años Jimena Díaz cuando fue sorprendida por el Campeador en el refectorio privado de San Pedro de Cardeña. Durante el día representaba más edad ya que vestía tocas de viuda pues aun teniendo marido era como si no lo tuviera y según pasaba el tiempo no mejoraban sus esperanzas de recuperarlo.

Al rey Alfonso, de momento, le marchaban muy bien sus asuntos, iba de triunfo en triunfo, y para nada necesitaba la ayuda de caballeros como el Cid Campeador. Se empeñó en recaudar más parias de los moros, con la ayuda, entre otros, de un judío llamado Ben Xálib, de talante muy distinto del de Elifaz, al punto de que cuando en 1082 fue a cobrárselas al rey Motámid, de Sevilla, se las exigió con tal insolencia que el egregio poeta, herido en sus sentimientos, le mandó atravesar con un palo embreado, desde el recto hasta la boca, y así empalado lo dejó morir a la vista de los caballeros de Alfonso, a los que retuvo prisioneros y por cuyo rescate tuvo que entregarle el monarca castellano el castillo de Almodóvar.

Aprovechó el monarca leonés tan desagradable incidente para demostrar quién mandaba en España y allegando una gran hueste de gallegos, castellanos y vascos, los envió a devastar las tierras de Beja y de Niebla, mientras él talaba el Aljarafe de Sevilla. Después acampó en Triana, en la orilla opuesta del Guadalquivir a la dominada por el palacio de Motámid, en el que tan gratas jornadas pasó el Cid, y no quiso cruzar el río, según le escribió al moro en injuriosa carta, por no contagiarse de la mariconería que reinaba en la corrupta corte de la sultana Romaiquía. Continuó su devastación hacia el sur, por tierras de Sidonia, hasta llegar a la punta de Tarifa donde hizo caracolear a su caballo entre las olas del mar, proclamando: "He aquí el último confín de Andalucía, y ya lo he puesto bajo mis pies."

De paso, asolaba periódicamente las huertas del reino de Toledo y extorsionaba a los demás reinos de Taifas, no conformándose con las parias debidas sino exigiéndoles villas y castillos en prenda; y al que vacilaba le mandaba un cuerpo de ejército para que entrara en razón. Era tal el terror que inspiraban los guerreros cristianos que ochenta de ellos se permitieron desafiar al poderoso rey de Almería, el cual les mandó cuatrocientos caballeros árabes, de los más selectos, que cuando avistaron a los cristianos echaron a correr sin hacerles frente.

Los santos abades de Oña, Arlanza, Silos y Cardeña, le enviaron mensajeros pidiéndole moderación y que se conformase con percibir lo que por fuero le era debido. Pero Alfonso les contestó:

—¿Cómo voy a dejar en paz a estos livianos hombres, que cada uno toma el título más altisonante de sus príncipes de Oriente, y ninguno de ellos es capaz de desenvainar la espada para defenderse?

En medio de tantas conquistas, botines y riquezas, le llegaban noticias de las algaras del Cid que con menos huestes conseguía triunfos semejantes. Y no sólo cantaban sus gestas los juglares cristianos, sino también los árabes, ya que cuando los enemigos no eran demasiado díscolos sabía mostrarse generoso; les cobraba el décimo de sus riquezas y los dejaba disfrutar del resto y, lo que es más importante, les permitía conservar la vida. Así, cuando conquistó el castillo de Alcocer y sus caballeros se disponían a aplicar a los vencidos —que se habían mostrado encarnizados y crueles en la defensa— las leyes de la guerra, los detuvo el Campeador, diciéndoles: "Mucho hemos ganado en este castillo; muchos moros han muerto y pocos quedan que puedan ser vendidos. ¿Qué ganamos con descabezarlos? Dejémosles que trabajen sus tierras y en lo futuro seguro que nos pagarán con gusto las parias para que no les vuelva a suceder lo mismo."

Por eso corría la voz entre los moros que era mejor ser depredado por las huestes del Cid que por las del rey Alfonso, al que todo le parecía poco. Es más, había moros que avisaban al Campeador porque preferían estar dominados por él que por sus señores, los reyezuelos de taifas, que los extorsionaban más que los cristianos.

Estas noticias desagradaban al simpático, pero envidioso rey Alfonso, sobre todo cuando los vendedores, creyendo halagarle, le advertían:

—Hay jóvenes castellanos, tan insensatos, que se permiten decir que cuando sean más de cinco mil, no respetarán demarcación alguna y cobrarán parias incluso en los dominios del emperador de las dos religiones.

Estas noticias las pagaba muy bien la infanta doña Urraca que, decidida a mantener a toda costa el celibato impuesto por el emperador Fernando, se había retirado a la vida de piedad, que consistía en rezar para que su hermano predilecto tuviera un reinado tranquilo, entendiendo por tal, la paz y el bienestar interior que le permitiera guerrear contra el moro. Cuando adquiría tales noticias le decía al rey Alfonso:

—Puesto que no me hiciste caso y no tomaste a Rodrigo como alférez, cuídate mucho de él. Al frente de un ejército vale más que todos tus caballeros juntos.

—Nunca lidiará el Campeador contra el legítimo rey de León y Castilla —le respondía Alfonso, tranquilizándose a sí mismo.

—¿Y quién te dice —le advertía aquella piadosa mujer, que tanto deseaba la paz de los reinos— que no puede ser nuestro hermano García rey legítimo de León y Castilla? ¿No le serviría a él con gusto y con derecho, Rodrigo?

Por eso el rey Alfonso no levantaba la pena de muerte contra el Campeador, si era hallado en sus dominios, ni quitaba los grilletes al prisionero del castillo de Luna, el cual era tratado con honores regios, pero aherrojado a una tabla. Y así, el inútil e infeliz don García, languideció en el castillo, hasta que enfermó gravemente. Entonces le dijo doña Urraca a su hermano pequeño:

—Ya puedes soltarle las cadenas. No conviene que un rey de nuestra casa muera como un moro cautivo.

Esto lo decía porque era costumbre que los moros cautivos ni en su última enfermedad se vieran libres de las cadenas y con ellas eran enterrados. Pero el rey García, recuperada en su postrer momento la dignidad que no tuvo en vida, no quiso aceptar aquel tardío perdón y se mandó enterrar encadenado a la misma tabla que había sido su compañera durante tantos años de amarga existencia. Recibió regia sepultura en San Isidoro de León y el epitafio que pusieron en su tumba, según cuentan los cronicones, decía así: "Aquí descansa don García, rey de Galicia y Portugal, preso con engaño por su hermano; murió en cadenas el 22 de marzo de 1090."

El refectorio privado de Cardeña, que formaba parte de la hospedería de peregrinos, se había habilitado como dependencias particulares de doña Jimena, sus hijos y sus damas de compañía; el aposento de Jimena, de buenas proporciones, daba sobre el patio de los cipreses por uno de los cuales trepó el Campeador cuando se extinguieron las últimas candelas y la oscuridad propiciatoria se extendió sobre aquel lugar de santidad. Era noche de estrellas y luna en cuarto menguante, muy propia según la excentricidad de la órbita lunar para cuestiones de amor y Rodrigo, como si hubiera recuperado más fuerzas de las necesarias en su camino desde San Millán de la Cogolla, trepó quince pies de siete impulsos y apartando el cuero que cubría la ventana entró con el mismo sigilo que cuando cazaba el oso en los montes de Asturias. Sorprendió a Jimena en su reclinatorio, a los pies de una imagen de la Virgen del Amor Hermoso, y como primera medida le tapó la boca con su mano diestra y rodeó su busto con la siniestra al tiempo que le susurraba al oído:

—¿Por quién rezabais, mi señora?

—Por quien rezo de noche y de día, dormida y despierta —contestó la dama cuando cesó la presión de la mano del más apasionado de los caballeros.

—¿Y qué le pedíais?

—Esto y esto, mi señor.

Y pasando de los rezos a los hechos se entregaron a apasionadas muestras de amor que no cesaron hasta que las campanas tañeron para maitines.

Cuando Jimena, que no se saciaba de él, le reprochó aquella loca aventura, Rodrigo le dio cuenta del sueño que había tenido y echando cuentas resultó que aquella misma noche tuvo ella igual sueño. Como Jimena fuera muy aficionada a las interpretaciones oníricas se puso a discurrir qué podía significar tan notable coincidencia.

—¿Te parece poco el gusto que hemos encontrado esta noche después de tan larga separación? —le preguntó Rodrigo.

—Me parece poco, porque me sabe a poco, y cien noches me seguirían pareciendo pocas, porque te necesito todas las de mi vida y no hay riqueza, ni honores, ni reinos, ni potestades que me compensen el estar apartada de ti.

Siguieron discurriendo entre besos y lamentos y al romper el alba, dijo el Campeador, como inspirado por el espíritu de la verdad:

—Renuncio a la algara, Jimena; si mi señor natural me mantiene en su desgracia, me pondré al servicio de otro que me permita tener una casa en la que pueda vivir tranquilo con mi mujer y mis hijos.

Jimena, dichosa ante tan razonable idea, sólo le advirtió:

—Procura buscarte uno que sea generoso para que podamos casar bien a nuestras hijas.

Así fue como el Cid Campeador entró al servicio del rey Mutamín, de Zaragoza, con el que permaneció durante más de cuatro años.

Capítulo XVII

EN BUSCA DE UN REY

Cuando Brígida la navarra, esposa del cocinero de las huestas castellanas, se puso de parto, acababa de regresar Rodrigo Díaz de su apasionada excursión a Cardeña. Estaba tan tierno en él todo lo que había sucedido en aquella noche de luna menguante, que reunió de inmediato a los principales caballeros de la mesnada y les dio cuenta de su decisión de ponerse al servicio de un señor que tuviera un buen reino.

—Cualquier señor al que tú sirvas, Campeador, tendrá en seguida un buen reino —le dijo presto Álvar Háñez Minaya—, pero como dice el judío Elifaz, tú has nacido para ser señor de ti mismo. ¿Qué necesidad tienes de servir a nadie?

—Mi necesidad es la misma que la vuestra —le replicó Rodrigo—; necesitamos estar con nuestras esposas y con nuestros hijos. En nuestras casas y con criados que nos trabajen las tierras y nos sirvan. Tenemos joyas, ricas vestiduras, arneses plateados y empuñaduras de oro y pedrerías en nuestras espadas, pero no tenemos un trozo de tierra que podamos decir nuestro y en el que puedan enterrar nuestros cuerpos. Si seguimos en la algara estamos condenados a entrar y salir de las ciudades siempre mal recibidos y peor despedidos. Tenemos oro, pero a veces no tenemos de qué comer. Somos enamorados y apenas conocemos el amor. Somos padres y no conocemos a nuestros hijos. ¿Qué clase de vida nos espera?

Tan bien habló el Campeador, y con tanto sentimiento,

que hasta Martín Antolínez que mucho disfrutaba con el manejo de los tesoros que conseguían en la guerra, habló por todos:

—Iremos donde tú vayas y contigo siempre podremos ganarnos el pan, sea en tierra de moros o de cristianos.

Y como supieran por los vendedores de noticias que los reyes de Zaragoza, Toledo y Badajoz habían organizado un poderoso ejército contra ellos decidieron levantar el campamento para evitar el enfrentamiento. Pero aquella noche, víspera de la Navidad, cuando estaban organizando la partida camino de su nuevo destino, todavía incierto, se presentó ante el Campeador el jefe de los cocineros y le suplicó:

—Espera, mi señor, para dar la orden de partida a que mi mujer termine de dar a luz. La navarra es ya mayor y por mucho que me lo propongo sólo con grandes esfuerzos consigo dejarla preñada. Pero al tercer mes se le corta el embarazo y así, aunque vamos a cumplir los cuarenta años, todavía no tenemos hijos. Pero esta vez, gracias a los consejos y oraciones de Ermelinda, la gallega, el embarazo ha llegado a buen fin. Te suplico, señor, que esperes unas horas.

Pese al mucho aprecio en que eran tenidos por los caballeros tanto Brígida como su esposo, Álvar Háñez Minaya, como alférez de las huestes, le hizo ver al Campeador los inconvenientes de atender aquella demanda:

—Mañana es la Natividad de nuestro señor Jesucristo y como los moros saben que no nos gusta pelear en tan gran festividad, aprovecharán para hostigarnos. Estamos preparados para partir, no para defendernos ni para atacar.

—¿Qué pretendes? —le reprochó el Campeador—. ¿Abandonar a la mujer para que tenga que dar a luz en un pesebre como hace mil años le ocurrió a la madre de Dios?

Álvar Háñez Minaya y los demás caballeros balbucearon excusas y soluciones que de nada sirvieron porque el Campeador preguntó:

—Las señoras castellanas, ¿cuánto tiempo suelen convalecer en el lecho después del parto?

—Tres días, señor —le respondieron.

—Pues otros tantos permanecerán aquí nuestras tiendas plantadas —dijo, y ordenó volver a montar el campamento.

Al día siguiente mientras Brígida la navarra daba luz a

un hermoso niño al que bautizaron con el nombre de Rodrigo, en atención al Campeador, las mesnadas se defendieron con tanto acierto del ejército árabe que los atacantes tuvieron que desistir después de sufrir numerosísimas pérdidas, dejándose en su retirada muchas riquezas en espadas, armaduras enjoyadas, corceles enjaezados y rehenes de gran precio. Pero con ser notable y sustanciosa esta victoria, los vendedores de noticias corrieron como más principal la del nacimiento del hijo del cocinero y los juglares la incluyeron en sus romances magnificando de tal modo la caridad y grandeza del Campeador, que desde aquel día todos los desheredados de la fortuna querían servir a las órdenes de tan buen señor.

Cuando se corrió la noticia de que el Campeador había decidido dejar de hacer la guerra por su cuenta y que estaba dispuesto a servir a un buen rey le llegaron proposiciones de los principales reinos de la península. La más importante e insistente de todas fue la de su viejo amigo, el rey Motámid, de Sevilla, que entre la extorsión a que le sometía el rey Alfonso y las pretensiones territoriales del rey de Granada andaba tan azacaneado que ni tiempo tenía para escribir sus egregios y famosos poemas. Le envió trujimanes cargados de regalos y le mandó decir:

—No soporto el orgullo del cristiano, ni la estupidez del zirí. Si vienes a mi reino te mandaré construir un palacio igual que el mío, a la otra orilla del río, te nombraré mi gran visir y excepto en las artes y en las letras, en todo lo demás mandarás tanto como yo y nada se hará sin tu conformidad.

Por su parte, la sultana Romaiquía encargó que le dijeran:

—Si vienes expulsaremos a todos los faquíes fanáticos y vuestros sacerdotes podrán convertir a los árabes que quieran ser cristianos. Yo misma estoy dispuesta a seguir instruyéndome en vuestra religión.

Los caballeros del Cid recibieron la noticia con gran alegría por el buen recuerdo que guardaban de las delicias a orillas del Guadalquivir. Incluso el obispo Jerónimo, que por su gran afición a servir a Dios con la espada solía acompañar al Campeador en alguna de las algaras, se ofreció a trasladar su sede episcopal a Sevilla para que pudiera rendir más fruto el ofrecimiento de la sultana. Pero en cambio, la reina Constanza, que había hecho gran amistad con Jimena, en Cardeña, le mandó decir:

—Si te pones al servicio del rey Motámid a no mucho tardar tendrás que enfrentarte con mi señor, el rey Alfonso. Piénsatelo bien.

La reina Constanza, pese a los continuos desvíos de su marido, era una mujer esperanzada y prudente que confiaba en una reconciliación entre el rey y su mejor vasallo que redundaría en beneficio del reino y enderezaría la conducta de su esposo.

Rodrigo Díaz obedeció la indicación de la reina y con gran disgusto de sus caballeros rechazó la propuesta del rey Motámid. Éste, no obstante, insistió con una carta de su puño y letra en la que le decía que si su reino no podía acogerse a la sombra benéfica del Campeador tendría que buscar otra sombra formada con cueros de hipopótamos. Se refería así al cuero de que estaban forrados los escudos de los almorávides, temibles guerreros africanos, que bajo el mando del emir Yussuf ben Texufín habían declarado la guerra santa en el Sudán, con tal fervor, que en pocos años habían convertido al Islam toda la inmensidad del Sahara, siendo la extensión de sus dominios de seis meses de camino a lo largo y cuatro meses a lo ancho, según la medición del *Cartás*. Predicaban una austeridad muy distante de la molicie de los árabes españoles, ya que limitaban el número de mujeres a cuatro, destruían los lagares y tiendas del vino, quemaban los instrumentos musicales, rapaban el pelo al cero a las cantoras y, sin embargo, eran muy bien recibidos por el pueblo ya que habían abolido todos los impuestos que no fuera el diezmo autorizado por el Corán, más la limosna debida a los faquíes y muslimes.

Pero como la amenaza de los fanáticos bereberes se presentaba lejana, allende los mares, y la cólera del caprichoso rey Alfonso era próxima y conocida, el Campeador reunió a su consejo de caballeros y les dijo:

—Si el rey Alfonso mira hacia el sur, nosotros miraremos hacia el norte porque he jurado que no quiero tropezarme con él. Y a ser posible hemos de servir en un reino cristiano porque así conviene a nuestra religión y a nuestras buenas costumbres.

Los jóvenes caballeros protestaron porque consideraban más provechoso moverse en tierra de moros y más gustosas sus costumbres, pero de nada sirvieron sus protestas y el Cid ordenó tomar el camino de Barcelona donde reinaba Berenguer II el Fratricida sobre una región riquísima situada en una costa amena y bien comunicada por mar con todo el Levante, comarca de huertas muy feraces y apartada de las rutas por la que se movía el emperador de León y Castilla.

Pidieron los caballeros permiso para bordear el reino de Zaragoza por la raya con el de Lérida y el rey Mutamín, también antiguo conocido del Campeador, le mandó decir:

—Permiso tienes para moverte por mis territorios, pero ¿dónde vas a estar mejor que con nosotros? En Zaragoza te encontrarás como en tu propia casa. Quédate y no te arrepentirás.

El Cid agradeció su ofrecimiento y correspondió regalándole seis corceles de pura raza, tan rápidos como el viento, pero siguió su camino.

En Lérida le estaba esperando el judío Elifaz del que se decía que era, ya, el hombre más rico del mundo y el único, conocido, que fuera a cumplir los cien años. Tenía una escuela de aprendices y admiradores de su arte de ganar dinero que le rodeaban y veneraban más que muchos vasallos a su rey. Entre los admiradores destacaban los rabinos de su religión que le decían:

—Si cumples los cien años ya no necesitarás morirte; un carro de fuego te tomará, como al profeta Elías, y te arrebatará hasta los cielos.

Elifaz estaba encantado con tan honrosa profecía y aunque ya le habían advertido los sacerdotes que en el carro de fuego sólo cabría su persona, continuaba atesorando porque ya era imposible dejar de ser rico.

El que era venerado por tantos seguía, a su vez, sintiendo verdadera veneración por Rodrigo Díaz de Vivar; por eso, así que le vio le besó las manos con la unción de un siervo por su dueño.

—¡Ay, Rodrigo, Rodrigo! ¿Cómo es posible que vengas hasta este extremo del mundo para ponerte a las órdenes del rey más roñoso que conozco?

—La obligación de un caballero cristiano es servir a un rey cristiano —le replicó el Campeador.

—¿Cristiano llamas a quien ha asesinado a su hermano? —le reprochó Elifaz porque era sobradamente conocido que el conde de Barcelona había matado a su hermano, Ramón *Cabeza de Estopa*, para quedarse él solo con las parias que les pagaba el rey de Lérida—. Déjate de andar buscando dueño quien no lo necesita y quédate conmigo. Tengo dinero para comprar más de un reino y no quisiera marcharme de este mundo sin la ilusión de verte rey de uno de ellos. Por pequeño que fuera tú pronto lo harías grande.

—¿Comprar un reino? —se extrañó el Campeador—. Los reinos no se compran, se conquistan.

—Así es, mi señor —reconoció el judío Elifaz—, pero hay muchas maneras de conquistarlo. Y a veces la más sencilla y la más incruenta es empleando el dinero.

Y pasó a detallarle cuántos modos había de comprar los territorios y las personas, de toda condición y linaje, incluso los reyes y visires, y que gran negocio podía ser un reino bien administrado.

—Y si ese reino fuera el de Valencia —le animó— serías el monarca más rico de la tierra y, ahora, nos podríamos hacer con él por muy poco dinero. En estos momentos no tiene rey ni señor conocido; se lo disputan reyezuelos de taifas que con sólo saber que vas de camino echarían a correr. Los valencianos, tanto moros como cristianos, te recibirían en triunfo porque están aburridos de sus señores, que les obligan a pagar tributos hasta por la cebada. Fíjate cómo será la cosa, que hasta los recaudadores, que son todos judíos y los más de mi casa, sienten vergüenza de cobrar los impuestos. Y los siervos se resisten tanto a pagarlos que tienen que emplear contra ellos perros alanos. ¡Una vergüenza! Ten en cuenta que esos alanos son los mismos que emplean los árabes para desnucar a los bueyes viejos que llevan al matadero.

A continuación el judío Elifaz, con la voz extenuada por los años, pero sin perder un ápice de su entusiasmo por los negocios, le explicó que el reino de Valencia, en paz y trabajando a las órdenes de un buen señor, sería como el jardín de las Hespérides, y que sus frutos maravillosos se venderían hasta en el sultanato de Damasco.

El Cid Campeador le escuchó, no sólo con el respeto que merecían sus años, sino con verdadero embeleso porque oír hablar a Elifaz de negocios era tan hermoso como escuchar un poema de amor.

—Lo siento, Elifaz —le dijo el Cid con verdadera compunción—, pero he proclamado a los cuatro vientos que no he de guerrear por cuenta propia y ahora no puedo faltar a mi palabra.

—¡Qué desgracia —se lamentó el judío— que el único caballero cristiano que cumple su palabra no consulte, antes de comprometerse, con quien bien le quiere y le puede aconsejar!

Y durante dos días, con gran parte de sus noches, gastó sus postreras fuerzas en convencerle de cuánto provecho obtendría toda la cristiandad si el reino de Valencia pasaba a sus manos, ya que en él podrían convivir personas de toda raza, religión y condición, y todos serían ricos y enseñarían a ser ricos a los otros pueblos de la tierra.

—Dispuesto estoy —le dijo con un hilo de voz al término del segundo día— a gastar todos mis caudales en traer albañiles egipcios, que son los mejores del mundo, para que transformen el Júcar y el Jiloca en una inmensa acequia cuyos riegos alcancen hasta las montañas de Teruel. Construiremos almacenes de varias plantas para guardar las cosechas, pero como serán tan abundantes necesitaremos comprar flotas a los navegantes griegos para vender los sobrantes por todo el Mediterráneo. Ya nadie tendrá por qué pasar hambre.

—Es la cosa más hermosa que he oído en mi vida —dijo el Campeador con los ojos llenos de lágrimas— y por eso mismo sé que es imposible que pueda ser verdad.

—Cualquier cosa que el hombre se proponga lo puede hacer —insistió el judío al límite de la consunción—, y si ese hombre eres tú, con mayor razón. Además, imagínate qué satisfacción tan grande darás a Jimena: ya no necesitará preocuparse por buscar buenos maridos para sus hijas. Los hijos de reyes de todo el mundo vendrán a pedirlas en matrimonio. ¡Y qué buena reina será doña Jimena, tan hermosa y altanera!

Era tan convincente el discurrir del anciano judío que Rodrigo, sintiéndose vacilar ante tan sugerentes razones, balbuceó:

—En todo caso tendría que pedir permiso a mi señor, el rey Alfonso.

Todavía le quedaron fuerzas al anciano para reír ante semejante ocurrencia:

—¡Ja, ja, ja! ¿Al rey Alfonso que lo que busca es un

pretexto para cortarte la cabeza? Tienes que decidirte, ahora, y sin consultar a nadie, a no ser que consultes a la luna que ya sé, seguro, que te va a decir que sí. ¡Rodrigo, fíate de la sabiduría de la luna, como me fío yo! —y como viera vacilar al caballero, le ofertó—: Hagamos un pacto. Si tú accedes a mi propuesta, yo renuncio a subir en el carro de fuego cuando cumpla los cien años y me convierto a tu religión que sé que es cosa que te dará mucho gusto.

—¡No me tientes, no me tientes, Elifaz! —se lamentó el de Vivar—. Tampoco quiero que te conviertas a nuestra religión por darme gusto, sino por servir mejor a Dios.

—Escucha, Rodrigo, vuestra religión, pese a lo mucho que la maltratáis, es muy saludable y pienso que no me equivocaré mucho si me convierto a ella. Es más, si me convierto yo, me seguirán todos los de mi casa que a ti te puedo decir, en secreto, que son más de trescientos los que harán lo que yo haga.

Al alba del tercer día, un hermoso día de primavera, el caballero invirtiendo los términos de la relación, tomó las manos del exangüe anciano y se las besó con veneración al tiempo que le decía:

—Pienso que tu corazón es tan cristiano como el mío, pero sé que no puedo hacer lo que me pides. Y además, Elifaz, leo en tus ojos que estás a punto de morirte.

—Si tú lo dices será verdad porque nunca mientes, o sea que apártate un poco para que no te queme el carro de fuego que ha de llevarme al seno de Abraham. Espero ser bien recibido porque nunca dejé de hacer una buena acción al término de la luna nueva. Y la última que voy a hacer es darte un consejo: deja al rey Alfonso que se distraiga con sus guerras por los secarrales de la meseta y tú, mi señor, no olvides que tu destino está hacia donde se levanta el sol.

Así murió el judío Elifaz, en la víspera de la luna nueva, rodeado de todos sus deudos y aunque el obispo Jerónimo se resistía, el Campeador le obligó a celebrar funerales por su alma. También se celebraron exequias de otras religiones porque entre los criados de su casa los había de todas ellas. Duraron más de siete días al cabo de los cuales el Campeador emprendió el camino de Barcelona.

Tenía razón el difunto Elifaz al advertir al Cid que a mala puerta iba a llamar. El conde Berenguer era tan roñoso que había sido capaz de deshacerse de su hermano, *Cabeza de Estopa*, para no tener que repartir con él las parias. Contábanse de él otros detalles menos sangrientos, pero igualmente significativos sobre su devoción por atesorar y no gastar. Todos los caballeros de la época estaban poseídos de la codicia del tesoro y eran capaces de promover algaras con el solo objeto de despojar a sus contrarios de las riquezas que llevaban encima que, en ocasiones, eran todas las que tenían. Excepto los judíos, que manejaban sus riquezas a través de casas de comercio, sólo a ellos accesibles, los demás caballeros las convertían en oro, plata y piedras preciosas que incrustaban en sus armaduras y arreos de guerra como lugar más seguro para que no les fueran robadas. Sólo los reyes y grandes señores construían en sus castillos pozos profundos y secretos donde poder ocultarlas. Pero no era extraño que cuando emprendían una campaña, a tierras lejanas, las desenterrasen y se las llevasen consigo para fiarse poco de los administradores que dejaban a sus espaldas.

Por eso formaba parte importante de la batalla el despojo de los vencidos que los señores dirigían sin bajarse del caballo, en ocasiones con ayuda de las bandas auxiliares a las que les permitían quedarse con los desperdicios. Pero no era éste el caso de Berenguer el Fratricida, que así que terminaba la batalla, se bajaba de su corcel y hurgaba entre los vencidos como una urraca y todos los objetos, por míseros que fueran, los quería para él. Y si creía que algún prisionero ocultaba objetos de valor lo sometía a tormentos hasta sacarle el último dinar.

A pesar de conocerle, como le conocían, sus cortesanos le aconsejaron cuando se enteraron que el Campeador iba a ofrecerle sus servicios:

—Piénsatelo bien, señor, antes de decir que no. Por mucho que quiera cobrar el castellano, seguro que te conseguirá mayor ganancia. Por lo pronto, si el Campeador está con nosotros nadie se atreverá a penetrar en nuestras fronteras; eso nos permitirá continuar nuestros establecimientos por la costa abajo.

—¿Estáis locos? ¿Pero os imagináis cuánto costará mantener a una hueste que viene de tierra de moros, llena de vicios y malas costumbres?

Pronto lo supieron. El conde Pedro Peláez, por su condición de nieto de reyes y pariente lejano de Berenguer el Fratricida, fue enviado por el Campeador para negociar su incorporación al reino de Barcelona.

Pedro Peláez, que en tanto tenía al Campeador y en tan poco a su remoto primo, resultó un mal trujimán. De primeras espetó al Fratricida:

—Mantener las huestes del Campeador os costará seiscientos dinares de oro diarios, más el quinto de todas las ganancias que se obtengan en aquellas algaras que convengamos.

—No hay nada que convenir respecto de lo segundo —dijo el monarca arrebatado ante aquella pretensión— porque sólo a un loco se le puede ocurrir pensar que alguien pueda gastarse seiscientos dinares diarios en mantener una tropa.

—Os advierto —le contestó Peláez, sin poder ocultar su desprecio— que si el Campeador viene a ofreceros sus servicios es porque le ha prometido a su esposa servir, si es posible, a un rey cristiano y vos sois el único al oriente de la península. Además, ha recibido consejos de su gran amigo, el difunto Elifaz, sobre el gran bien que se podría hacer si se consiguiera un establecimiento a lo largo del Levante en el que podrían convivir gentes de todas las razas y todas podrían ser ricas. Ese establecimiento podría comenzar por esta ciudad de Barcelona.

Pero como a Berenguer sólo le preocupaba ser rico él, no quiso seguir escuchando fantasías. Despidió al conde Pedro Peláez entre lamentos, no exentos de malos modos, y contra el consejo de sus cortesanos que le advirtieron:

—¿Adónde crees que se va a ir si no es a ofrecerse al rey de Zaragoza que ya verás con cuánto gusto le recibe?

Como así fue. El Campeador, al que no le había abandonado la fiebre amorosa y estaba deseando asentarse con Jimena y todos los suyos, se encaminó a la ciudad de Zaragoza, que seguía tan hermosa y esplendorosa en su blancura, como cuando la sojuzgara para el rey Sancho, quince años antes. Ni tan siquiera necesitó enviar trujimanes a negociar porque el rey Mutamín en persona salió a recibirle a orillas del río Gállego con tal halago para los que llegaban, que los jóvenes caballeros daban gracias al Cielo de haber sido rechazados por el miserable conde Berenguer. Aprovechando el buen tiempo se celebraron fiestas y justas al aire libre en las que los caballeros cristianos se lucieron y confraternizaron con los árabes. El mismo Campeador corrió cañas y nadie dudó que, a pesar de haber rebasado los cuarenta años, no había nacido aún el caballero que pudiera descabalgarle. Porque, como averiguó Ermelinda la gallega, tenía situado el centro de su equilibrio en un punto distinto al de los demás mortales, muy conveniente para el ejercicio de la guerra, ya que le permitía desplazarse con tal rapidez que el arma enemiga se encontraba siempre con el vacío.

Ermelinda la gallega había adquirido tal destreza en rehacer musculaturas y enderezar huesos, que todos dieron por cierto que era capaz, con el solo tacto de sus dedos, saber dónde tenía cada hombre el centro de su equilibrio. Es más, como supieran la devoción que sentía por el caballero de Vivar, no dudaron que era ella la que se lo había mejorado situándoselo de modo que se convirtiera en invencible.

Capítulo XVIII

EL EMIR DE LOS CREYENTES

Vinieron años felices y tranquilos para el Campeador que, por fin, pudo disfrutar de su esposa y de la vida en familia. En Zaragoza reinaban los Beni Hud desde hacía más de un siglo; aquel año el rey era Mutamín, hijo de Moctádir, el amigo del Cid, que al igual que su padre era doctor en Filosofía, Astronomía y Matemáticas. Despreciaba la ortodoxia musulmana y como no estaba dispuesto a que le robaran el tiempo que necesitaba para el estudio con guerras de religión o de fronteras entre reinos, no dudó en ayudarse de soldados cristianos, como lo había hecho su padre y su abuelo. Y entre ellos el mejor de todos por su prestigio, honradez y respeto por la cultura árabe era Rodrigo Díaz de Vivar.

A la sazón el escritor más famoso del orbe musulmán era el Tortosí, filósofo de la escuela cínica, que vivía en Zaragoza, y sostenía: "La victoria se debe a la bravura de los caballeros famosos. El ejército que cuente con ellos vencerá indefectiblemente."

En las huestes del Cid, aparte de su indiscutible capitán, había caballeros cuyas hazañas oscurecían las de Rolando, el rey Arturo y todos los caballeros de la Tabla Redonda, juntos. Tales eran Álvar Háñez Minaya, Martín Antolínez, Muño Gustioz, Pedro Peláez, Félez Muñoz, el tartamudo Pedro Vermúdez y así se podían contar hasta cincuenta.

Por eso el rey Mutamín no discutió ni en un dinar las condiciones que le impusieron Pedro Peláez y Martín Antolínez, y moros y cristianos, durante más de seis años, vivieron en aquel reino con gran paz y armonía.

El rey cedió al Campeador un palacio a las afueras de la ciudad, casi tan hermoso como el suyo de la Aljafería, y así pudo traerse a Jimena, con sus hijos y las damas de su compañía, entre las que se vino Ermelinda la gallega, que había tomado tal cariño a los niños que no podía vivir sin ellos.

Como primera providencia, y para que no quedaran dudas sobre quién mandaba en el oriente español, el Campeador ordenó hostigar a Alhajib, rey de Tortosa, que andaba muy descuidado en el pago de las parias debidas a Mutamín. Alhajib, pidió la ayuda de Berenguer el Fratricida ofreciendo pagárselas a él si le libraba de la presión del castellano. El conde de Barcelona, encantado de la oportunidad que se le presentaba de mejorar sus rentas, recabó a su vez la ayuda de Sancho Ramírez, rey de Navarra y Aragón. Ambos monarcas decidieron acabar de una vez por todas con el Campeador y se convinieron a tal fin con Guillermo, conde de la Cerdaña, con el conde de Urgel, con el de la Cerdaña y con los señores de Besalú, del Rosellón, del Ampurdán y de Carcasona.

Fue tan poderoso el ejército que resultó de aquella coalición que hasta Álvar Háñez Minaya, cuyo recreo era el pelear, propuso a su señor alguna táctica dilatoria. El Campeador escuchó con gusto sus buenas razones, pero determinó:

—Esta vez, Minaya, ha de ser como yo digo. Conviene que los derrotemos con estruendo para que podamos vivir en paz.

Y reuniendo a sus capitanes los distribuyó de tal modo por el territorio que iba desde el río Ebro hasta el Segre que en el día señalado, que era el de la fiesta de la Candelaria, sus haces cayeron sobre el poderoso ejército enemigo con gran ventaja de posición. Aquel día, como si el mismo Campeador confiara en lo que la gallega determinó sobre su mejor equilibrio, se mantuvo constantemente en los sitios de mayor peligro, luciendo en su escudo, todo él labrado en oro, un dragón en orgullosa actitud. Su espada, también damasquinada en oro, no descansó a lo largo del combate; y en cuanto a las lanzas de fresno, rematadas en hierro, rompió más de once. Su yelmo fulgente, chapeado de plata y adornado con una roja diadema de electro, llegó a perder su forma por los golpes recibidos, pero ninguno le alcanzó en punto vital.

La victoria fue completa y la ganancia que obtuvieron las mesnadas con el despojo fue tal que renunciaron a los rehenes. Entre ellos se encontraba el conde Berenguer, al que el Campeador, por su propia mano y contra su costumbre, despojó hasta de su ropa interior. Medio desnudo y avergonzado lo condujo al castillo de Tamarite donde lo tuvo encerrado durante cinco días para que tomase clara conciencia de su derrota. Transcurridos los cuales lo puso en libertad.

La entrada de Rodrigo Díaz de Vivar en Zaragoza, al frente de las huestes vencedoras, con recuas de mulas transportando las riquezas conquistadas, fue tan sonada que los juglares la cantaron hasta en las orillas del Ródano. Y los juglares catalanes, con gran sinceridad, pese a la vergonzosa derrota sufrida por sus señores, no fueron los más remisos a la hora de ensalzarla.

El rey Mutamín situó al Campeador como primer caballero de su corte, por delante incluso del príncipe heredero. Con tan fausta ocasión muchos de los jóvenes caballeros se casaron con doncellas moras principalísimas, que no tenían el menor inconveniente en convertirse al cristianismo con tal de desposarse con tan excelsos varones.

Jimena se sentía feliz y orgullosa de su esposo, aunque a veces le preguntaba, inquieta:

—Si con tanta saña combates a los príncipes cristianos, ¿con quién se van a casar nuestras hijas cuando les llegue la edad?

Andaba muy retrasado el caballero de Vivar en el pago de misas debidas al monasterio de San Pedro de Cardeña —que eran muchísimas dado lo devoto que era a prometerlas en cualquier circunstancia peligrosa de su vida— y aprovechó el sustancioso botín para enviar un generoso donativo a su entrañable y reverenciado amigo Dom Sisebuto, cuya santidad era reconocida no sólo por los cristianos, sino también por moros y judíos. Las puertas de Cardeña estaban abiertas a los hombres de todas las religiones y a la hora de repartir el condumio de los pobres no se hacía diferencia entre ellos. Desde remotos puntos del orbe iban gentes de diversas razas y confesiones a oír los sermones del santo abad que predicaba un Dios amoroso que lo mismo servía para cristianos que para moros y judíos. Y cuando hablaba de los dolores de Jesucristo en la cruz, unos y otros lloraban con igual sentimiento, pues aunque no lo admitieran como Dios, lo reverenciaban como profeta.

El encargado de llevar el donativo fue el conde Pedro Peláez, que aceptó de mal grado el encargo porque los caballeros cristianos que mantenían relaciones ilícitas con moras temían encontrarse con quien tan bien leía en las almas. Y el conde Peláez, desde que iniciara su relación con la mora ilustre de Talavera, se había acostumbrado a cambiar de amante, eligiéndola entre las cantoras árabes en cuyas fiestas participaba dándose, además, al vino.

Lo que el Campeador no hubiera consentido a ningún caballero se lo consentía a Peláez, pues no en vano cuando todos los cortesanos de León y Castilla hacían de menos al maquilero de Vivar, el nieto de reyes lo respetó y obedeció pese a que no había cumplido los veinte años. No hacía nada el Campeador sin recabar su consejo y cuando se había excedido en el vino esperaba a que se serenase para pedírselo. No consentía que nadie lo criticara y en una ocasión que Jimena se permitió hacerle de menos por su fea costumbre de beber, la reprendió de tal modo que la brava asturiana nunca más lo hizo.

Se empeñó la gallega en acompañar al conde a Cardeña y nada fue capaz de disuadirla. Jimena sentía verdadera adoración por Ermelinda, a quien debía el amor de Rodrigo, y los tres niños parecían quererla, en ocasiones, más que a su propia madre.

—El que ha conocido al Dios que vive en Cardeña ya no puede vivir sin él —opuso la mujer a los que le suplicaban que se quedara.

—¿Pero no es Dios el mismo en todas partes y en ellas está de igual modo? —le reprochó el Campeador.

—Dios está en todas partes —le contestó la gallega—, pero mayormente donde es más querido y adorado.

Y se incorporó a la comitiva que mandaba el conde Peláez. Lo que ocurrió por el camino nunca se supo, pero cuanto avistaron las puertas del monasterio de Cardeña el conde se negó a traspasarlas y, abandonando el encargo en manos de su lugarteniente, anduvo huido por los montes durante tantos días que ya lo dieron por perdido o muerto por las fieras. Cuando los vendedores de noticias se la llevaron al Cid, mandó a los mejores rastreadores del ejército en su búsqueda y ofreció sustanciosas recompensas a los campesinos que dieran razón del caballero, vivo o muerto. Pero de nada sirvió.

En la octava de Pentecostés, en una tarde fría y brumosa, apareció el conde a las puertas del monasterio con la barba y los cabellos canos y muy crecidos, apenas cubierto con pieles sin curtir, y puesto de rodillas no accedió a levantarse hasta que salió a su encuentro y le tomó en sus brazos el santo abad. Le recibió en confesión y a continuación el caballero pidió su admisión como novicio benedictino.

Cuando la noticia se extendió por los reinos muchos comentaron:

—Lo hace para reparar el daño que hizo a la cristiandad su abuelo, el emperador Vermudo II el Gotoso, cuyo pecado público al amancebarse con Velasquita, la pulquérrima aldeana de Mieres, fue tan grande a los ojos de Dios, que desató sobre España el azote tremendo de Almanzor.

Rodrigo Díaz de Vivar no sabía si reír o llorar. Perdía a su amigo más fiel en este mundo, pero ganaba un valedor más para el otro, ya que no dudaba de que lo sucedido era un milagro. El conde Peláez le solicitó por mensajeros, como caballero de su mesnada, permiso para entrar en religión. El Campeador, por el mismo conducto, se lo concedió de su puño y letra y en carta aparte le preguntó: "¿Qué es lo que ha movido tu corazón para dejar el mundo? ¿Tanto te agobiaban los pecados de la carne en los que andabas metido?"

El conde le respondió: "Mucho me agobiaban y mucho siento la ofensa que le he hecho a la dama talaverana y a otras de las que abusé y he dispuesto que las doten con gran parte de mis bienes para que, aunque mancilladas, puedan encontrar marido. Pero más ha pesado en mi ánimo la necedad del guerrear continuamente, haciéndonos daño unos a otros con el pretexto de buscar una paz que nunca llega y que, me temo, no la deseamos y no sabríamos vivir en ella. Pido a Dios una larga vida, a fin de reparar mi pasado y poder rezar día y noche para que los que gobiernan los reinos piensen en la paz y no en su provecho."

—Amén —dijo Rodrigo cuando terminó de leerle la misiva a Jimena.

—¿De qué paz, habla? —se interesó Jimena extrañada—. Si se hace la paz incluso con los moros, ¿de qué van a vivir los caballeros? Si él desea vivir en paz me parece muy bien que se meta en el convento, pero ¿de qué vamos a vivir los que seguimos en el mundo?

No supo responderle el caballero, pero tanto influyó en su ánimo la decisión de su fiel amigo que, desde entonces, no hacía más que discurrir un estatuto que hiciera posible la convivencia entre vencedores y vencidos. Dada su afición a estudiar los fueros los manejaba hasta por la noche, a la luz de un candil, y cuando su mujer le reprochaba tanto afán, le respondía:

—Puesto que es inevitable que haya guerras, con vencedores y vencidos, y yo, por providencia de Dios, estoy llamado a ser de los primeros, debo discurrir más que los que, condenados a ser vencidos, poco pueden opinar.

Jimena rezongaba y acabó por decirle:

—Te ha sorbido el seso la entrada en religión de Pedro Peláez, pero hazte cuenta que no ha sido por esta historia de la paz, sino por remordimiento del vicio que se traía con las cantoras.

—Ten por cierto, señora —le replicó el de Vivar—, que si cayó en brazos de las moras no fue por vicio, que bien le conozco yo, sino por andar tan desasosegado con su oficio de caballero que, últimamente, hasta matar en lo más recio de la pelea le daba apuro.

Mientras el Campeador se dedicaba al cobro de las parias debidas al reino de Zaragoza, con ayuda de Ben Elifaz, hijo del difunto Elifaz, con tanta mesura que cada día tenía más amigos entre los moros, el rey Alfonso andaba desaforado. Para no tener que soportar a su mujer, la prudente reina Constanza, enlazaba una campaña con otra y acabó por tener un ejército tan poderoso que le permitió conquistar primero Badajoz y a continuación Toledo, que se consideraba bastión inexpugnable. La villa del Tajo era la ciudad imperial por excelencia que evocaba la España unida bajo un solo cetro en tiempo de los godos. De tal modo se ensoberbeció el rey Alfonso con aquel triunfo que desde entonces rubricó todos sus documentos como emperador de Toledo y como tal se hizo reconocer por los otros reyes cristianos que no se atrevieron a discutirle su primacía imperial.

Como además tenía las espaldas bien cubiertas, ya que el oriente español estaba bajo el control de Rodrigo Díaz de Vivar —que era notorio que nunca hostigaría a su señor natural— continuó sus conquistas hacia el sur, con gran entusiasmo y exigencia, llegando a dominar hasta ochenta territorios con mezquita, sin contar aldeas y alquerías, desde el cauce izquierdo del río Tajo hasta el linde con el reino de Sevilla.

Como consecuencia de tan magna conquista los príncipes andaluces le enviaron embajadores comprometiéndose a pagarle las parias y admitiendo en su corte un gobernador cristiano para cerciorarse que el tributo se pagaba con puntualidad y exactitud. Aprovechó el emperador tan feliz circunstancia para doblarles las parias a los que voluntariamente se humillaban.

El Cid Campeador, después de tantos años de silencio, se atrevió a enviar una carta al rey Alfonso en la que, con gran humildad, después de declararse el más ínfimo de los vasallos del más grande emperador de todos los tiempos, admitía una culpa que no había cometido por la que pedía perdón. A continuación le exponía que había llegado la más grande oportunidad que vieron los siglos de que todos los reinos de España, tanto moros como cristianos, vivieran en gran paz y concordia bajo tan excelso monarca, cuyo imperio nadie se atrevería a discutir, siempre que se les dejase trabajar y se les cobrara sólo lo debido. No convenía olvidar, terminaba recordándole su fiel vasallo, que África estaba al otro lado del mar.

El monarca leonés le mandó decir: "No hace falta que me explique dónde está África y si alguna vez necesito su consejo ya se lo pediré. Y de paso conviene que no olvide que sigue pesando sobre él la pena de destierro y que no se le ocurra aproximarse a los lugares por donde yo me muevo."

A continuación envió un largo escrito al único monarca del Andalus que se mostraba indeciso en el pago de parias: al rey Motámid. Iba redactado en latín, la lengua del imperio, y en él se firmaba como "imperator totus Hispaniae". Le recomendaba al rey sevillano que escarmentase con la suerte de Toledo y le anunciaba el envío de un gobernador para la ciudad del Guadalquivir, más tantos lugartenientes como castillos hubiera entre Toledo y Sevilla. Aprovechaba para advertirle que no podría sentirse satisfecho hasta que no entrase en Córdoba y rescatara las campanas de la catedral de Santiago que estaban sirviendo como lámparas en la mezquita.

El rey Motámid, cuya vocación por las frases literarias le perdía, proclamó a los cuatro vientos, después de romper la misiva del monarca leonés:

—Prefiero pastorear los camellos de los almorávides que guardar puercos entre los cristianos.

Los faquíes le tomaron la palabra y provocaron una reunión en Córdoba, la ciudad más amenazada por el rey Alfonso, a la que concurrieron muslimes y santones de los reinos de Badajoz y Granada, los cuales, aburridos de los desafueros religiosos de sus señores, consideraron muy conveniente la renovación islámica que como un viento benéfico traían a sangre y fuego los nómadas del desierto. Y se concertaron para pedir su ayuda.

La sultana Romaiquía, cuya soberana belleza no era capaz de erosionar el paso del tiempo, reprochó a su marido la locura cometida:

—¿Pero no te das cuenta —le recriminó una y mil veces— que con el rey Alfonso, que es de nuestra misma raza y condición, siempre nos hemos de entender? ¿No comprendes que tiene nuestras mismas aficiones y aunque se diga cristiano le gusta el harén tanto como a nosotros? ¡Dale las campanas de Santiago y tengamos la fiesta en paz! ¿Para qué las queremos? En cambio, ¿cómo vas a entenderte con esos fanáticos del desierto que son todavía más sucios que los cristianos? ¿Cómo vas a arreglarte con cuatro mujeres, solo, si cada vez necesitas más doncellas, y más jóvenes, para lo que tú sabes? ¿Cómo te vas a inspirar para escribir tus poesías si te privan del vino? ¿Quién las va a recitar al son de los laúdes si esos salvajes destruyen todos los instrumentos de música como pecaminosos? ¿Cómo vas a mantener este palacio si sólo te permiten cobrar el diezmo? ¡Una miseria que no bastaría ni para un rey de pueblo! ¿Que Alfonso te pide el doble de las parias? ¡Pues tú pide el triple a tus súbditos y aún sales ganando!

Vino en ayuda de Romaiquía el primogénito de Motámid, que era de la misma opinión que su bella madrastra y a la sazón estaba casado con la princesa Zaida, la hija del cadí de Barbastro, aquella a la que su padre quiso entregar como esclava al Campeador. Pero de nada sirvió. Los almuecines, al tiempo que convocaban al pueblo desde los alminares para la oración de la mañana, pregonaban con grandes adornos retóricos la que acabó convirtiéndose en famosa y poética metáfora sobre los camellos almorávides y los cerdos cristianos.

No podía desdecirse el rey-poeta de su propio ingenio y se convino con los reyes Motawákil, de Badajoz y Abdállah de Granada, para invitar al emir Yussuf ben Texufín a atravesar el estrecho e ir en su ayuda.

El emir Yussuf no se hizo de rogar; pidió que le desalojasen la ciudad de Algeciras para poder desembarcar con sus tropas y comenzó una cuarentena de ayuno y oración al término de la cual, el martes 30 de junio de 1086, embarcó en la nave capitana y rezó de manera que su oración pudiera ser transmitida por los almuecines:

—Si esta travesía va a ser para mayor gloria del Islam, ¡oh, Alá!, demuéstremelo enviándome vientos propicios. Si no, hazme adverso el mar de modo que me obligue a volver.

Nada más concluir su oración se levantaron vientos suavísimos que condujeron a una inmensa flota, de no menos de cien mil hombres, a las playas de Algeciras en poco más de seis horas. Ante tan manifiesto milagro los faquíes comenzaron a llorar de emoción y ya nadie dudó de que se había terminado la dominación cristiana en el Andalus. A continuación, en enormes barcazas, comenzaron a pasar los famosos camellos almorávides, fundamento de su economía en tiempos de paz e inestimables colaboradores en la guerra.

Para que el milagro fuera más ostensible las naves vacías volvieron al Mogreb con vientos igualmente favorables, y cuando las volvieron a cargar con más guerreros, camellos y corceles, de nuevo cambió el viento colocándose en un sotavento tan propicio que apenas necesitaban impulsar las naves con los remos. Así estuvieron cruzando el estrecho las naves del Islam, hasta el 15 de julio, fecha en la que una multitud de guerreros, con toda clase de animales y artificios de guerra, se extendía a lo largo de las playas y dunas que van desde Algeciras hasta Vejer.

Cuando le llevaron la noticia al rey Alfonso, que andaba pacificando fronteras con el reino de Zaragoza, preguntó asombrado:

—¿Qué andan buscando esos piojosos por aquí?

—Esos piojosos, señor, dicen que son doscientos mil —le informó el Boquituerto.

—Si es cierto que hay tantos guerreros en África —dijo escéptico el rey—, no llegarán ni hasta Sevilla, ¿cómo se va a alimentar semejante multitud a través de las marismas del sur que no dan ni para comer los pájaros?

Pero acostumbrados los almorávides, pueblo nómada, a las grandes travesías por el más grande de los desiertos del mundo, no tuvieron ninguna dificultad en vadear las sierras y marismas que les separaban de Sevilla, sin ningún problema de suministro ya que se alimentaban, tan sólo, de leche, carne de camello y dátiles secos.

Además viajaban sin descansar, habituados a dormir cabeceando a lomos de sus corceles o camellos, siempre en continua oración y sacrificio porque lo suyo era una guerra santa, según les predicaba dos veces al día el emir Yussuf, tan austero, que sólo se nutría de pan de cebada y cuajada de leche de camella. Se cubría el rostro con un velo, al uso de las tribus del desierto, que sólo se quitaba cuando presidía los castigos corporales que los sancionados recibían con gozo porque los acercaba al paraíso prometido. A sus mismos generales, cuando no cumplían exactamente sus órdenes o en algo le desagradaban, los flagelaba el emir, con su propia mano, con un látigo de piel de hipopótamo que aplicaba sobre sus espaldas desnudas. Tal castigo era especial señal de deferencia y los generales besaban su mano después de recibirlo y consideraban aquel rebenque como sagrado y como tal era reverenciado.

En Sevilla salieron a recibirle el rey Motámid y la sultana Romaiquía que procuró mostrarse pudorosa ante quien iba a salvarlos. Dado su conocimiento de los hombres a los dos días de estar juntos, advirtió la sultana a su marido:

—Cuídate de él porque éste es peor que el Campeador. A nada que te descuides, te medirá las costillas con su látigo sagrado. O sea, que hasta que no se vaya procura disimular tus aficiones.

—Pero ¿tú crees que se marchará alguna vez? —se lamentó Motámid, asombrado ante el despliegue de fuerza de la que hicieron alarde los almorávides a orillas del Guadalquivir—. ¿Cómo van a querer volver al desierto cuando tienen un vergel a su alcance?

—Eso habértelo pensado antes —le contestó Romaiquía

que comenzó a tantear a los generales del emir para ver si eran tan incorruptibles como su caudillo.

En Sevilla se les unieron los reyes de Granada y Málaga, con sus respectivos ejércitos, y todos juntos se fueron en busca de Motawákil, de Badajoz.

La piedad del emir Yussuf no estaba reñida con el sentido común que le había permitido conquistar un imperio en África, que precisaba seis meses de camino a lo largo y cuatro a lo ancho, para recorrerlo. Por eso, mientras caminaba y rezaba, estudiaba el terreno, con ojo avizor a través del velo, y cuando alcanzaron los campos de Sagrajas, tres leguas al oriente de Badajoz, ordenó montar el campamento en la parte más amena y umbría del río Guadiana y dijo:

—Aquí podemos esperar a los cristianos el tiempo que haga falta.

A continuación ordenó las tropas de manera que los ejércitos de los cuatro reyes andaluces se colocaron en posición de vanguardia y él, con los arqueros turcos más su guardia personal compuesta por cuatro mil soldados negros, del Sudán, armados con delgadas espadas de la India, se retiró a un otero cubierto de robles para rezar por el buen fin de la campaña. A su yerno, Cir Ben Abú Béker, principal de sus generales, le confirió especiales atribuciones que las empleó para distribuir aquella multitud de guerreros de manera que se disimulase la magnitud de sus fuerzas; e informado de la afición de los cacereños a vender noticias entre los ejércitos, diseminó patrullas que tan pronto los divisaban los degollaban e incluso sometían a tormento para disuadir a sus congéneres de continuar en tan peligroso tráfico.

CAPÍTULO XIX

SAGRAJAS

Llevaba tantos años el rey Alfonso corriendo a los moros que no pretendió escurrir aquella nueva oportunidad, por otra parte inevitable, ya que estaba reciente en el ánimo de los cristianos el descuido que tuvieron con Almanzor, a quien por no cortar a tiempo dejaron llegar hasta la mar cantábrica sembrando la desolación a su paso.

Aunque vanidoso, no era mal general el rey Alfonso y se preocupó de allegar alianzas con otros príncipes cristianos para hacer frente a un ejército de proporciones inusuales en aquellos tiempos. Todo lo que tenía de mal caballero el Boquituerto, lo tenía de hábil enredador y buen trujimán y bajo la amenaza de dejar llegar a los africanos a los Pirineos, consiguió que les enviasen refuerzos los reyes de Francia e Italia. Y el rey Sancho Ramírez, de Aragón, como más afectado, le envió un ejército completo. Con lo cual el rey Alfonso se encontró al frente de una armada que sumaba cincuenta mil jinetes y treinta mil infantes, más tres mil caballos de repuesto y veinte pura sangre para su uso personal.

Era tal la hermosura de aquellos ejércitos concentrándose a lo largo de las fronteras con el reino de Badajoz, para ponerse a sus órdenes; tal la algarabía de las bandas auxiliares que duplicaban a los combatientes, prometiéndose feliz botín; tal la polvoreda que levantaban los millares de corceles en su galopar, hasta oscurecer la luz del sol, que Alfonso se sintió emperador de toda la cristiandad y prometió a la

Virgen de los Desamparados que si la batalla le era propicia, como todo lo hacía suponer, atravesaría el estrecho en persecución de los vencidos y seguiría por todo el Mogreb hasta dominar el califato Fatimí y desde allí subiría a Tierra Santa para arrodillarse ante el Santo Sepulcro.

La nota de amargor se la puso su esposa, la reina Constanza, que le dijo cuando se fue a despedir de ella y de sus hijas:

—Has pedido ayuda, mi señor, a todos menos a quien verdaderamente se la tenías que pedir.

—¿A quién? —preguntó el rey con el rostro nublado porque sabía la respuesta.

—A Rodrigo Díaz de Vivar, el Cid Campeador.

El rey Alfonso seguía cumpliendo muy a disgusto el débito conyugal y si insistía era con la esperanza de tener un hijo varón, pero la reina sólo alumbraba hembras y últimamente ni eso pues no lograba que prosperasen los embarazos. A pesar de todo, el rey Alfonso reconocía el talento y prudencia de su esposa y hacía muchas cosas por su consejo. En este caso, aun siendo muy desagradable la advertencia, consciente de lo mucho que le iba en el empeño, le entraron vacilaciones que se encargó de disipar el conde de Nájera.

—¿Vais a poner a disposición del maquilero de Vivar el más poderoso ejército que ha conocido la cristiandad desde los tiempos de Carlomagno? ¿Tantos esfuerzos como nos ha costado reunirlo han de convertirse en lucimiento de un vasallo infiel desterrado como tal? ¿Es que, acaso, pensáis que donde esté Rodrigo ha de aceptar otro general por encima de él? ¿En quién han confiado los reyes de Francia e Italia para mandaros sus caballeros, en el Campeador o en vos?

Tanto gusto, halago y satisfacciones le proporcionaba el conde de Nájera al monarca, de tantos asuntos enojosos le dispensaba, tan bien le resolvía los tratos con judíos y banqueros en el cobro y manejo de las parias, y tanta maña se daba para negociar con los otros príncipes cristianos lo que convenía a León, que era raro que el rey Alfonso hiciera algo contra su consejo. García-Ordóñez, conde de Nájera, Boquituerto de Cabra para los moros, y enemigo jurado del Cid Campeador, concluyó su alegato con un gesto de humildad:

—Ante la importancia de la batalla que se avecina, yo mismo declino mi condición de alférez en este acto, y me considero en vuestro ejército como un capitán más, para que nada oscurezca o ponga en duda que el único general que nos ha de conducir a todos a la victoria es el emperador de Toledo y de todas las Españas.

Confortado con tan hermosas palabras el rey Alfonso dio la orden de partida y cuando un general le hizo ver la inconveniencia de meterse en territorio enemigo, el monarca le contestó:

—En España no hay más enemigo que los almorávides y cuando los arrojemos de ella ya no se podrá hablar de amigos o enemigos porque todos seremos uno bajo mi corona.

Los pocos vendedores de noticias que lograron escapar a la malla degolladora tendida por el general Cir Abú Béker fueron en busca del Cid Campeador que se encontraba en Santa María de Oriente cobrando parias al rey de Teruel. Como el tiempo otoñal fuera propicio se había llevado con él a Jimena y los niños, que disfrutaban más en sus correrías por los bosques y pernoctando en la soberbia tienda de campaña de pieles de oso, que en el encierro del palacio de Zaragoza. Además, su hijo Diego tenía ya once años y el Campeador quería llevarlo consigo para que fuera aprendiendo, no sólo el manejo de las armas, sino también el modo de tratar con los moros.

Cuando los vendedores le contaron lo que sucedía, el Campeador tuvo tal arrebato de cólera por lo que entendía como traición de Motámid y los otros reyes andaluces, que ni Jimena consiguió tranquilizarle.

—Pero ¿a ti qué te va en ello? —le dijo—. Ése es asunto que tiene que resolver Alfonso y bien que lo resolverá por la cuenta que le trae.

—¡Ése es asunto de toda la cristiandad! —clamó Rodrigo más exasperado todavía por aquellos falsos consuelos—. ¿Cómo va a ser posible la convivencia con quienes vienen predicando la guerra por los caminos de Dios?

—¿Es que acaso los cristianos no predicamos lo mismo? —se atrevió a decir Jimena que no se asustaba por las voces de su marido.

—¡No! —rugió Rodrigo—. Los cristianos hacemos la

guerra, pero nuestros monjes se aburren de reprochárnoslo, mientras que sus sacerdotes, ¡se la predican!

Cuando logró serenarse, dijo con una determinación que con el tiempo acabaría teniendo magnitud histórica:

—Nunca consentiré con los almorávides.

A continuación dictó dos cartas. En la primera, dirigida al rey Motámid, invocaba su vieja amistad y le recordaba que, aunque separados por la religión, eran todos de una misma raza después de tantos años de mezclarse entre ellos, y que con paciencia podrían llegar a convivir pacíficamente algún día. Pero que si se entregaba al invasor extranjero todos saldrían perdiendo.

La otra carta se la envió al rey Alfonso, rogándole que le admitiera en su ejército, con su modesta mesnada, aunque no fuera más que para ocupar un puesto en la retaguardia.

La primera llegó a su destino y la respuesta no se hizo esperar. El rey Motámid, lacónico y fatalista, le contestó: "Ya es tarde. Si tú hubieras estado con nosotros no hubiera sucedido esto; pero el rey Alfonso, con sus abusos, ha agotado nuestra paciencia." Y terminaba con su frase favorita: "En tales circunstancias prefiero pastorear los camellos de los almorávides, etc., etc..."

El Campeador se apresuró a contestarle: "Nunca es tarde. Si perseveras con el africano ten por cierto que perderás tu reino en su favor, y que acabarás pastoreando sus camellos, pero de verdad, en el desierto. Y dile a los otros reyes españoles que les sucederá lo mismo." La premonición del Campeador se cumplió. Tanto el rey Abdallah, de Granada, como Motámid, de Sevilla, fueron desterrados a los pocos años de sus bellas ciudades y confinados en distantes puntos del Mogreb.

En cuanto a la segunda carta, no llegó a su destino porque la interceptó el Boquituerto que mandó decir al Cid que donde estaba, bien estaba, y que no se moviera de allí. El Campeador recibió el mandato con lágrimas en los ojos, pero consintió que se incorporaran al ejército del rey Alfonso sus principales caballeros, entre ellos Álvar Háñez Minaya, Martín Antolínez y Pedro Vermúdez el Tartajoso.

Para que su soledad ante tan principal acontecimiento fuera más dolorosa, dejó de recibir cartas de Dom Sisebuto que cada varios meses le enviaba una, tan sentida y con tan buenos consejos, que con sólo hacer caso de la mitad de ellos, sería santo en el cielo y feliz en este mundo. El Campeador acostumbraba a responderle y cuando le llegó la noticia de la invasión almorávide le escribió al santo abad pidiéndole su parecer, pero ya no recibió respuesta porque Dom Sisebuto andaba enfermo de muerte.

Todo comenzó con un granillo que le inflamó la pierna derecha y le produjo calenturas hasta que el día 2 de octubre de 1086 reventó en cinco llagas en forma de cruz. Dom Sisebuto las contemplaba con mucho amor porque le recordaban las cinco llagas del Redentor. Y una le daba especial devoción porque era la más grande y dolorosa y coincidía con la del clavo del pie de Cristo. Ermelinda la gallega era la encargada de curarle y de nada servía la prodigiosa habilidad de sus manos para dispensarle los dolores de su creciente inflamación. Por indicación del cirujano de Burgos, y a fin de aliviarle las calenturas, cada día tenía que sajarle la pierna con unas tijeras, sacándole pus hasta llenar tres tazas de las grandes.

—¿Qué hacéis, hija mía? —le preguntaba con gran dulzura el abad.

—Os estoy cortando las carnes ¿y me preguntáis qué os he hecho? —se asombraba la mujer que cuando se ponía en trance de enfermera endurecía su ánimo para no perjudicar al enfermo.

—Corta, corta, hija, y no penes que allá a donde voy para nada voy a necesitar esta pierna —le replicaba el monje y la gallega obedecía sin mostrar signos de compasión ni de repugnancia ante tanta pestilencia como extraía.

Hasta que el día 12 de octubre, sin que la materia perdiera la color verde oscura de la pus, tornó su fétido olor por el de un suave aroma, como de almizcle, tan agradable a los sentidos que no parecía de este mundo. Rompió a llorar la que nunca lloraba y con unción besó las cinco llagas del santo varón y cuatro de ellas cicatrizaron en el acto, produciendo gran alivio al enfermo; pero la quinta siguió manando la aromática pus y aunque la mujer insistió en sus besos de nada sirvió porque el anciano le advirtió:

—Deja ésa, mujer, que conviene que por ella se me vaya la vida.

Avisó a los monjes y todos pudieron comprobar que el delicioso aroma se extendía, también, a las vendas, hilas y paños con las que le curaban. Y el olor era tan permanente, que cuando se corrió la noticia por los contornos, se formaron grandes colas a las puertas del monasterio de gentes de toda condición social, que suplicaban como reliquia cualquier hila, por pequeña que fuera, que estuviera impregnada de la materia que seguía fluyendo sin cesar de la llaga del pie.

No estaba de Dios que sanara aquel santo varón, pero en cambio se produjeron muchas curaciones aplicando aquellas reliquias en partes enfermas; también fueron muchas las sanaciones de almas desviadas de la religión que volvían a ella nada más aspirar aquel mirífico aroma.

Entre los monjes se encontraba Pedro Peláez, novicio todavía que, aunque muy entregado cuando llegaron noticias al monasterio sobre la invasión de los almorávides, le entró la comezón de si debía volver al mundo para ponerse, en tan grave trance, a las órdenes de su rey. Inmóvil en el lecho no perdía Dom Sisebuto un ápice de su lucidez y cuando el novicio le consultó sus dudas, le replicó sin vacilar:

—Deja ese quehacer para Rodrigo Díaz de Vivar que a ti el Señor te reserva para más altos menesteres. Y no hago con esto menosprecio de Rodrigo, porque pienso que a nadie he querido tanto en este mundo como a él, y no conozco ningún caballero con quien Dios haya querido lucirse más dotándole de toda clase de prendas. Y os prohíbo que se lo digáis para que no envanezca más de lo que ya le ocurre en ocasiones.

—Santo padre —le advirtió la gallega allí presente—, no pienso atender vuestra prohibición, porque entiendo que le conviene a Rodrigo saberlo para que se sienta más obligado a corresponder a las gracias recibidas.

—De nada serviría insistir en mi prohibición —dijo el abad con un hilo de voz— porque mujer más terca que tú no la hay cuando se empeña en algo.

El 23 de octubre dijo sentirse muy valiente y pidió a la comunidad que entonasen con él el salmo *De profundis*. Poco después oyó sonar las campanas y preguntó:

—¿A qué tañen?

—A maitines, santo padre —le dijeron.

—Loado sea Dios porque los he de terminar de rezar en el cielo.

Y así fue porque entre el segundo y tercer toque entregó

su alma a Dios y su color, antes cetrino, se tornó en blanco y luminoso, cesó la putrefacción de su cuerpo que comenzó a despedir un olor a rosas.

La muerte de Dom Sisebuto, con aquel alarde de santidad, fue la única buena noticia que habría de recibir el Campeador en mucho tiempo.

Mientras el cuerpo del abad permanecía incorrupto e insepulto expidiendo aquel aroma en el que se confundían el almizcle con las rosas, otro hedor de muy distinta naturaleza comenzaba a expandirse por la península. El de las cabezas cortadas a los cristianos en la batalla de Sagrajas. Ésta tuvo lugar el día 23 de octubre, festividad islámica que el rey Alfonso aprovechó para atacar de improviso, pese a que la batalla estaba concertada con el emir para cinco días más tarde.

Al rey Motámid le sorprendió la embestida mientras consultaba el astrolabio que le advertía que la suerte sería adversa para los sevillanos, pero favorable para Yussuf, emir de los verdaderos creyentes. Mandaba la vanguardia cristiana Álvar Háñez Minaya que puso en fuga a todos los moros andaluces hasta las puertas de Badajoz. El rey Alfonso le seguía con el grueso de sus fuerzas causando tal mortandad entre los rezagados, que aquella batalla no parecía distinguirse de las que tantos triunfos había dado al emperador leonés.

Los príncipes andaluces mandaron avisos del peligro en el que estaban al caudillo de los almorávides, quien sin moverse de su otero ordenó a sus generales:

—Dejadlos que se destruyan entre ellos. Tan enemigos son unos como otros. Además, si ahora interviniera no sabría distinguirlos.

Lo decía porque los moros andaluces apenas se diferenciaban en el vestir de los cristianos y acostumbraban, también, a incrustar pedrería y metales preciosos en sus armas y defensas. Y en cuanto a la raza, dada la afición de los moros a las esclavas cristianas, estaba tan pareja en ambas religiones que no era fácil distinguirlos por el color de la piel. Por eso el emir de los creyentes despreciaba a sus aliados a los que consideraba responsables de haber degradado una raza de hombres enjutos, de tez morena y cabellos negros, singularmente dotada para soportar la vida austera y los sacrificios que exigía la genuina religión.

Se disponía el rey Alfonso a traspasar las murallas de Badajoz en pos de los vencidos, cuando Álvar Háñez Minaya, que tanto había aprendido del Campeador, le señaló el lejano otero, oscuro y siniestro, y le dijo:

—No podemos, mi señor, dejar eso a nuestra espalda.

Atendió el monarca el consejo y reagrupando sus ejércitos se dirigió a donde le esperaba su enemigo. Del otero comenzaron a bajar filas, una tras otra, de guerreros almorávides con tal estruendo de tambores y atabales, que los caballeros cristianos pasaron grandes apuros para sujetar sus corceles que amenazaban de estampida aterrados ante ruido tan insólito. Y el terror se contagió a los infantes que llegaron a pensar que aquel ensordecedor estruendo provenía del cielo, pese a que se mostraba raso y azulado.

Pero el rey Alfonso, sin una vacilación, se adentró entre los almorávides seguido de sus principales caballeros y la brecha mortal que abrieron entre ellos fue tremenda. Pero no por ello huían los africanos sino que morían sobre el terreno, sin retroceder un palmo, porque sus faquíes no cesaban de salmodiarles la misma cantinela:

—El que salga con bien de esta batalla obtendrá una gran ganancia, y el que deje la vida en ella la obtendrá mayor todavía, porque entrará por su propio pie en el paraíso. Y más grande será su gloria en él cuantos más cristianos haya descabezado.

Por eso, cuando un cristiano quedaba aislado entre ellos no se conformaban con dejarlo malherido sino que entre varios lo remataban y no paraban hasta degollarlo.

La superioridad de las armas cristianas era manifiesta y en los encuentros frontales siempre salían vencedores y continuaban, con su rey a la cabeza, camino del otero. Ya los caballos no pisaban tierra o hierba sino que caminaban sobre cadáveres africanos que en algunos puntos llegaban a formar una tupida y sanguinolenta alfombra.

Las bandas auxiliares que, como aves de rapiña, acompañaban a los caballeros sentíanse defraudadas porque aquellos cadáveres apenas tenían despojos aprovechables; la mayoría de los almorávides vestían un sayo de piel de camello, sin loriga ni yelmo, los más de ellos andaban descalzos y su única arma era una vara rematada en hierro.

Cuando terminaron los cristianos de apisonar las ingentes masas que les enviaba el emir a su encuentro, se encontraron con los arqueros turcos, que los esperaban en fila de a tres. Los de la primera línea disparaban sus flechas sentados en el suelo, como si estuvieran de merienda, los de la segunda línea lo hacían de rodillas, como en oración, y los de la tercera, disparaban de pie, en posición altanera, pero que de nada servía ante el arrollador avance de las mesnadas castellanas y leonesas.

Ya divisaban los cristianos el puesto de mando del emir, protegido por su guardia negra, cuando por el flanco derecho apareció el mejor de los generales africanos, Cir Ben Abú Béker, cuya fama en el Oriente decían que superaba a la del Campeador en Occidente. Venía al frente de los zenetes, gomeres, mesmudas y demás cábilas del Mogreb, galopando sobre gigantescos camellos que con sus berridos sembraron el terror entre los corceles de los cristianos al punto de dar con sus jinetes en tierra. El choque entre ambos ejércitos fue brutal y ensordecedor, contribuyendo a esto último la costumbre africana de llevar enormes tambores, a veces porteados entre dos camellos, que golpeados con mazas y bordones hacían temblar la tierra y retumbar los montes. El general Abú Béker, de la familia saharaui de los Lamtunas, se valía de semejante estruendo no sólo como elemento amedrantador, sino como código de señales para una nueva táctica militar de masas compactas que se combinaban rítmicamente, camino de la muerte, según fuera el número e intensidad de las percusiones.

Los caballeros cristianos, acostumbrados y diestrísimos en los choques singulares o en el encuentro de haces dispersas entre ejércitos, comenzaron a desconcertarse ante aquel muro de cuerpos humanos a matar, que se sucedían unos tras otros entre bramidos, lamentos, salmodias y redobles que no parecían tener fin. A pesar de todo, el rey Alfonso, cuya bravura aquel día pasó a los cantares de gesta, logró llegar flanqueado por Álvar Háñez Minaya y Pedro el Tartajoso hasta las primeras filas de la guardia negra y trabó combate con aquellos sudaneses, gigantescos y privilegiados, ya que recibían la promesa del paraíso de la boca del propio emir, que caracoleaba tras ellos en la más bella yegua que vieron los siglos.

Pasado el mediodía, cuando los cristianos chapoteando

entre la masa informe que formaban los despojos humanos ya veían la victoria a su alcance, recibieron la peor de las noticias. Los moros andaluces habían rehecho sus haces y con el rey Motámid al frente, preso de un extraño misticismo, atacaban a su retaguardia. Hasta la caída de la tarde mantuvo el rey Alfonso la defensa en ambos frentes, pero obsesionado por consumar el acoso al emir de los creyentes, al acometer con la espada a un negro, éste esquivó el golpe y agachándose ante el caballo que se le venía encima, de una vigorosa puñalada atravesó la loriga del rey, cosiéndole el muslo a la silla de montar. Fue el principio del fin de aquella descomunal batalla. Así herido el monarca, casi sin poder sujetarse sobre el caballo, tuvo que abandonar el sitio, momento que aprovechó el caudillo lamtumí para lanzar su guardia negra sobre los que se retiraban causando tal destrozo entre ellos que sólo el rey Alfonso y quinientos caballeros, al amparo de las tinieblas de la noche, pudieron salir con vida de la matanza que se desencadenó a continuación.

En tiempos de tanta crueldad asombró la de los almorávides que sin necesidad de la ayuda de las bandas auxiliares fueron despojando de la vida y de todas sus pertenencias a cuantos soldados encontraban a su paso, sin molestarse en hacerlos prisioneros para pedir rescate, como era costumbre en pueblos más civilizados.

El rey Alfonso tuvo que recorrer veinte leguas hasta encontrar refugio en el castillo de Coria, única fortaleza cristiana de toda la región. La continua pérdida de sangre de aquella terrible herida, le ocasionaba una sed insufrible, pero los huidos no tenían ni una gota de agua para calmarla. Sólo disponían de un pellejo de vino del que bebió el rey hasta caer en un delirio que hizo temer por su vida. Reía y lloraba con llanto de borracho y en la locura de su dolor llamaba a voces para que acudiera en su ayuda quien no podía oírle. El Cid Campeador.

Mientras tanto, el emir Yussuf, en el mismo campo de batalla, mandó degollar a todos los cadáveres cristianos que aún conservaran la cabeza y con ellas formaron gigantescos montones, a modo de alminares, sobre los que treparon los almuédanos para rezar con gran fervor la oración de la mañana y anunciar el triunfo del islam sobre la cristiandad.

A continuación las montaron sobre trescientos carros que las condujeron a través de los caminos hasta las ciudades de Zaragoza, Valencia, Algeciras, Sevilla, Córdoba, Granada y Murcia. Y desde Algeciras cargaron tres naves de cabezas degolladas que cruzaron el estrecho para que en el Mogreb pudieran festejar, también, la gran victoria africana.

Capítulo XX

LA RECONCILIACIÓN DE TOLEDO

Cuando llegaron los cincuenta carros que correspondían a la ciudad de Zaragoza, el rey Mostain, que a la sazón reinaba en la ciudad, fingió recibirlos con reverencias por el terror que entre los españoles, moros y cristianos, había producido la victoria almorávide.

Pero el Cid Campeador, que seguía siendo el protector de Zaragoza, ante aquella masa informe y pestilente, derramó lágrimas de rabia y dolor y pidió al rey moro permiso para darles cristiana sepultura.

—Si eso hago ofenderé al príncipe de los creyentes —le dijo el monarca.

—Y si no lo haces —le advirtió altanero el Cid— me ofenderás a mí.

—¿Puedes tú, acaso, protegerme contra los escudos de piel del hipopótamo de los africanos? —le desafió Mostain.

Ante tan manifiesta prueba de desconfianza, el Cid Campeador rompió su compromiso de vasallaje con el rey de Zaragoza y reuniendo las escasas mesnadas que le quedaban, abandonó la Ciudad Blanca en la que tan feliz había sido durante aquellos años. Por segunda vez emprendía el camino del exilio, en muy malas condiciones; su mesnada era muy corta ya que los principales de sus caballeros andaban dispersos después del desastre de Sagrajas. Los reyes moros del oriente español, que en otras circunstancias le hubieran solicitado con gusto, no se atrevían a tomar a su servicio a quien era público que había jurado combatir a los almorávides. Y la leyenda que se iba formando sobre los africanos los convertía en guerreros invencibles y ningún monarca quería enemistarse con ellos.

Toda la preocupación del Cid era consolar a Jimena ante aquel nuevo revés y asegurarle que, aunque fuera volviendo a la algara, no les había de faltar el pan.

—Pero ¿con quién vamos a casar a nuestras hijas —se lamentaba la mujer— si andamos por los montes como cazadores furtivos?

Como su marido no supiera darle otros consuelos que los espirituales, la brava asturiana escribió a la reina Constanza contándole lo que les sucedía. La francesa, que siempre había suspirado por la reconciliación del rey Alfonso con tan ejemplar caballero, aprovechó aquella triste ocasión para intentarlo de nuevo y esta vez acertó.

Tan cerca se había visto el rey Alfonso de la muerte que, con ánimo contrito, interpretando tan sonada derrota como un castigo del cielo por su vida adulterina y disoluta, se tornó en piadoso cristiano y cuando su abnegada esposa le pidió misericordia para el desterrado, se la concedió generoso.

En esta ocasión no pudo malmeter el Boquituerto que andaba por tierras de Francia amenazando a los príncipes franceses que, o enviaban más tropas para ayudar a sujetar a los sarracenos, o el rey Alfonso estaba dispuesto a pactar con ellos y darles paso libre por los Pirineos. El que sí estaba, en cambio, era su tío Pedro Ansúrez, cabeza de los Beni-Gómez, capaz de cualquier cosa por ayudar al rey Alfonso del que había sido ayo; con la lucidez que le daba su ancianidad, aconsejó al monarca:

—Si estás dispuesto a recibir al Campeador, hazlo de manera que saques provecho. Concédele el derecho de conquistar por su cuenta y ya verás cómo se las arregla para empujar a los almorávides hacia el mar.

—No le tengo yo por hombre muy codicioso de tierras —le dijo el rey.

—Es hombre codicioso de emplear sus talentos, que son muchos para la guerra, señor, y con ilusiones de otorgar nuevos estatutos a los países que conquiste. Además, sigue muy enamorado de su mujer y por darle gusto hace lo que sea. Y Jimena sabe que recaudando parias a los reyezuelos mal va a poder casar a sus hijas.

El anciano conde era de la opinión del Cid, de tener

satisfechos y bien pagados a los vendedores de noticias; por eso andaba siempre informado de todo lo que sucedía en los reinos. Para desgracia del rey Alfonso aquél fue el último consejo que le dio pues a los pocos meses murió de muerte natural, cosa inusual en un caballero que siempre hubo de moverse entre intrigas y batallas.

Cuando se corrió la noticia del perdón del rey Alfonso, Motámid, de Sevilla, advirtió al emir de los creyentes:

—Conviene que hagamos algo antes de que esa reconciliación se consume. Nada bueno nos puede venir de ella.

Pero el emir, que no temía a nadie en este mundo, andaba muy ocupado en sanear las disolutas costumbres de los reinos andaluces —ya había desterrado al amariconado e inepto rey de Granada— y no quería distraer su fervor religioso en nuevas batallas con monarcas a los que consideraba derrotados de antemano.

—Aunque hubiéramos vencido a todos los reyes de España, mientras no hayamos derrotado al Campeador no podemos estar seguros de nuestra victoria —le insistió Motámid que desde que gozara de las mieles del triunfo, en Sagrajas, había decidido cambiar el plectro de poeta por la espada de guerrero—. Te lo digo yo, que le conozco bien.

—Pero a quien no conoces bien es a mí —le reprendió el caudillo lamtumí—; si no, no te atreverías a dudar que según me lo vaya indicando la providencia iré conquistando todos los reinos cristianos y no cometeré el error que cometió Almanzor de detenerse en los Pirineos.

Y le detalló cómo subiría por toda Europa, convirtiéndola palmo a palmo para el islam y degollando a todas las mujeres rubias que encontrara en su camino, porque ellas eran la perdición de los hombres del desierto.

Mientras esto decía, movía el emir el látigo de piel de hipopótamo, ante los ojos en parte fascinados, en parte aterrados, del rey de Sevilla, famoso por el dorado de sus cabellos y el azul de sus ojos.

De todos modos el caudillo lamtumí tomó buena nota de que el enemigo a derrotar era aquel castellano, y su general favorito, Cir Ben Abú Béker, a quien con más frecuencia medía las costillas con el látigo sagrado, le pidió el honor de enfrentarse al de Vivar cuando el Profeta lo determinara.

La reconciliación tuvo lugar en la primavera de 1087, al pie de las murallas de Toledo, sobre un prado jugosísimo que regaba el río Tajo a su paso por la ciudad.

Se dirigía el Campeador al encuentro de su señor natural, con gran contento y humildad, escaso de huestes, pertrechos y riquezas, cuando en Ocaña le salió al paso Ben Elifaz, hijo del difunto Elifaz, quien le reprochó:

—¿Adónde vas, señor, de esa guisa? ¿Quieres ser el hazmerreír de los Beni-Gómez? ¿Tantos años sirviendo al rey moro de Zaragoza y no has ganado ni para cabalgar sobre un buen corcel? ¿Crees que puedes presentarte en la corte del rey con esa barba descuidada, con ese peto de cuero, viejo, y con los herrajes de tu loriga oxidados? ¿No te das cuenta que pensarán que sigues cobrando la maquila a los molineros de Ubierna como un infanzón de segunda?

Ben Elifaz era más descarado en el hablar que su difunto padre, pero tenía el mismo aire de fidelidad y respeto al Campeador porque estaba obligado a ello por testamento. En cuanto a las riquezas, había duplicado las que heredara y era tan aficionado a lucirlas que dos dientes que le faltaban se los había hecho sustituir por diamantes de gran valor, tallados por un orfebre sirio. Por eso tenía una sonrisa extraña, pero brillante, que le daba un aire simpático ya que procuraba sonreír con frecuencia.

—¿Qué le pasa a mi caballo? —fingió ofenderse el Campeador que se preciaba de ir siempre muy bien montado.

—Es un excelente caballo para cualquiera que no fuerais vos. ¿Es que, acaso, os resignáis a montar un corcel de peor condición que la yegua del emir? Si es cierto, como dicen los juglares, que pensaseis prenderlo conviene que tengáis un corcel tan rápido como el suyo, para no se os vaya a escapar.

Y ordenando abrir filas a los criados de su escolta, le mostró un caballo de tales proporciones y belleza, que de las filas del Cid salió un murmullo de admiración, tan sentido, que sonaba a oración. Le hizo correr la cuerda de mano de un palafrenero y mientras duró la rueda no se oyó ni un suspiro en la concurrencia, atentos como estaban a las evoluciones de aquel animal en cuyo mirar se podía leer una inteligencia que para sí la quisieran muchos humanos.

Cuando terminó el alarde, el palafrenero, con ayuda de dos criados, colocó la silla de montar con arzones de plata y oro, pedrería incrustada e hiladas de la misma especie en la cabezada del freno.

—¿Qué precio pedís por él? —preguntó el Campeador procurando disimular la emoción que le producía tanta hermosura.

—Pido que me distingáis con la décima parte de la amistad que tuvisteis para con mi padre —contestó el judío.

—Imposible —contestó conmovido el caballero—, la estima en la que yo tenía a vuestro padre no tiene precio.

—Puedo ofertar más, señor —insistió Ben Elifaz con la humildad fingida de los de su raza—, sé de buena tinta que el rey Alfonso quiere negociar con vos y concederos prebendas que no puede ostentar cualquiera. Pero para obtenerlas necesitáis mostrar la apariencia de un conquistador.

Y sin más consideraciones desplegó ante la vista pellizas, mantos, pendones bordados en seda y todos los pertrechos propios de una mesnada triunfadora. Comprendió el Campeador la buena intención del judío y para disimular sus sentimientos le preguntó con tono festivo:

—¿También tú estás obligado a hacer una buena acción por la luna nueva, como tu padre?

—También yo estoy obligado, mi señor, a que se reconcilie el mejor monarca de la cristiandad con el mejor caballero, y que la reconciliación sea lucida y sonada. Además, cuantas más ventajas obtengáis del rey, mejor nos irá a todos los que confiamos en vos y deseamos ver a los míseros africanos lejos de nuestras casas.

—¿Tiene nombre ese caballo? —preguntó el Cid desentendiéndose de aquellos halagos.

—*Babieca,* le dicen.

Gracias a la ayuda de Ben Elifaz pudo presentarse el Campeador ante la corte, al frente de una mesnada tan bien montada y vestida, que el monarca le recibió con grandes honores. Rodrigo Díaz de Vivar, tan letrado en los fueros godos, para expresar su buena disposición, descabalgó a quince pies del monarca y puesto de rodillas mordió la hierba del prado que retuvo en su boca hasta que don Alfonso, conmovido, le ordenó levantarse. Aquella antigua costumbre era la máxima muestra de humillación del vasallo ante su señor, y el Campeador fue correspondido por el rey que le tomó en sus brazos, con su propia mano le quitó la hierba de entre los dientes y le besó en la boca. A continuación le otorgó el perdón y le recibió como huésped en la ciudad de Toledo.

Al día siguiente, ante el notario real, le concedió el señorío sobre los castillos de Dueñas y Gormaz, más el pueblo de Langa con sus alfoces; en Burgos le concedió el dominio de Ibeas, de Juarros y Briviesca, y en la montaña de Santander los valles de Campoo y Eguña. Además le otorgó privilegio sellado para hacer suyas, con derecho de herencia, todas las tierras de moros que conquistase.

El judío Ben Elifaz dijo al Campeador:

—Yo me ofrezco a administraros las tierras y castillos de vuestro señorío y espero que os den para comer, pero vos ocupaos del privilegio de conquista. No olvidéis que mi padre os profetizó que vuestro destino está por donde se levanta el sol. Y voy comprobando que mi padre siempre acertaba en sus profecías. A mí me obligó, por testamento, a serviros y reverenciaros como mi señor, pero me advirtió que, según os fuera conociendo, cumpliría el mandato por gusto. Y veo que tenía razón.

En cambio Jimena, que no cabía en sí de felicidad al verse de nuevo en la corte, le aconsejó:

—No hagas caso de los judíos, señor, siempre van a lo suyo. Tú procura tener contento a Alfonso y ya verás cómo, poco a poco, nos va aumentando los señoríos. Tener tierra y siervos que la trabajen es lo que cuenta. Las joyas y los dineros de las conquistas como vienen se van. Conviene que vayamos pensando en nuestra vejez.

Tenía a la sazón Jimena treinta y tres años y conservaba una belleza madura y opulenta, muy del gusto de los caballeros, y cuanto más de su marido que se jactaba de tener una esposa tan cumplida y amante, que no necesitaba de otras, como les ocurría a los moros y también a los cristianos que se dejaban influir por sus feas costumbres.

Procuró el Campeador dar gusto a su esposa y durante dos años siguió en la corte de don Alfonso haciendo cuanto éste le decía.

En la primavera regresó a la península el conde de Nájera, muy orgulloso porque había conseguido allegar un ejército francés, encabezado por el duque de Borgoña, los condes de Amous y Tolosa, más treinta caballeros, todos pares de Francia. Venía tan satisfecho que miró por encima del hombro al conde Rodrigo Díaz y pareció ignorar su presencia en la corte.

Con gran asombro del Campeador, en lugar de incorporarse a Toledo para desde allí emprender campaña contra los almorávides —que cada día se sentían más a gusto en las bellas tierras del Andalus— los franceses se quedaron por el camino guerreando y depredando por los dominios de Mostain, de Zaragoza.

—Señor —protestó Rodrigo Díaz ante el rey Alfonso—, ¿por qué se dedican, tan buenos caballeros, a perder el tiempo hostigando a un imbécil como Mostain? Que se unan a nosotros y tendremos la gran oportunidad de devolver a los almorávides la medicina que nos dieron a beber en Sagrajas.

Pero el rey Alfonso todavía recordaba aquella medicina como muy amarga y no estaba dispuesto a probarla de nuevo. Temía a los africanos y todos los ejércitos le parecían poco para enfrentarse con aquella masa de fanáticos que tanta satisfacción encontraban muriendo en el campo de batalla. Mientras no se movieran del Andalus no pensaba ir en su busca.

—Mirad, señor —le advertía el Campeador—, que si nosotros no vamos a por ellos, serán ellos los que vendrán a por nosotros. Considerad que es gente que no se conforma en conquistar tierras, sino que también quiere conquistar las almas para su religión, de grado o por fuerza. Y el que se dice emir de los creyentes ha prometido no parar hasta llegar al norte de Europa.

Era tan razonable lo que le decía el Campeador que su rey le autorizó a ir en busca de los franceses. Pero Ben Elifaz le advirtió:

—No te molestes, señor; los franceses están encantados con las costumbres moras del reino de Zaragoza y para nada quieren oír hablar de luchar contra los africanos. Dicen que les coge muy lejos de su país. Es más, ya han empezado a disputar entre ellos sobre el reparto del botín y de las cantoras árabes, y me temo que de poca ayuda te servirán.

Rodrigo Díaz había aprendido a hacer caso de los consejos de los Elifaz, siempre tan bien informados a través de los múltiples criados que tenían distribuidos por todos los reinos. Además, en esta ocasión, en cuanto el Boquituerto se enteró de los deseos del Campeador acerca de los franceses, torció el único ojo sano que le quedaba y dijo al monarca:

—¿No desea poner coto a los almorávides? Pues mándalo a Valencia que según nuestras noticias su rey Alcádir anda en tratos de vasallaje con el emir de los creyentes. Que empiece por poner orden allí.

Lo decía el conde de Nájera por apartar al Campeador de la corte, sin darse cuenta que con ello daba cumplimiento a la profecía del viejo Elifaz.

Mientras el rey Motámid, con el fervor de un neófito, se dedicaba a reislamizar el Andalus a las órdenes del emir de los creyentes, el Cid Campeador, después de dejar a Jimena, ya condesa de Gormaz, en el castillo de su título, emprendió la epopeya del levante oriental, causando tal asombro sus sucesivas e ininterrumpidas victorias, que los vendedores de noticias se las veían y deseaban para ser creídos cuando las narraban. Pero hubo que rendirse a la evidencia cuando empezaron a llegar a la corte de Toledo, llevadas por los criados de Ben Elifaz, las parias que recaudaban en nombre del Cid Campeador. Desde Burriana hasta Elche no había población que no se hubiera obligado a pagarla en cifras nada despreciables, desde los ocho mil dinares anuales, de Murviedro, hasta los cincuenta y dos mil a los que se obligó el rey Alcádir, en persona, quien al mismo tiempo se comprometió a romper el vasallaje con el emir de los creyentes, aceptando como único señor protector a Rodrigo Díaz de Vivar, nunca mejor nombrado como el Cid Campeador.

El detalle de sus victorias haría este relato interminable, pues no sólo venció a todos los reyes y arraeces moros, que eran muchos en el levante, sino que de paso infligió una segunda y más severa derrota al conde Berenguer, que también andaba empeñado en quedarse con Valencia. Así, todo el oriente español quedó bajo su dominio y lo primero que hizo fue escribir una carta a su antiguo amigo el rey de Sevilla, con intención de que llegara al emir de los creyentes. En ella le venía a decir: "La ruta de Europa, por la costa del Mediterráneo, ha quedado ya en mi poder para siempre; por lo tanto, no podrás subir por ella en compañía de tus amigos de África, para convertir a las gentes a vuestra religión, por la fuerza. Por las montañas de Castilla, León y Asturias no llegaríais nunca, ya lo sabes tú, que conoces bien España, como español que eres. Di, pues, a tus aliados, que cojan todas las riquezas que han conseguido y que se vayan con ellas dejando a las almas en paz. Todavía están a tiempo. Y quizá tú y yo podamos volver a ser amigos, como lo éramos en las hermosas veladas a orillas del Guadalquivir."

El emir de los creyentes, hombres de edad indefinida, o por lo menos no conocida por llevar su rostro siempre velado, quedó admirado cuando supo que aquella carta la había redactado el Campeador en persona, y en lengua árabe en la que era más versado que muchos musulmanes.

—Del enemigo el consejo —le dijo al rey Motámid— contéstale al que se dice tu amigo, que le agradecemos el que nos da. Que tenga por seguro que llegaremos hasta los reinos de Europa, precisamente por el borde del Mediterráneo. Por tanto, que se aparte, o que se atenga a las consecuencias.

Y tomando el camino de África volvió a atravesar el estrecho con la intención de formar un nuevo ejército, de tales proporciones, que cuando la cabeza llegara a los Pirineos, la cola siguiera desembarcando en las playas de Algeciras.

El Campeador, por su parte, se puso a organizar la economía de la región procurando satisfacer a los más posibles para así allegarse aliados frente a los almorávides. Empezó por respetar la intimidad del palacio del rey Alcádir y estableció su campamento en el arrabal de Alcudia en el que construyó una nueva ciudad, con enormes graneros para almacenar el trigo de sus tributarios a fin de que no los depredasen caballeros de fortuna que tanto proliferaban en aquella rica, pero levantisca costa. Por consejo de Ben Elifaz organizó el cobro de los impuestos que los súbditos debían al rey Alcádir, y consiguió de éste que moderase sus pretensiones y se conformara con cobrar lo que mandaba el Corán. A su vez, admitía que las parias debidas al emperador Alfonso se le pagasen en especie, bien de frutos, ganados o tejidos, que Ben Elifaz se encargaba de comercializar con provecho para todos.

Dada su afición a las leyes se puso a regular el modo de regar los huertos de naranjos, que en aquella región era riqueza soberana, para que los arraeces no abusaran de los más débiles y todos los huertanos pudieran tomar el agua de las acequias a su tiempo.

Hasta los moros más enemigos, religiosos y partidarios de los almorávides, tenían que reconocer el deseo de justicia del Campeador y su decisión de que los sometidos pudieran trabajar en paz, para bien de todos. "¿Cómo vamos a poder cobrar las parias que nos son debidas, si no los dejamos trabajar o los esquilamos?", solía repetir Rodrigo Díaz a sus capitanes.

En tanto tenía el orden y la justicia, que acostumbraba los sábados y domingos a recibir las quejas de los moros en el atrio de la iglesia que había mandado levantar en la Alcudia, y allí mismo dictaba sentencia. Fue muy sonada y cantada por los juglares la que dictó en el caso del carbonero navarro, que violó a una doncella mora, hija de un hombre pobre. Éste se presentó en el tribunal del Cid llevando de la mano a la que había dejado de ser doncella por fuerza, y pidió justicia. La demanda era insólita porque los moros pobres estaban acostumbrados a esos episodios, frecuentes por desgracia, y procuraban sacar provecho de ellos. Incluso había casos en que el violador acababa tomándole gusto a la mora y se la llevaba con él compensando a los padres con dinero.

Pero aquel hombre tanto quería a su hija, que pidió que se aplicaran los fueros de Castilla y León que castigaban con la muerte al culpable. El Cid consideró de justicia concedérselo y cuando entraron en las pruebas del juicio resultó ser el acusado un carbonero navarro, que también había sido bandolero, pero que desde que entrara en las mesnadas cristianas se había mostrado tan buen soldado que hasta el mismo Campeador le distinguía y, en muchas batallas, le tuvo a su lado como escudero. Era tan diestro en el manejo de la honda que podía descabalgar a un caballero a más de treinta pies de distancia y tan forzudo que podía arrastrar con los dientes un carro cargado de grano. Pero tenía la mala costumbre de emborracharse y durante una borrachera cometió el atropello. Cuando en el juicio se descubrió quién era el violador lo mandó traer a presencia de la agraviada y le preguntó si se reconocía culpable y cuando el hombre lo admitió, el Campeador le golpeó en la cara con el guantelete de hierro y lo tiró por los suelos. A continuación dijo al padre agraviado:

—Este mal hombre es muy buen soldado, ha luchado conmigo en muchas batallas y tiene tales fuerzas y destrezas en el combate que hasta puede que le deba la vida por lo mucho que me ha protegido. Yo le obligaré a reparar el daño que ha hecho a tu hija obligándole a casarse con ella. Y para que lo haga con gusto, dispuesto estoy a dotar a tu hija de mi bolsillo.

La propuesta era inusual y muy generosa, pero ante el asombro de la concurrencia, la muchacha, que apenas había cumplido los quince años, rompió en sollozos y dijo que antes prefería que la ahorcasen a ella, que tener que casarse con semejante hombre.

Cierto que el vascón era poco agraciado, con tanto vello por todas las partes de su cuerpo, que apenas se le distinguían las facciones del rostro; pero el Cid, deseoso de salvarle la vida, insistió con la muchacha:

—Mira, mujer, que si no le quieres en tus brazos me obligas a ponerle en los del verdugo.

Pero la muchacha lloraba con tal desconsuelo y desesperación que era inútil insistir. El mismo carbonero navarro, con nobleza y resignación, dijo a su juzgador:

—Siempre he dicho, señor, que antes ahorcado que casado, y veo que Dios me ha tomado la palabra. Hágase su santísima voluntad. No me casaría por gusto y cuanto menos a la fuerza y encima con mujer forzada. Soy de mala condición, señor, y los únicos años que he hecho algo de provecho han sido los que he estado a vuestro lado. Si quedara con vida no estoy seguro de que no volviera a las andadas porque cuando bebo quedo privado del sentido común y sale a relucir mi natural torcido.

Ante tales palabras, hasta las damas moras que habían acudido a testimoniar sobre la doncellez de la víctima, se conmovieron y no pudieron disimular las lágrimas, pero el Campeador dictó sentencia que se cumplió aquella misma tarde. El condenado, antes de subir al cadalso, besó las manos del Campeador y le dio públicamente las gracias por haber querido salvarle la vida.

A partir de aquel día tomó tal fama el Campeador de justiciero y cumplidor de su palabra, que los moros de Valencia daban gracias a Dios por tener tan buen señor.

Capítulo XXI

ALEDO

El rey Motámid se sentía muy feliz en su nueva condición de poeta-guerrero. Aunque no lograba aumentar su fervor religioso, encontraba muchas satisfacciones empleando su métrica en poemizar pasajes del Corán que los almuédanos recitaban desde los minaretes, y los escribas transcribían en pergaminos que atravesaban los mares y eran cantados hasta en el reino de Kuntala, más allá de donde terminaba el mundo. Como todo el islam hirviera de fervor religioso, nunca poeta alguno había alcanzado tan gran consideración. El mismo príncipe de los creyentes, que al principio había mirado con recelo aquellas composiciones que precisaban de acompañamiento musical, acabó tomándolas aprecio por el entusiasmo que despertaba en los guerreros que iban al combate. Por eso concedió al rubio rey sevillano muchas distinciones y la más señalada fue dejarle al frente de los almorávides cuando atravesó el estrecho en busca de más guerreros. Bien es cierto que el mando militar lo tenía el general Mohámmad, de la cabila de lo zenetes, pero este eximio guerrero no supo resistirse a los encantos de la sultana Romaiquía que lo sumió en un torbellino de placeres desconocidos en el desierto, de modo que los tres se encontraban muy a gusto, ya que el general dejaba hacer y deshacer al marido de su amante, al punto de que Motámid decidió acabar con el único enclave que tenía el rey Alfonso en el imperio almorávide: el castillo de Aledo.

Lejos estaba el Cid Campeador de imaginar que aquel

capricho imperial del poeta le iba a sumir en una nueva y casi definitiva desgracia. Mientras el Campeador, pacificada y en prosperidad la región levantina, se dedicaba a fortificarla para que en ella encontraran su trampa mortal los africanos, el rey sevillano sobre una yegua blanca, regalo de Yussuf, decretó en medio de bellísimos versos la guerra santa contra el castillo de Aledo.

Era ésta una fortificación emplazada cerca de Lorca y no lejos de Granada, que la mandaba el conde García Jiménez, de los Beni-Gómez, pero tan buen caballero que había conseguido una guarnición de doce mil hombres, sin contar las mujeres y los niños. La gobernaba tan bien que los moros vecinos no se atrevían a atacarla y les bastaba con salir de algara, de vez en cuando, para conseguir las provisiones que necesitaban y para mantener a prudencial distancia a los enemigos que les circundaban por los cuatro costados.

Al rey Motámid le dio por decir que aquel enclave era una afrenta para el islam, pero el emir le advirtió:

—Deja esa fortaleza que ya caerá a su tiempo como fruta madura —y pensando en el Cid Campeador, añadió—: El enemigo que hemos de combatir, ahora, es otro.

Pero el rey Motámid sabía que el Campeador era demasiado bocado para cualquier mortal y aprovechando la ausencia del emir, y con la complicidad del general Mohámmad, cuya voluntad se había licuado entre los brazos de la bella Romaiquía, emprendió la guerra santa porque no estaba dispuesto a renunciar a la hermosura de salir de Sevilla, montado sobre la yegua blanca, al frente de un ejército de veinte mil hombres que iban salmodiando al compás de sus tambores de piel de hipopótamo sus más bellos poemas.

Cuando se enteró el Boquituerto, que desde que muriera el conde Pedro Ansúrez era cabeza visible de los Beni-Gómez, rogó al rey Alfonso:

—No podemos, señor, perder semejante fortaleza. Debemos ir en ayuda de tan fiel vasallo como es el conde García Jiménez.

El rey Alfonso se resistía, ya que procuraba estar distante de los almorávides, pero el conde de Nájera le insistía una y otra vez, como siempre que estaba en juego un feudo de los Beni-Gómez, y aducía que estando el emir ausente era la gran oportunidad de dar una lección al rey Motámid, responsable de la venida a España de los africanos. Tanto porfió, que el rey, por no disgustar a una casa que era sustento de su reino, accedió. Pero esta vez, aunque logró reunir un ejército de dieciocho mil guerreros, no se fió de sus solas fuerzas y mandó emisarios al Cid Campeador para que fuera a encontrarse con él en Villena, para desde allí, ambos ejércitos reunidos, atacar al ejército de los reyes andaluces que ya habían establecido sitio formal al castillo de Aledo.

La respuesta del Cid llegó por boca de Ben Elifaz que, al igual que su difunto padre, había logrado una buena posición como proveedor y banquero en la corte de Toledo. En esta ocasión, después de hacerle protesta de la fidelidad del Cid y de toda la casa Elifaz, le hizo ver que el Campeador estaba de tal modo fortificando la ciudad de Valencia que era mejor dejar que los almorávides llegasen hasta ella, pues allí encontrarían el fin de su camino. En cambio, meterse tan adentro en territorio almorávide, podía resultar una imprudencia como ya se había experimentado en Sagrajas. Es decir, que el Cid Campeador, que había sido muy partidario, en su momento, de un ataque frontal contra los africanos, ahora entendía que habían cambiado las circunstancias y era preferible esperarles en terreno apropiado.

—Creo que Rodrigo Díaz tiene razón —admitió el rey Alfonso que hubiese sido mejor monarca si no se hubiera dejado influir por los mezcladores de verdades, como ocurrió en este caso—. Daremos órdenes para que García Jiménez desaloje Aledo con el menor daño posible.

—¿Desalojar Aledo? —le dijo el Boquituerto, verde de ira.

—¿Es que acaso piensas que Rodrigo no tiene razón? —le preguntó, a su vez, el monarca con la benevolencia que acostumbraba emplear con el Boquituerto.

—Por supuesto que la tiene, señor —dijo el de Nájera con la sibilina habilidad que tenía para manejar la lengua—, y en mayor medida de la que ha querido hacernos ver Ben Elifaz. Si Rodrigo organiza las cosas de manera que obtenga una victoria sobre los almorávides, valiéndose de alguna de sus mañas, sería una victoria en la que nada tendría que ver la corona imperial. Él, conforme a los privilegios que tan generosamente le habéis concedido, se reforzaría como dueño y señor de todo el levante y a saber hasta dónde podría llegar en sus pretensiones. No olvidéis, señor, que son muchos los que le halagan el oído diciéndole que ha nacido para ser rey.

Así continuó arguyendo el Boquituerto durante horas y, sin embargo, no era capaz de hacer cambiar el ánimo del monarca, entre otras razones porque a lo largo de tan larga discusión, don Alfonso tuvo ocasión de consultar a la prudente reina Constanza, y ésta le dijo:

—Tú sabes bien, señor, que Rodrigo nunca te ha de traicionar ni recomendarte lo que no te conviene. Sabes, además, que es el único caballero cristiano capaz de derrotar a los africanos.

—¿Ah, sí? —se encrespó el Boquituerto cuando le llegó el argumento—. Pues entonces que derrote a los almorávides, pero a las órdenes de su rey, no por su cuenta.

Así logró reavivar el rescoldo de la envidia en el monarca y éste mantuvo su decisión de combatir Aledo.

El Cid cumplió con fidelidad las órdenes del rey Alfonso excepto en un punto. En lugar de esperar al monarca en Villena, lugar seco y de escasos pastos, acampó en Onteniente, valle muy fresco de aguas y con buena provisión de cebada, avena y algarrobas para el ganado y para las huestes allegadas, que pasaban de diez mil entre caballeros e infantes. Mandó montar atalayas desde Onteniente hasta Chinchilla para que le avisaran con tiempo de la llegada de su rey y señor, pero de nada sirvieron tantas precauciones. La desgracia se cernía sobre él y su familia, por causas muy variadas, entre ellas, ¡quién se lo iba a decir!, por el desprecio que hiciera a la mora Zaida, hija del cadí de Barbastro, cuando apenas era un joven guerrero. La que fuera gentil amazona se había convertido en hermosísima mujer, malcasada con el hijo mayor de Motámid que la tenía desatendida porque otras eran sus aficiones inconfesables. Mucho se quejaba la princesa Zaida, tanto a su regio suegro como a la sultana Romaiquía, de no haberla advertido sobre la desviación de su marido, hasta que con ocasión del penoso incidente de Aledo encontraron modo de satisfacer sus quejas.

Hallábase el príncipe de los creyentes sumido en meditación trascendente en la desembocadura del río Sebú mientras los faquíes reclutaban guerreros en tierras de los terribles mandingas, cuando le dieron la noticia de la expedición almorávide contra Aledo.

Le entró tal arrebato de cólera que, sin consultar a los horóscopos, atravesó el estrecho y al tercer día se encontraba en Lorca. Hizo comparecer a su presencia al rey Motámid y al general Mohámmad y como si el primero no existiera, preguntó al segundo:

—¿De quién recibisteis la orden de sitiar el castillo de Aledo?

—Del rey Motámid —balbuceó el general con las manos juntas, en actitud de orar.

El emir de los creyentes desveló su rostro al tiempo que con el rebenque sagrado descargaba un latigazo sobre el general almorávide, que lo recibió con sollozos de gratitud y descubrió su espalda para facilitar la imposición de la penitencia.

—¿No sería, más bien, de la sultana Romaiquía de quien recibisteis la orden?

—También, mi señor, ella me convenció para que lo hiciera.

Esta vez el látigo, al flagelar la carne desnuda, salpicó de sangre las blancas vestiduras del rey Motámid, que contemplaba la escena admirando la belleza de tanta crueldad, mientras discurría lo que habría de decir al emir de los creyentes para justificar una conducta que, obviamente, le había disgustado.

Siguió aquel hermoso castigo en el que se mezclaba la fiereza de cada latigazo con la prudencia de los consejos que le iba dando el caudillo lamtumí a su general, para que no volviera a emprender campañas sin consultar a los horóscopos cuyo único intérprete era él, Yussuf ben Texufín, emir de los creyentes, que ya había decidido subir hasta Francia, por la costa del mar azul, para lo cual estaba predicando una guerra santa y no tenía tiempo que perder en algaradas interiores.

Cuando terminó su instrucción, el general Mohámmad hubo de ser retirado sobre unas parihuelas y dirigiéndose el emir al rey Motámid, le advirtió:

—Tu penitencia será mas leve pues aun siendo tu falta más grave, tienes la excusa de que no conoces nuestras costumbres; además, tienes el discernimiento viciado por el pecado que enseñorea vuestros reinos.

E inició otra tanda de latigazos contra el rubio y altivo rey sevillano que a los pocos golpes, entre la vergüenza y el dolor, perdió el conocimiento. Cuando lo recuperó vio inclinado sobre él el rostro endurecido y de mirada gélida del emir de los creyentes, que le dijo:

—Conviene que adviertas a la ramera de tu mujer que la próxima vez que se aproxime a uno de mis generales mandaré que le corten los pechos.

Aquella misma noche, mientras Romaiquía curaba las llagas de su humillado esposo, decidieron aliarse con el rey Alfonso que sabían llegaba con un poderoso ejército y que, además, contaba esta vez con la ayuda del Campeador.

—Para que la alianza sea duradera le ofreceremos las ciudades de Cuenca y Huete, y el castillo de Consuegra, que siempre los ha codiciado mucho y le van muy bien para defensa de Toledo —discurría en medio de su dolor el rey Motámid, dispuesto a sacrificar lo que fuera con tal de alejar de su lado el cuero de los hipopótamos que tanto añoró un mal día.

—Para que la alianza sea duradera —determinó Romaiquía, mientras se miraba aterrada sus hermosos pechos condenados a la ablación según la salvaje costumbre almorávide— conviene que le ofrezcamos algo más. Algo que sea muy de su gusto personal.

A última hora decidieron los generales del rey Alfonso dejar Villena a su izquierda y bajar por el valle del Segura más propicio para una cabalgada de dieciocho mil caballeros. Con ser tantos eligieron un desfiladero oculto a las atalayas que había situado el Cid, que no pudieron, por eso, avisar el paso del ejército real.

Ya andaba el rey Alfonso mirando de reojo a sus espaldas, preocupado porque no aparecían las huestes del Cid, cuando las buenas noticias se sucedieron con el vértigo que precede a la felicidad.

La primera y principal fue que el emir Yussuf, en persona, había ordenado levantar el sitio del castillo de Aledo con tal precipitación, que los sitiados se permitieron una salida que ocasionó gran destrozo en la retaguardia almorávide lográndose apoderar de más de cien caballos, de pura raza árabe, de mucho valor. Como de costumbre, los vendedores de noticias procuraron vendérsela magnificando el temor que había sentido el emir de los creyentes al enterarse que se acercaba aquel poderoso ejército al mando de tan egregio monarca, y a su vez, el Boquituerto se la transmitió a su señor con más encendido fervor todavía.

La siguiente fue la entrega de la princesa Zaida.

Fue una entrega con condiciones, ya que la sultana Romaiquía, que trató el negocio con el conde de Nájera, le advirtió que la princesa pese a haber cumplido los treinta años, seguía siendo doncella.

—¿Una mora, doncella a los treinta años? —se extrañó el Boquituerto.

—Que lo compruebe el mismo rey Alfonso —le brindó la sultana—; pero lo cierto es que el primogénito de mi marido no ha podido cumplir con ella porque sus aficiones van por otro camino. Pero su padre, con la esperanza de que el príncipe cambiara de parecer o, por lo menos, hiciera un esfuerzo para lograr descendencia, la ha mantenido apartada en el harén, rodeada de eunucos, y así hubiera seguido la pobre hasta el fin de sus días, si yo, como mujer, no me hubiera compadecido de ella —y con gran audacia, añadió—: Además, aunque sólo le conoce de oídas, dice estar enamorada del rey Alfonso.

A continuación la sultana enumeró las ciudades y fortalezas que estaban dispuestos a entregar al rey Alfonso si la tomaba, por lo menos, como barragana.

—Y más adelante, Dios dirá —concluyó la impía mujer—; ella no tiene reparos en hacerse cristiana que es religión de mucho fundamento y más propicia para las mujeres que la nuestra.

El conde de Nájera, en lugar de metérsela en el lecho al monarca, como hacía cuando se trataba de cantoras, reunió al consejo de condes y ricos hombres que andaban por Aledo, y en presencia del monarca lo planteó como cuestión de estado, arguyendo la mucha importancia que tenían las plazas de Cuenca, Huete y Consuegra para la consolidación del reino de Toledo. Y la conveniencia de una alianza familiar con el rey de Sevilla para así conseguir la expulsión de los almorávides del Andalus. De paso recordó a los reunidos que todavía estaban esperando a Rodrigo Díaz de Vivar, del que nada se sabía.

El rey Alfonso se hizo el compungido por tener que

afrentar de nuevo a la reina Constanza, aunque fuera por razones de estado, hasta que conoció a la princesa Zaida. Se la llevaron tan hermosa y bien preparada, que nada más verla se le fueron los escrúpulos. A la princesa, que era el hazmerreír de los harenes, le parecía un sueño verse entregada al más poderoso señor de cristiandad cuya leyenda de galán y enamorado corría por todas las fronteras.

Mientras el rey Alfonso, en un agradable y recóndito paraje a orillas del Segura, comprobaba la doncellez de aquella espléndida mujer, el conde de Nájera tomaba las precauciones adecuadas para lo que había de venir después. Empezó por alejar de la corte, ya para siempre, a Rodrigo Díaz de Vivar, haciendo correr la especie de alta traición: el Campeador se había valido de una artimaña, faltando a la cita prevista con su rey y señor, para ver si así lograba que muriese a manos de los almorávides.

Esto último era falso; en cuanto el Campeador se enteró, con retraso de dos días, del paso del ejército real, puso el suyo en movimiento, pero ya para entonces el emir Yussuf había levantado el sitio de Aledo, y el Boquituerto se encargó de mandarle mensajeros anunciándole la cólera regia.

El rey Alfonso estaba tan agradecido a todo cuanto le estaba sucediendo, que le parecía bien cuanto hiciera su valido, siempre que no le distrajera del ejercicio de aquel amor, impensado regalo en las postrimerías de su madurez. Lo vivían ambos amantes con tal intensidad y deseo de continuidad, que en el fragor de su delirio dijo el monarca:

—Si me das un hijo varón, he de conseguir de Roma la nulidad de mi matrimonio con la reina Constanza que en tantos años no ha sido capaz de dármelo y es bien sabido que los reyes necesitamos un heredero para la buena continuidad de los reinos.

—Por mí no ha de quedar, señor —le dijo la princesa tan rejuvenecida con aquellas delicias que no se cansaba de complacer a su nuevo dueño, tan distinto del anterior—, pongamos lo que está de nuestra parte y dejemos los resultados en manos de Dios.

Una noche en la que se habían aplicado con especial intensidad a conseguirlo, a la princesa, satisfecha y enamorada, se le ocurrió decir:

—Era mi destino, desde niña, ser la mujer de un cristiano y por eso hizo la providencia que mi marido fuera tan maricón.

Le preguntó el rey Alfonso, entre risas, el significado de aquella frase, y la mujer le contó con todo detalle, cómo su padre, el cadí de Barbastro, la tenía destinada para esclava de un joven guerrero que con el tiempo se convertiría en el Cid Campeador y cómo éste la había rechazado por estar sujeto con voto de castidad.

De primeras disimuló Alfonso la contrariedad, pero con el paso de los días, y según crecía su amor por la princesa, el demonio de los celos se apoderó de él. Por una parte le parecía afrentoso que un modesto infanzón se hubiera atrevido a despreciar a la que él tanto amaba, pero a la vez empezó a discurrir sobre lo que ocurriría si los que se conocieron de jóvenes se volvieran a ver.

—No hay cuidado, mi señor —le tranquilizó el Boquituerto—, de que se vuelvan a ver. Ha quedado demostrado, y hay numerosos testigos de ello, que Rodrigo Díaz, en lugar de esperarnos en Villena, conforme era lo convenido, se desvió por su cuenta y sin ningún aviso, por el valle de Onteniente. De tal modo dejó desguarnecida con su traición nuestra retaguardia, que si hubiéramos tenido que enfrentarnos con los almorávides podíamos haber perdido todos la vida.

—¿Ah, sí? —dijo el monarca.

Y en el acto transformó la cólera regia a la que tenía derecho, según el fuero de Oreja, en apasionada ira y comenzó a dictar sanciones contra el vasallo infiel, de tal magnitud, que ni los vendedores de noticias se atrevieron a correrlas por el campamento del Cid, en tierras de Elche.

Pero era inevitable que se enterase. Primero vino a saber que al incurrir en la cólera del rey, adquiría de nuevo la condición de vasallo infiel y desterrado. A continuación mensajeros reales le comunicaron que el monarca había mandado quitarle todos los castillos y villas que le donara tres años antes, autorizando para entrar en ellos y hacerse con todas las riquezas que se encontraran. Esta última sanción de tal modo la pregonaron, que muchos caballeros de la mesnada se retiraron a sus casas no les fuera a ocurrir a ellos lo mismo.

A su vez, los reyes moros del levante, envalentonados por la reducción de las huestes del Cid, le mandaron preguntar: "¿A quién debemos pagar ahora las parias? ¿A vos o al emperador? ¿O quizá al emir de los creyentes?" Se disponía el Campeador a dar cumplida respuesta a semejante impertinencia, cuando le llegó la tercera noticia que le sumió en tal desesperación, que ni los más allegados eran para consolarle. El rey Alfonso había decretado la prisión de Jimena y de sus hijos, a los que, aherrojados, había encerrado en el castillo de Osma.

Privado de la razón ante semejante sinrazón, ordenó formar las huestes para rescatar a su esposa, pero el fiel Martín Antolínez, que sabía que era impensable enfrentarse al ejército del emperador, le dijo:

—Está bien, señor, hagamos recuento de los hombres de que disponemos.

Echaron cuentas y sólo quedaban ochocientos caballeros y cuatrocientos infantes. El resto se había dispersado para huir de la ira del rey. Durante tres días, con gran parte de sus noches, Rodrigo Díaz de Vivar lloró con tal amargura que se le quedaron las mejillas abrasadas y los ojos tan llagados que no podía soportar la luz del sol. Al cuarto día cayó en un sueño profundo y al despertarse tomó el libro de los fueros, que siempre llevaba consigo, y apoyándose en los textos legales redactó una hermosa carta, en la que el caballero, que ya había cumplido los cuarenta y siete años, desafiaba en lid singular a quien se atreviera a sostener que él, Rodrigo Díaz de Vivar, había sido traidor a su rey. Se la envió al emperador por mano del fidelísimo Álvar Háñez Minaya, y mandó hacer tantas copias como castillos y monasterios había en los reinos de Toledo, León y Castilla, para que de todos fuese conocido su desafío. La carta decía así:

"Yo, Rodrigo, al caballero del rey que acepte lidiar conmigo en lid singular de caballeros armados, juro, que desde el día que en Santa Gadea le besé la mano, recibiéndole como señor, hasta el día que sin razón ninguna cautivó crudelísimamente a mi mujer y me quitó los honores y tierras que yo tenía en su reino, nada malo dije de él, nada malo pensé, nada hice porque mi persona menos valga, ni porque el rey cautivase a mi mujer y me deshonrase de modo tan grave. Sobre la ida del rey a pelear con los sarracenos en Aledo, por ninguna causa dejé de asistir, sino porque no supe la llegada del rey, ni la pude saber de ningún modo. Si la hubiera conocido, nada me hubiera detenido de unirme a él, a menos de hallarme cautivo o muerto. Ningún conde, potestad o caballero de los que fueron en la hueste tuvo mejor voluntad que yo para ayudar al rey contra los almorávides; y ni en pensamiento, ni en palabras, ni en hechos, cometí traición alguna por la que mi persona pueda incurrir en tacha de menos valer, ni recibir tan gran deshonor como el que el rey me ha hecho. Si juro mentira, muera a manos del caballero que el rey designe, pero si juro verdad quede libre de la falsedad. Si el rey acepta mi juramento como yo acepté el suyo en Santa Gadea, estoy dispuesto a lidiar con un caballero del rey que sea mi igual, tal como yo lo era ante los ojos del rey cuando tenía su amor y su gracia."

Lejos de conmoverse ante tanta hermosura se encrespó el rey Alfonso y proclamó:

—¿Cómo es posible que se atreva a pensar que su juramento pueda valer tanto como el que yo presté en Santa Gadea? ¡No acepto su juramento! ¡Que se celebre lid singular de caballeros armados! ¡Sobran caballeros en mi reino para terminar de una vez por todas con el perjuro!

Mejor noticia no podían recibir los vendedores de noticias y juglares que volvieron a vocear por todos los caminos la nueva de que, como en los viejos tiempos, volvía el Campeador a vestir la loriga de mallas impenetrables que le regalara el judío Elifaz, para derrotar a quien pusiera en duda su honor. Pero pasaban los días y no aparecía ningún caballero de fundamento que se atreviera a aceptar el desafío. Y los pocos que aparecían eran jovenzuelos deseos de notoriedad que así que los echaba un vistazo el Boquituerto, los mandaba de vuelta a su casa y le decía al rey:

—Mi señor, ¿por qué tenéis que aceptar un duelo de caballeros armados que nuestra Santa Madre la Iglesia califica de sacrílego?

Pero el rey Alfonso no estaba para sermones; era ya cuestión de amor propio el que algún caballero de su corte estuviera dispuesto a jugarse la vida por él.

—Mirad, señor —le insistía el conde de Nájera—, que como ese endemoniado hombre salga vencedor en la lid habréis de restituirle su honor, sus bienes y su esposa.

—¡Eso jamás! —contestó el monarca cuya arbitrariedad, cuando la envidia y los celos andaban por medio, no tenía límites.

Y concedió un plazo de siete días para la designación de mantenedor del rey.

Estaba para cumplirse el plazo cuando se presentó en el campamento real —que el rey procuraba mantener alejado de Toledo y de la reina Constanza— una mujer vestida con traje talar que solicitó ver a la princesa Zaida y dio una consigna: "La lunática de Barbastro quiere pagarle un favor."

—¿Qué lunática puede ser? —se extrañó la princesa sin acordarse que Ermelinda la gallega, cuando estranguló al barón normando salvándole a ella la vida, quedó tan privada de razón que tuvieron que enjaularla por loca—. Era tan niña que apenas puedo acordarme de lo que me sucedió en Barbastro. ¿Se trata, acaso, de alguna mora?

—No —le contestó su dueña—, es una cristiana y por el modo de vestir semeja una monja. Lo que más llama la atención en ella son sus proporciones; con la cara tapada, parecen las de un caballero, y de los más grandes.

—¡Ermelinda! —exclamó la princesa y arrebatada por el recuerdo del único consuelo que tuvo en el encierro de Barbastro, salió en su busca y sin recato de su dignidad de concubina del rey, la tomó en sus brazos.

Andaba la gallega por los cincuenta años y con el cabello todo él blanco y las facciones delicadas y bellas, como siempre las tuvo, se le había puesto un aire misterioso que sobrecogía a los que no la conocían. Después de las primeras efusiones dijo Ermelinda a la princesa:

—Cuando todos me temían y nadie quería acercarse a la jaula en la que me encerraron, sólo tú te preocupabas de mí y hacías porque bebiera un poco de leche de burra para que no muriera. Es un favor que no he olvidado nunca y que quiero pagarte, ¿qué es lo que más deseas en este mundo? —le preguntó la gallega que, con la habilidad propia de los de su región, comenzó con un rodeo antes de entrar en lo que a ella le interesaba.

—Tener un hijo varón del rey Alfonso —contestó sin una vacilación la princesa que, impresionada ante la majestad de aquella mujer, no dudó que se le concedería cuanto por su mediación pidiera.

—¿Estás ya embarazada? —preguntó Ermelinda, y ante la respuesta afirmativa de la princesa, suspiró y dijo—: Puesto que has hecho lo que no debías, que es acostarte con un hombre que no es tu marido, voy a hacer por ti algo más importante todavía. Pedir que Dios se apiade de ti y te perdone tan gran pecado.

—Pero ¿será varón, o no? —insistió la mujer más preocupada por sus amores de la tierra que de los del cielo.

—Será varón, si Dios quiere —le contestó la gallega sin comprometerse a más—, pero cuando se te pase esta locura ven por Cardeña para que te arregle el alma.

Éste también fue considerado como milagro de la gallega indómita ya que la princesa Zaida dio a luz al único varón que tuvo el rey Alfonso, que con el tiempo sería el infante Sancho, muerto en la batalla de Uclés, pero a su vez ella, arrepentida de su vida pasada, se convirtió al cristianismo y fue bautizada con el nombre de Isabel.

Cuando ya se despedía dijo la gallega a la princesa, que estaba alborozada por lo que entendía sería feliz augurio:

—Antes de marcharme quería rogarte otro pequeño favor. Pídele al rey que levante la sanción al Cid Campeador.

—¿Pequeño decís? —se escandalizó Zaida—. No hay cosa en la que más encono ponga mi señor y dispuesto está él, en persona, a cortarle la cabeza si no hay otro caballero que se atreva a hacerlo.

—Pequeña mía —dijo la gallega con aparente ternura para disimular la cólera que la estaba invadiendo—, no ha nacido todavía el caballero que pueda poner la mano sobre el Cid Campeador porque tiene el centro de su equilibrio situado de tal modo que las espadas de sus enemigos nunca encuentran lo que buscan. ¿Lo sabías? ¿No? Pues los demás caballeros sí lo saben y por eso nadie acepta su desafío y hacen bien.

La princesa, aunque le escuchaba fascinada, se atrevió a decir:

—Aunque así sea, mujer, el destierro no le ha de levantar.

—Ni falta que hace, hermosa, y buen favor le hace dispensándole de ser su vasallo porque don Alfonso como amante, por lo que veo y ha hecho en ti, es muy aventajado, pero como rey peor no le hay.

—¿Cómo os atrevéis? —se encrespó la princesa recuperando su dignidad de concubina real.

—¡Me atrevo —replicó la gallega dejando que saliera a relucir su natural temperamento— porque si el rey Alfonso no se pudrió en el castillo de Burgos fue porque yo pedí al Campeador que lo soltaran cuando su hermano Sancho lo venció en Golpejera! ¡Y ya estoy arrepentida de ello! En cuanto a lo demás, ten por cierto que el Campeador para nada necesita el favor del rey y aun le estorba y sin él se arreglará mucho mejor. Ni tampoco necesita los cuatro castillos, mal contados, que le regaló y ahora le quita, porque Rodrigo Díaz, desde el día en que nació, está llamado a ser señor de todos los castillos en los que ponga la vista.

La princesa retrocedió, asustada, ante aquella furia desatada y sólo pudo balbucear:

—¿Entonces qué deseas de mí?

—Que ponga en libertad a Jimena a quien quiero tanto como os quise a vos cuando erais niña y estoy dispuesta a querer de nuevo si hacéis lo que os pido.

Y pasó a relatarle la historia de amor entre Rodrigo y Jimena, con todos los detalles, incluso el de la curación de su cojera, y tan emocionada quedó la princesa que prometió hacer cuanto estuviera en su mano.

—Pues lo doy por hecho porque, o mal conozco yo a los hombres y, por desgracia los conozco más de lo que debiera, o no hay ninguno que cuando está a gusto en el lecho se niegue incluso a lo que no es de justicia.

—Y... ¿entonces será varón lo que llevo en el vientre?

—Lo que es seguro —le contestó la gallega— es que será hembra, y encima mal parecida, si el rey no accede a lo que te pido.

Así fue como Ermelinda la gallega consiguió la libertad de doña Jimena y sus hijos, y de nuevo se los llevó con ella a Cardeña.

Capítulo XXII

EL ORO DE POLOP

El Campeador, satisfecho en lo principal, renunció a su desafío. Pero arruinado y sin familia se disponía, con su cada día más escasa mesnada, a ponerse al servicio de cualquier reyezuelo de la costa para poder ganarse el pan, cuando se le presentó Ben Elifaz y le dijo:

—¿Por qué has de resignarte a vivir separado de tu esposa y de tus hijos al servicio de los que sólo merecen ser tus vasallos? Estúdiate bien los fueros, a los que eres tan aficionado, y verás que aunque Alfonso te haya desterrado y privado de tus bienes, no puede quitarte el privilegio sellado de hacer tuyas, con derecho de herencia, todas las tierras que conquistes.

—¿Qué es lo que quieres que conquiste con una mesnada que apenas me permite defenderme de los que me asedian? —le replicó el Cid sumido en la melancolía que le producía tanta injusticia—. ¿Y quién va a querer venirse con quien en todas partes es peregrino y en ninguna posee un trozo de tierra que pueda tener por suya?

—Así llevamos los de mi raza, ya va para mil años, señor, y nos vamos arreglando con los dineros que, a falta de patria, hacen las veces —suspiró el judío por compartir la melancolía de su señor.

—¿Dineros? —preguntó el Campeador con el recelo propio de un caballero hacia el vil metal—. ¿Acaso estás pensando en hacerme algún préstamo? No me gusta hacer las guerras de fiado. Lo hice en el anterior destierro, por consejo de tu padre, y luego pasé grandes apuros para devolver lo recibido a los judíos de Burgos, Raquel y Vidal.

—Mi padre era un hombre de ideas antiguas, ¿qué necesidad tiene un caballero de tomar a préstamo lo que le es debido en justicia? Eso queda para los pobres, en permanente destierro, que no nos queda más remedio que traficar con el dinero. Vamos a ver, ¿no es Alhajib, rey de Tortosa y de Lérida, vuestro enemigo?

Hizo memoria el Cid y admitió:

—Cierto. Al menos como tal le derroté cuando se alió con el conde Berenguer contra el rey de Zaragoza, del que yo era protector.

—Pues ahora lo es más todavía —le aclaró el judío— pues aprovechándose de vuestra ausencia y de vuestra desgracia, ha desbaratado toda la labor que hicisteis en Valencia y tiene tan atemorizado al rey Alcádir que cualquier día se quedará con ella.

—¡Por mí que se quede con ella! ¡Tan desagradecidos son unos como otros y poco me importa la suerte que pueda correr! —se encrespó el Cid que tanto había padecido para que aquellas gentes vivieran en paz y armonía, y así se veía pagado.

—No os falta razón, mi señor —le tranquilizó Ben Elifaz—, pero entonces, ¿quién le cerrará el paso a los almorávides cuando suban por la orilla del mar azul conforme ha jurado solemnemente que hará el emir de los creyentes? No es que a mí me preocupe, señor, porque nosotros ya buscaremos el medio de arreglarnos con ellos. Estaba pensando en vuestra religión y en el daño que le ocasionarán; ya sabéis que están decididos a convertir a todos al islam por la fuerza.

—En medio de tantas desgracias —dijo el Cid— no me queda más consuelo que el de mi religión, a la que cada día tengo por más cierta y única verdadera, a pesar de lo que la maltratamos. ¿Qué sería de mí, si me faltara?

Como de costumbre, a una distancia prudencial, asistían a la reunión los principales caballeros del Cid, entre ellos Pedro Vermúdez, Álvar Háñez Minaya y Martín Antolínez. Este último intervino y dijo a su señor:

—No me queda mal recuerdo del trato que hicimos con los judíos Raquel y Vidal y no me importaría repetirlo, pero cuando un Elifaz viene a vos siempre es para ofreceros algo mejor que la vez anterior.

Se deshizo en humildades el judío ante aquella alabanza para terminar diciéndoles que el rey Alhajib andaba en campañas tan arriesgadas que no se atrevía a llevar encima todas sus riquezas, y como tampoco se fiaba de dejarlas en su castillo de Tortosa, el remedio había sido enterrarlas en una cueva de enorme profundidad, en Polop, oculta bajo la torrentera del Algar.

—¡Dios se ha apiadado de nosotros! —clamó gozoso Martín Antolínez—. ¿Por dónde cae tan hermosa cueva?

—Cinco leguas al sur de Denia. Pero considerad que los que la guardan son muchos y tienen comprometida su vida en defenderla.

—No pienso que la tengan tan comprometida como la nuestra si no conseguimos armar una mesnada que defienda a nuestro señor de tantos enemigos como le ha creado la envidia.

—En eso estáis equivocados, señor —le replicó Ben Elifaz—, está por ver si son más los enemigos que le ha creado la envidia, o los amigos que añoran los tiempos en que el Cid Campeador gobernaba con justicia la ciudad de Valencia.

Cumplió aquel año el Mio Cid los cuarenta y ocho, y como si tuviera conciencia de los que le quedaban de vida y lo mucho que le restaba por hacer, comenzó una actividad guerrera tan vertiginosa, que a los vendedores de noticias no les daba tiempo de transmitir tanto acontecimiento.

La primera sorpresa se la llevaron en la cueva de Polop. Después del primer choque con los que la guardaban, el arráez que mandaba la tropa, clamó a grandes voces:

—¿Por qué hemos de combatir contra quien deseamos que sea nuestro capitán más que ningún otro en esta tierra?

Resultó ser un antiguo moro que había servido a las órdenes del Cid, en Zaragoza, y le tenía en tanta estima que se consideró dichoso de cambiar de bando. Se llamaba Ben Abduz y desde aquel día sirvió con tal fidelidad a la casa del Campeador que terminó siendo su almojarife, encargado de la recaudación de todos los impuestos y tributos.

—¡Ay, Dios mío! —se lamentaba el judío Ben Elifaz ante el cuantiosísimo tesoro que se guardaba en la cueva del

Algar—. ¿Cómo vamos a poder traficar tantísimas joyas? No hay dineros en estos reinos para poder comprarlas.

Y como lo que necesitaban eran monedas para pagar a las tropas mercenarias —que en cuanto se corrió la noticia del expolio empezaron a llamar a la puerta del Cid— organizó la fundición de toda la plata y el oro, y la acuñó con el sello del Campeador. Así fue como, por primera vez en la historia, un señor sin título de realeza emitió monedas que llegaron a pagarlas más que el valor de su peso. En cuanto al resto de las alhajas fletó el judío una flotilla para venderlas en Alejandría y dijo al Cid:

—Con lo que obtengamos podemos traer los barcos cargados de mercenarios del reino de Nubia, que tienen fama de muy buenos guerreros.

—Sólo quiero en mi ejército gentes de los reinos de España, bien sean moros o cristianos, pero de afuera no los quiero porque sólo piensan en llevarse lo que encuentran a su paso para, cuanto antes, volverse a sus tierras —le replicó Rodrigo.

Y con un ejército mediano, de no más de tres mil hombres, comenzó la reconquista de los castillos del sur de levante, que duró hasta el 6 de marzo de 1099, miércoles de Ceniza, en el que se estableció en la fortaleza de Ondara y ayunó la cuaresma hasta el 21 de abril, Pascua de Resurrección, que reanudó la guerra. En Ondara se le incorporó un contingente de vascones muy importante, no menos de mil, algunos de las montañas de Ipúzcoa, al mando de un hermano del carbonero navarro que mandó ahorcar el Cid. Eran gente de gran valer, tanto para la guerra como para pastorear ovejas que convenía acarrear, como suministro, para no tener que depender de las bandas auxiliares, siempre tan malvadas, buscando sólo su provecho.

Estaban los caballeros deseosos de hacerse con Valencia, la perla del Levante, de la que tan buen recuerdo guardaban, pero el Campeador determinó:

—Cuando seamos los dueños de Valencia ya sabemos lo que nos espera: la visita del emir Yussuf que no ha de consentir que se le cierre el paso hacia el norte. Y todavía no estamos preparados para ello.

Y procedió a devastar toda la zona que va desde Orihuela hasta Játiva, con tanto provecho que siendo el botín incalculable en vacas, ovejas y granos, Ben Elifaz, con la ayuda del moro Ben Abduz, organizó expediciones para vender los sobrantes en la misma ciudad de Valencia. El rey Alcádir, cada día más amedrantado ante las hazañas del Campeador, mandaba comprar todo cuanto llevaban, a buen precio, para así tenerle contento. Además le enviaba suntuosos regalos deseoso de renovar con él la amistad y protección que en mala hora olvidó.

Cuando su ejército alcanzó los siete mil hombres, entre caballeros e infantes, mandó cartas de desafío a su viejo enemigo, el conde Berenguer de Barcelona, porque sabía que mientras no lo tuviera dominado, no podía considerarse señor del oriente español.

Estaban considerados a la sazón los caballeros catalanes como los más fuertes del mundo, los mejor guarnidos y los más avezados en las lides, y el Campeador les tenía en gran respeto y estima, porque además eran muy ordenados para los asuntos de gobierno y en sus tierras reinaba más paz que en las otras. Es más, si le desafió fue buscando una alianza que al fin llegó, pero por el camino más impensado. De primeras, el conde Berenguer respondió al desafío y congregó un numerosísimo ejército en Calamocha con la intención de que el Campeador, a su vista, desistiera de continuar hostigándole. Al frente puso al caballero Giraldo Alemán, conde de Cervellón, cuya fama llegaba mucho más allá de la Marca con Francia.

El Campeador, alarmado ante aquella inmensa hueste, a punto estuvo de desistir, pero por aquellos días le llegó una carta de su esposa Jimena —que seguía a buen recaudo en Cardeña— en la que después de besar las manos de su señor, por el que seguía suspirando día y noche, le recordaba que sus hijas habían cumplido ya los quince años y estaban en muy buena edad de contraer esponsales, y puesto que andaba por tierras de Barcelona, que se procurase un buen marido para ellas, a poder ser de sangre real, ya que los catalanes gozaban de buena fama no sólo como guerreros sino también como esposos, muy cuidadosos de la hacienda familiar. Y le informaba que el conde Berenguer tenía un sobrino, del que tales cosas contaban, que le apodaban Ramón Berenguer *el Grande* y que a diferencia de su tío era un joven magnánimo de corazón y generoso con sus bienes.

Al Campeador, como padre solícito, le pareció acertada la sugerencia, pero consciente de que por las buenas no había de conseguir matrimonio tan ventajoso para sus hijas decidió emprender la batalla. Duró varios días ya que, para compensar la superioridad enemiga, comenzó el Campeador por desparramar sus huestes por la sierra de Morella a fin de dividirlos. Pero el caballero Giraldo Alemán, muy experimentado, no caía en la trampa y mantenía a sus huestes muy unidas y fortificadas, presentando batalla allá donde llegaban las vanguardias del ejército del Campeador, que se tenían que retirar una y otra vez sin conseguir romper tan buenas defensas. Pero al quinto día, en el pinar de Tevar, consiguió el Campeador su propósito valiéndose de su caballo *Babieca*, cuya blancura impoluta se había hecho famosa. Nunca dejaba de montarlo y su resplandor era como la guía que servía a sus guerreros que, viéndole caracolear con aquel vértigo inalcanzable, no dudaban que la batalla iba a su favor. Además, se había corrido la especie de que, al igual que su dueño, tenía su centro de equilibrio en un punto tan extraño que se podía revolver entre las haces enemigas sin poder ser nunca alcanzado. Rodrigo Díaz, siempre desprendido de sus bienes, no dejaba a nadie acercarse a su corcel, ni cuanto menos montarlo, porque pese a ser tan buen cristiano tenía la superstición de que su suerte iba unida a la del noble animal. Pero tan mal se le pusieron las cosas en el pinar de Tevar, que cedió su caballo y su escudo, con el dragón orgulloso labrado en oro, a su buen caballero Pedro el Tartajoso, el cual fingió que huía por el desfiladero más angosto, agobiado por la presión de las huestes de Giraldo Alemán.

Un clamor de triunfo surgió entre las filas enemigas que, cayendo en la trampa, iniciaron la persecución del que nunca se conocía, hasta aquella ocasión, que hubiera dado la espalda a los que le combatían. Así consiguió Rodrigo Díaz dividir a sus enemigos en dos, y él, con el grueso de sus fuerzas, logró atacar y vencer al conde Berenguer que se mantenía en prudente retaguardia. Cuidó mucho el Campeador en que lo tomaran con vida porque el rescate que pensaba pedir por él eran los esponsales de su sobrino, Ramón Berenguer *el Grande*. La batalla fue muy encarnizada y en ella cayeron prisioneros del Cid, además de Berenguer el Fratricida, el conde Ramón Mirón, Bernardo de Tamarite, Ricardo Guillén, y al final, medio muerto, el mismo Giraldo Alemán. El Campeador recibió una cuchillada en el cuello que ya, para siempre, se lo dejó un poco torcido.

Al conde de Barcelona, sólo de pensar en la ruina que se le venía encima, se le quitaron las ganas de comer y se pasó tres días sin probar bocado, pese a que el cocinero del Campeador, por orden de éste, se esmeraba cuanto podía. Los que bien le conocían decían que prefería morir de hambre antes que tener que pagar el fabuloso rescate que, conforme era costumbre, exigiría el vencedor a tan poderoso vencido.

Al cuarto día, cuando ya el conde daba señales de desfallecimiento, se presentó el Campeador en la tienda en la que estaba prisionero y le dijo que pensaba perdonar a todos los caballeros el rescate, y que comiera tranquilo. El conde no quería creerse noticia tan insólita y pensando que se trataba de una nueva añagaza, como la del cambio del caballo, indicó con un gesto que prefería continuar el camino hacia la muerte que había emprendido. Pero Giraldo Alemán, que estaba en la tienda con él, muy mal herido, le advirtió:

—Podéis hacer caso de Rodrigo Díaz porque una deslealtad no la hizo nunca jamás.

Siempre fue más considerado el Campeador, por sus enemigos, que por sus naturales de León y Castilla que tanto le hicieron padecer con sus embustes.

Accedió el conde a comer, y lo hizo en compañía de Rodrigo Díaz y de los principales caballeros castellanos, entre ellos Martín Antolínez, que fue el encargado de solicitar los esponsales para la hija de su señor. Lo hizo a las postres, con tal elocuencia y generosidad en cuanto a la dote, que allí mismo cerraron el trato.

Ya amigos para siempre el conde y el Campeador, se reunieron en Burriana donde concertaron los esponsales, con gran solemnidad; cinco años más tarde se celebraron las bodas y en 1105 María Rodríguez, hija del infanzón de Vivar, se sentó en el trono de la casa condal de Barcelona. De tan noble matrimonio nacieron dos hijas, una de las cuales, a la que llamaron Eximina en consideración a su abuela, fue reina en Francia por su matrimonio con Roger III, conde de Foix.

Cuando las noticias de tanta ventura para el desterrado empezaron a llegar a la corte de Toledo, el Boquituerto, verde de envidia, propuso a su señor:

—Aún estamos a tiempo de impedir que un vasallo infiel pueda llegar a ser más que su señor. Con la ayuda del rey de Zaragoza no creo que nos costase demasiado apoderarnos de la ciudad de Valencia.

Estaba ya el rey Alfonso dispuesto a acceder, como de costumbre, a los malévolos consejos de su favorito, cuando para desgracia del de Nájera le llegó la noticia de la maniobra al Cid Campeador, el cual, con una cólera fría, desconocida en él, dijo a sus caballeros:

—Voy a hacer lo que debía haber hecho tiempo ha y menos hubiera penado.

Y atravesando el reino de Zaragoza por su frontera norte con una hueste de tres mil caballeros, cayó como un alud sobre los territorios propiedad del Boquituerto y los Beni-Gómez, desde Calahorra hasta Nájera, devastándolos con tan minuciosidad que no quedaron ni rastrojos sobre ellos. A las bandas auxiliares, que cada vez iban más gozosas allá a donde fuera el Cid, les permitió que levantasen todas las cosechas de uvas de Alfaro, apreciadísimas en el mundo entero, y que arreasen para su provecho todos los ganados que encontrasen a su paso. En cuanto a los trigos de Arnedo, que formaban montañas ingentes por haber sido año de excepcional cosecha, encendió junto a ellos una antorcha de cinco pies de gruesa por cincuenta de largo y mandó decir al de Nájera:

—Con el último pábilo de esta antorcha prenderé fuego a tus graneros. Tiempo tienes de venir a rescatarlos. Aquí te espero.

El conde de Nájera le contestó:

—Espérame ahí siete días que llegaré a presentarte batalla.

El Boquituerto reunió en tan breve plazo un gran ejército con sus parientes y gentes de su bando, todos ellos ricos hombres y potestades que dominaban desde Zamora, Carrión y Saldaña, hasta los Montes de Oca, pero así que entró en sus territorios y vio la magnitud de la desolación y el terror de sus vasallos que huían ante las mesnadas del Campeador, mandó dar media vuelta a su ejército porque en aquella ocasión tomó conciencia, ya para siempre, de que él no estaba llamado a vencer a Rodrigo Díaz de Vivar.

Aquel hombre, cobarde y torticero, perdió el favor del rey a partir de entonces y, sin embargo, años más tarde, en la batalla de Uclés, murió protegiendo con su escudo al infante Sancho, el hijo varón de don Alfonso habido con la princesa Zaida.

Al séptimo día se disponía el Campeador a poner fuego sobre Arnedo, empezando por las montañas de trigo, cuando recibió un mensaje de su antiguo alférez, Pedro Peláez, ya profeso monje en Cardeña, que decía: "No hubiera sido del gusto de nuestro santo padre, Dom Sisebuto, ver lo que vas a hacer con lo que puede convertirse en pan para muchos hombres y aun en el mismo cuerpo de nuestro señor Jesucristo."

Conmovido el Campeador por la reprensión del que fuera su vasallo, desistió de su venganza y mandó cargar el trigo en no menos de doscientos carros, que tomaron el camino de Cardeña, con una guardia de cien caballeros al mando de Muño Gustio. Pero a la altura de Lara les salió al paso Ermelinda la gallega, que les dijo:

—Decid al Campeador que grande es la necesidad de Cardeña por los muchos pobres que tenemos que atender, pero que no queremos hacerlo con el pan que otros han ganado con el sudor de su frente y que él ha robado con la fuerza de su brazo.

Era tal la autoridad que tenía aquella mujer que Muño Gustio, sin consultar a su señor, emprendió el camino de regreso con el cargamento. Los campesinos de Arnedo, que ya empezaban a alimentarse con raíces de árboles y se veían condenados a morir de hambre, se arrodillaban al paso de los carros que volvían, cantando salmos y haciendo la señal de la cruz. El suceso se incorporó a los cronicones como la milagrosa multiplicación de los panes de Ermelinda la gallega. Y multiplicación fue porque cuando Rodrigo Díaz se enteró, montó en cólera y dijo:

—¿Es que no hay forma de contentar a esa condenada mujer? ¡Pues no ha de salirse con la suya!

Y ordenó que enviaran a Cardeña una elevada suma de dinares de los que acuñaron Ben Elifaz y Ben Abduz con el oro de Polop, y un mensaje que decía: "No tengáis reparo en comprar pan para los pobres con este dinero porque lo he ganado con el sudor de mi frente."

Capítulo XXIII

SEÑOR DE VALENCIA

Mientras tanto, el rey Alcádir de Valencia cayó enfermo y envió mensajes al Campeador en los que le recordaba su antigua amistad, añoraba los tiempos en que la ciudad estuvo gobernada por él y pedía, de nuevo, su protección.

Dueño y señor de todo el levante y contando en el oriente con tan poderoso aliado como era el conde Barcelona, Rodrigo Díaz se dispuso a dar puntal cumplimiento a la profecía del difunto Elifaz y tomó el camino de Valencia. Pero se le anticipó por el sur Ben Ayixa, hijo del emir de los creyentes que, joven e impulsivo, sin contar con el permiso de su padre, se apoderó al frente de una avanzadilla almorávide del arrabal de Puerta Boatella, para lo que bastó el redoble ensordecedor de los tambores africanos. Los valencianos, aterrados, abandonaron las murallas y se refugiaron en el interior de la ciudad. Tal era el terrible prestigio de los hombres del desierto.

El rey Alcádir, cuyo ánimo apocado se había acentuado con la enfermedad, sólo pensó en huir y para ello se disfrazó de matrona de harén, escondiendo debajo de tan amplio disfraz sus joyas de más valor, entre ellas el famoso ceñidor que había pertenecido a la sultana Zobeida, esposa de Harún Ar-Raxid, de Bagdad. Decíase de semejante joya que ella sola valía más que todas las del resto del mundo juntas. Los cronistas árabes no se cansaban de describir los destellos titilantes de sus aljófares y diamantes, que se irisaban entre miles de lentejuelas de zafiros, rubíes y esmeraldas. "Poseer semejante maravilla —escribía el Tortosí— vale más que ser señor de diez ciudades." Y como Ben Yehhaf, apodado el Zambo, cadí de la ciudad, hombre de noble familia, pero de mala condición, fuera de la misma opinión, decidió asesinar a su rey para quedarse con ella. Lo sorprendió en una casa de baños, escondido entre las mujeres de su harén, y allí mismo le cortó la cabeza y se apoderó de sus joyas.

Para justificar su sórdido crimen fingió un arrebato de fervor religioso y dijo que lo había hecho para facilitar la entrada en la ciudad de la pureza islámica que traían consigo los almorávides.

Cierto que los almorávides entraron en Valencia, pero en muy escaso número y por poco tiempo ya que el emir de los creyentes, que quería victorias definitivas basadas en la superioridad numérica, requirió al hijo a su presencia para darle las instrucciones de rigor con ayuda del látigo sagrado.

El primero de noviembre de 1092 fue informado el Campeador del asesinato del rey Alcádir y juró públicamente vengar la muerte del que había sido su amigo y protegido.

El Zambo, aterrado, intentó disimular su participación en el regicidio y con necedad inconcebible se ofreció a mediar cerca de Yussuf ben Taxufin para que respetase al Campeador. Le recordó que nada podía hacer contra tan poderoso señor como era el emir de los musulmanes de cinco climas distintos del orbe: el Níger, el Sahara, el Mogreb y el Andalus. ¿Qué podía hacer un guerrero, sin título real, frente a quien poseía territorios que comenzaban en la remota región de los mandingas y llegaban hasta el reino de Zaragoza, y cuya anchura se contaba, ya, por cinco meses de camino y su largura por siete?

Pero ni el Campeador ni el emir Yussuf estaban dispuestos a respetarse.

En cuanto al primero, para que no quedasen dudas de su firme decisión de apoderarse de Valencia, comenzó por derruir cuantas casas, torres y fortalezas había en las afueras de la ciudad, y con las piedras y maderas de su derribo ordenó la construcción de otra ciudad en Yûballa, Mestalla, que a los seis meses ofrecía un aspecto tan hermoso que muchos valencianos se escapaban por las noches para ir a vivir a ella. Lo primero de todo que mandó edificar fue la iglesia, de buenas proporciones, y llevó para gobernarla al obispo don Jerónimo, siempre tan aficionado a andar cerca de moros con los que pudiera pelear. A continuación se construyó un palacio al estilo árabe, a orillas de un arroyo rumoroso y rodeado de huertos de naranjos y, al fin, pudo llevarse a vivir con él a Jimena y a sus hijos.

Había cumplido Jimena treinta y nueve años y se le había puesto un aire señorial que para sí lo quisieran muchas que eran reinas por su cuna, pero como mantenía su lozanía, quedó nuevamente embarazada y dio a luz una niña que hizo la felicidad del Campeador y le compelió a iniciar nuevas conquistas para bien casar a la que tantos años le faltaban.

Los árabes sensatos decían: "Terminemos de una vez. Si un caballero tan cumplido se trae a su mujer y sus hijos y, además, se permite seguir procreando es señal de que no piensa moverse de aquí. Entreguémosle Valencia y que sea lo que Dios quiera."

Pero Ben Yehhaf, el Zambo, conocedor del juramento que había hecho el Cid de vengar el regicidio no quería abrir las puertas de la ciudad y pretextaba que los almorávides llegarían para liberarlos, de un momento a otro, del cristiano.

Mientras la prosperidad reinaba en la ciudad de Yûballa, el hambre se enseñoreó de Valencia. El Campeador autorizaba las algaras de sus caballeros contra los reyezuelos dispersos por la costa y las montañas del interior y les permitía que les cobraran parias en dinero o joyas, pero no consentía que se tocase a los campesinos y labradores, sino que, por el contrario, exigía que se les animase en su trabajo para que a ninguno le faltara de comer.

Andaba el Cid muy atareado, ya que no desperdiciaba ocasión de combatir a los sitiados, sobre todo cuando intentaban salidas, que contrarrestaba personalmente montado en su caballo *Babieca*, procurando lucirse delante de Jimena que gustaba de verle batallar bien guarnecida de caballeros para que nada le ocurriera. Pero al mismo tiempo se preocupaba de administrar justicia a los moros, sin apartarse de sus leyes y costumbres, y en este quehacer procuraba que estuviera presente su hijo Diego para que aprendiera que de poco sirve la guerra si no se sabe administrar la paz. Además, había construido gran número de tiendas a las que iban a comprar y vender de todos los pueblos cercanos, no sólo de día sino también de noche. Sobre todo valencianos, que aprovechaban la oscuridad para salir de la ciudad y cambiar alhajas por alimentos.

Ben Elifaz, a través de sus criados en el mundo entero, convertía las joyas en oro, y con él seguían acuñando monedas cidianas que ya eran más estimadas que las del reino de Toledo y aceptadas como medio de pago en cualquier rincón del orbe.

Dictó el Campeador un fuero de población tan beneficioso para los árabes, que todo el arrabal de la Alcudia se incorporó a la ciudad de Yûballa que así se convirtió en la más rica de la costa.

Como premio a tantos esfuerzos y sinsabores, por aquellos días se presentaron embajadores del rey de Navarra para concertar esponsales entre el infante Ramiro, nieto del rey García de Atapuerca, y Cristina, la otra hija del Campeador. Se concertaron de manera muy beneficiosa para la casa del Cid porque no había ningún monarca que no quisiera ser su amigo.

—Ya podemos morir tranquilos —suspiró la bella Jimena—; mal se han de dar las cosas para que con dos hermanas tan bien casadas, esta pequeña no encuentre buen marido.

—Amén —dijo el Cid y para conmemorar el evento emprendió la conquista definitiva de Valencia que estaba a su alcance como fruta madura ya que la situación interior era insostenible.

Sus habitantes sólo se mantenían por el terror que les imponía Ben Yehaff el Zambo, pero se alimentaban de ratas y ratones y los más pobres se tenían que conformar con la carne de los cadáveres.

Por eso, cuando vieron la decisión del Campeador de entrar en la ciudad, se apresuraron a abrirle las puertas, y el mismo Ben Yehhaf le esperaba en la más principal cargado de presentes pensando, el infeliz, que así había de congraciarse con quien había jurado, por escrito, hacer justicia del regicidio.

Esto ocurría el 15 de junio de 1094 y el siguiente lunes, día 19, mandó reunir a todos los caballeros de la ciudad, y a los castilleros de la costa y subido sobre un estrado adornado de ricas alfombras y tapices, teniendo a Jimena sentada a su derecha y en su derredor a los principales caballeros de su mesnada, les dijo con tono conmovido:

—Yo soy un hombre que nunca tuve un reino ni nadie de mi linaje lo ha tenido; pero desde el día en que vine a esta ciudad, quedé prendado de ella, la codicié y rogué a Dios nuestro Señor, que me la concediese. Y ved cual es el poder de Dios: el día que yo llegué para sitiar a Yûballa no tenía más que cuatro panes, y Dios me ha hecho tal merced que gané Valencia y soy de ella dueño. Ahora, si obro con soberbia y torcidamente, bien sé que la perderé.

Y en un árabe sencillo, no exento de elegancia, les fue dando las instrucciones para que en aquella hermosa ciudad pudieran convivir gentes de todas las razas y religiones, trabajando los campos y traficando el comercio, por mar y por tierra, y públicamente requirió a su almojarife principal, Ben Abduz, para que bajo ningún pretexto se cobrara a nadie más del diezmo que señalaba el Corán, que a todos se les respetase en sus tierras y allí estaba él, el Cid Campeador, para atender cualquier injusticia todos los lunes y jueves, porque tenía tiempo para ello ya que no lo perdía, como sus anteriores señores, cantando y bebiendo con mujeres.

Cuando terminó su discurso, Ben Elifaz, puesto de rodillas, besó sus manos y le dijo delante de todos:

—Has dado cumplimiento a los sueños de mi padre. Ya eres señor de ti mismo y de una ciudad que no tiene parangón en esta parte del mar. —Y prendido por la emoción se echó a llorar y añadió—: Desde ahora todos los bienes de la casa Elifaz se aplicarán a lo que tú dispongas. Incluso mis dientes de diamantes.

Esto último lo dijo sonriendo entre lágrimas para que luciera su apreciadísima dentadura.

Con ser sincero y hermoso el discurso del Cid, conmovieron más a los moros ilustres aquellas palabras y comentaban entre ellos: "Si un judío está dispuesto a hacer esto hasta con sus dientes, ¿qué perdemos nosotros fiándonos de lo que parece imposible que se pueda cumplir?"

Cuando la noticia de la rendición de Valencia atravesó el estrecho, el príncipe de los creyentes dijo:

—Ésta es la señal que estaba esperando de los cielos. Por fin el Altísimo nos va a permitir que los infieles conozcan la fuerza de mi brazo. Hasta ahora los que se nos oponían eran como cañas secas que quiebra el viento.

Razón no le faltaba porque desde el episodio de Aledo las

victorias almorávides habían sido ininterrumpidas y sus generales habían conquistado sucesivamente cuantas ciudades se propusieron y el rey Alfonso andaba tan huido que era obvio que ya no quedaba más poder cristiano en tierra de moros que el del Cid Campeador. La alianza del emperador leonés con el rey sevillano de poco había servido y Motámid y la sultana Romaiquía arrastraban penoso destierro en el desierto de Agmat, lejos de las dulzuras del Guadalquivir.

El imperio almorávide se extendía hasta Coimbra por el oeste y hasta Santa María de Oriente por el este, y no iba más allá porque Yussuf ben Taxufin decía a sus impacientes generales:

—Esperad que derrotemos al que se está trajinando Valencia —se refería al Campeador— y desde ese momento avanzaremos por toda Europa al paso de la andadura de nuestros camellos, porque ya nadie se atreverá a oponérsenos.

El emir, que vivía como el más pobre de los pobres y había convertido la humildad en la piedra angular del islamismo, castigaba la más mínima muestra de soberbia con el látigo sagrado y estaba dispuesto a castigar la del Campeador cortándole la cabeza y colocándola, conforme a la costumbre almorávide, en lo más alto de una gigantesca pirámide formada por otras cabezas de menor importancia, para que desde ella los almuecines pudieran pregonar la victoria de los servidores del verdadero Dios. A continuación subiría por la costa, la bordearía y bajaría a Roma para cortársela al que le disputaba el título de siervo de los pobres, que a la sazón era el papa Urbano II. Cuando los legados pontificios comunicaron a Su Santidad las intenciones del almorávide, anunció una cruzada a tierras de España demorando, si fuera preciso, la que ya se estaba barruntando para recuperar el Santo Sepulcro.

El legado papal para España, Bernardo de Agen, monje cluniacense, comenzó la predicación de la cruzada en tierras de Normandía y se preparaba a bajar a España para comunicar la buena nueva a los monarcas cristianos, cuando Ermelinda la gallega, incansable viajera, se le presentó a orillas del Garona y puesta a sus pies le dijo con mucho respeto:

—Santo padre, no nos mandéis más normandos a España, que nos dan más trabajo que ayuda y luego nos cuesta mucho deshacernos de ellos.

Se disponía el legado a fulminar con la excomunión a la indocta mujer que se atrevía a discutir las decisiones de Roma, cuando Ermelinda, valiéndose de sus artes, le rogó:

—Antes de excomulgarme dejadme que os diga una cosa. Soy una mujer ignorante que apenas sabe leer en los libros, pero Dios me ha dado el don de leer en los cuerpos. Y el vuestro lo tenéis muy estropeado por la parte de los hombros al punto de que muchas noches los dolores no os dejan dormir.

El monje se quedó perplejo pues era cierto que una especie de reuma le atenazaba los músculos de aquella parte, pero a nadie se lo decía y nunca se quejaba para que le sirviera de mortificación.

—Y cuando no dormís estáis de muy mal humor y lo pagan los que dependen de vos —continuó la gallega al tiempo que le tomaba por el cuello.

Iba a protestar el legado por esta observación cuando sintió sobre sus hombros los mágicos dedos de la gallega, que cuando se trataba de aplicar su ciencia no se andaba en vacilaciones. Y mientras le aliviaba la dolorosa contracción de los músculos, le dijo:

—Con estas mismas manos, que os han de dejar muy reducido vuestro mal, estrangulé a Robert Crespin, barón de la Baja Normandía y si conservo la vida es gracias a Rodrigo Díaz de Vivar y a Dom Sisebuto, que en gloria esté.

Y pasó a relatarle el saqueo de Barbastro por los normandos y lo mucho que padeció la cristiandad por su culpa; y cómo, años después, se repitió la historia con la expedición que, al mando del duque de Borgoña y los pares de Francia, se dedicó a depredar entre Zaragoza y Pamplona, sin distinguir moros de cristianos.

Aliviado de su mal y conmovido por el relato de la audaz, pero piadosa mujer, desistió el legado en su predicación y así fue cómo se libró España de una tercera cruzada normanda. Cuando se enteró el Campeador, comentó:

—Verdaderamente el Espíritu Santo habla por boca de esa condenada mujer.

Por su parte, el emir de los creyentes dijo:

—Los normandos que esperen en sus tierras que ya les llegará su momento. Todos han de recibir la predicación del Profeta a su tiempo.

Como en esta ocasión la campaña no iba a tener fin ya

que la disposición del caudillo lamtumí era conquistar todos los climas del orbe, tanto conocido como desconocido, y eso podía llevar la vida de más de una generación, mandó cruzar el estrecho también a las mujeres para que los guerreros no tuvieran que recurrir a hembras rubias que tan mal resultado habían dado al islam en anteriores invasiones.

Tan bien se habían aprendido los almorávides el manejo del estrecho que en esta ocasión se atrevieron a pasar quinientos elefantes, sobre almadías que construyeron con troncos de palmera, de tan poca sustentación y flotabilidad que el emir, conforme a su costumbre, dijo:

—Si estos sagrados animales llegan a la otra orilla es señal de que el Profeta desea que sus pezuñas pisoteen a toda la cristiandad, pero si las mareas nos son adversas y no llegan, ya nos pensaremos lo que hacemos.

El emir era un hombre famoso por su cautela de exigir augurios favorables para entrar en combate. Pero sólo se fiaba de los augurios cuando la superioridad numérica era manifiesta.

Los elefantes llegaron y en las mismas almadías comenzaron a pasar camellos, en tal número que despoblaron de ellos el desierto del Sahara.

En cuanto a los hipopótamos del río Níger, no daban abasto a cazarlos para fabricar con sus pieles escudos y con sus grasas un extraño alimento, de larga duración, que si lo comía quien no era almorávide le entraba una náusea y llegaba a perder el sentido.

Como no fuera partidario el emir de las improvisaciones, no se decidió a remontar el mar azul, camino de la perla del Levante, hasta que la Andalucía no fue una mancha oscura, de guerreros almorávides, al mando de los generales Cir Ben Abu Béker, Ben Ayixa y Mohámmad, los tres de la familia de los lamtumas y los tres gozosos de merecer el látigo sagrado al menor descuido. Como además el emir era muy humilde, y reconocía la superioridad de las armas de los cristianos, procuró que los peones almorávides, en lugar del sayo de piel de camello, vistiesen loriga de mallas, y en lugar de varas endurecidas al fuego, portasen espadas de hierro.

A los que llegaban de África se unían los moros de la península que, convencidos de que se había acabado el dominio cristiano, se resignaban a cambiar el paraíso andaluz por el que les prometía el emir. Es más, los que antes presumían de su tez blanca y sus cabellos claros, procuraban disimularlos para mejor parecerse a los privilegiados hombres del desierto.

Era tal la dimensión de aquel ejército que los pocos vendedores de noticias que se atrevían a merodear entre ellos, no eran capaces de contarlos sino por la superficie que ocupaban.

Capítulo XXIV

EL CUARTE

Pero Rodrigo Díaz de Vivar tampoco era amigo de las improvisaciones. Se había hecho contar por Álvar Háñez Minaya docenas de veces la disposición de las tropas almorávides en la batalla de Sagrajas; cómo eran los arqueros turcos y cómo sus arcos; cómo la guardia negra del emir y qué clase de espadas usaban; cómo eran los tambores y atabales africanos y por qué hacía tanto daño su ruido; cuál era la altura de los temibles camellos y qué clase de berridos proferían. Cuanto le decía y explicaba lo escribía en grandes pergaminos y trazaba mapas con su propia mano, con gran detalle, como si encontrara gusto y diversión en pintarlos de diversos colores según fueran mehalas de camellos, peones, arqueros, etc... Y si tenía dudas preguntaba a Pedro el Tartajoso, o a Muño Gustioz, que también anduvieron en aquel triste acontecimiento, y si no estaban de acuerdo unos con otros en el relato no se cansaba de acosarlos con preguntas hasta que coincidieran. La descripción de los escudos de piel de hipopótamo, de tan buenas proporciones que a su sombra podían echar la siesta, le interesó mucho. A la sazón usaban los caballeros adargas redondas, de piel de cabra, con escasos refuerzos metálicos. El Campeador ordenó a los herreros de la Alcudia fabricar escudos de diversos tamaños, con bastidor de hierro y duelas de madera, pero no acertaban con lo que su señor quería. Aunque de buena apariencia se descuadernaban con los golpes.

Hasta que un vascón de la mesnada, de la parte de las

montañas de Ipúzcoa, al que llamaban el Ostiense, hombre de pocas palabras, comentó delante de sus capitanes:

—Mejor que eso ya hacemos allí.

Cuando se enteró el Campeador, como sabía que los de aquellas montañas trabajaban muy bien el hierro de sus aperos, lo mandó para su tierra en compañía de otros paisanos, y les prometió cumplida recompensa —porque tenía comprobado que los vascos eran cumplidores, pero interesados— si acertaban con su necesidad. Así fue cómo se inventó el escudo de hierro y madera que a partir de entonces fue el que usaron todos los caballeros cristianos de Europa y duró hasta bien entrado el siglo XV. Porque a los dos meses volvió el Ostiense con una buena provisión de ellos, y poniéndolos a los pies del Cid le dijo:

—Ahí tienes.

El bastidor en hierro estaba tan bien fundido que resistió los golpes de clava de los más fornidos caballeros, y en cuanto a la plancha era de madera de haya, tan resistente, que las puntas de las flechas se quebraban al topar con ella. Ben Elifaz, que no había tomado un arma en su vida, pero no despreciaba su tráfico, quedó tan admirado que le dijo al Campeador:

—Procura, señor, que no se propague la noticia de este hallazgo y manda a esos vascones que te construyan cuantos puedan, que si sobran ya encontraremos quién nos los compre a buen precio.

—Me conformo, Elifaz —le dijo el Campeador con aquel aire concentrado que se le había puesto desde que le anunciaron el paso de los elefantes por el estrecho—, con que den abasto a construir los que nosotros precisamos.

Pero la laboriosidad de los vascones de Ipúzcoa superó las previsiones del castellano, y concertado el precio montaron herrerías en cuantos valles encontraron el mineral del hierro y fabricaron tantos escudos que todavía sobraron y muchos se emplearon, por los cruzados, en la conquista de San Juan de Acre, bastantes años después.

El almojarife Ben Abduz, por su parte, negociaba con moros amigos información sobre lo que acontecía en el ejército almorávide y todos sus pasos y movimientos. Y así, cuando las vanguardias africanas al mando del general Mohámmad llegaban al cauce del Turia, hombres de Ben Abduz, con el aire y los modos de los faquíes valencianos, salieron a su encuentro, con grandes muestras de contento porque vinieran a liberarles de los cristianos y preguntaron a los intendentes:

—¿Vienen con vosotros más de cien mil caballeros?

—Bastantes más —contestaron los requeridos sin faltar a la verdad, ya que sólo aquella primera vanguardia se componía de ciento cincuenta mil caballeros, más tres mil peones y la correspondiente dotación de máquinas de guerra, elefantes y camellos.

Las sucesivas oleadas se escalonaban a lo largo de la costa, hasta llegar a Denia, en donde había fijado su residencia el emir de los creyentes, quien después de consultar el astrolabio había determinado:

—Si Dios ha decretado que Mohámmad y sus guerreros sean derrotados, yo quedo detrás de ellos como un manto para cubrir su retirada.

Pero no pareciéndole suficiente aquella cautela, situó en posición escalonada, a la altura de Gandía, al general Cir Ben Abú Béker con fuerzas equivalentes a las de Mohámmad.

—¿Muchos más? —insistieron los falsos faquíes a los intendentes almorávides.

—Como el doble y cinco veces más vienen subiendo por la costa —le contestaron con permiso de Mohámmad, ya que formaba parte de la estrategia africana amedrentar al enemigo por número de guerreros.

—En tal caso —les dijeron los espías de Ben Abduz— sólo podéis acampar en el Cuarte donde encontraréis comida suficiente para la caballería.

Fueron a comprobarlo y vieron que era un valle de gran frescor, cuajado de algarrobos, muy propios para alimentar el ganado. Como, pese a su superioridad numérica, era de prever que aquel famoso caballero cristiano opusiera tenaz resistencia en ciudad tan bien guarnecida, procedieron a preparar el sitio con calma y eficacia comenzando por el campamento del Cuarte en el que plantaron no menos de cinco mil tiendas de piel de camello para los guerreros, sus mujeres y los niños que se habían llevado con ellos.

Les llevó no menos de quince días el asentamiento, al término de los cuales el general Mohámmad, conforme era costumbre, se presentó a saludar a los sitiados en la puerta principal, que era la llamada de la Culebra, con todos sus capitanes y lo más granado de su ejército, incluidas las mehalas de camellos, los elefantes y los tambores y atabales. El saludo comprendía la recomendación de que se rindieran ante los que eran más y tenían al verdadero Dios de su parte.

El Cid le mandó decir:

—No nos rendimos; sabemos que estamos sitiados por un guerrero invencible, pero confiamos en una escuadra que ha de cruzar el mar, desde Italia, en nuestra ayuda. Sería una desatención no esperar a los que se molestan en atravesar el mar para ayudarnos.

El general Mohámmad, acercándose mucho a las murallas, le contestó de su propia voz:

—Por muchos guerreros que crucen el mar, ¿qué son comparados con los que reunimos nosotros desde Algeciras hasta aquí? Ten en cuenta que todavía no han terminado de pasar el estrecho todos los que han de venir de África.

—Por lo menos —le contestó el Cid, también de propia voz— déjame que vea cuántas son las naves que vienen de Italia.

El general Mohámmad, que tan buen recuerdo guardaba de sus amores con la bella Romaiquía, no resistía la tentación de lucirse —aprovechando que no le veía el emir de los creyentes— ante tantas damas como se vislumbraban entre las almenas, y acercó su caballo caracoléandolo, mostrándose entre cortés y desdeñoso con el gobernador de la plaza.

—Con mucho gusto esperaría y más grande sería nuestra victoria porque empezaríamos por derrotar a los que dices que llegan por el mar, pero considera que no tenemos mucho tiempo que perder. Nos queda, todavía, un largo camino hasta Roma.

Siguió argumentando el Campeador por ser costumbre a la sazón negociar las guerras, fijando incluso el día y hora de su celebración, pero con la nobleza en él habitual advirtió al presumido general africano:

—De todos modos no os acerquéis demasiado a las murallas porque en guerra estamos y a nada que podamos procuraremos traspasaros.

Y como prueba de sus palabras le lanzó con su brazo un asta, a modo de jabalina, con tal destreza y buena dirección que fue a clavarse a los pies de su caballo.

—Os agradezco la advertencia —le replicó el almorávide, molesto.

Y mandó acercar las máquinas de guerra que eran seis torres de madera de treinta pies de altura que, arrastradas por los enormes proboscídeos, hicieron flaquear el corazón de los sitiados, y alguna dama de las que seguían las conversaciones desde las almenas, se desmayó. Las dejó bien emplazadas y dijo antes de retirarse:

—Mañana volveremos con más.

Aquella misma noche, en la ciudad sitiada, comenzaron las procesiones de rogativa encabezadas por el obispo don Jerónimo, en las que los penitentes, iluminándose con grandes antorchas, pedían con mucha devoción que llegase lo que había de venir por el mar. Pero los moros de Valencia, mirando de reojo la extensión y altura del poder almorávide, se decían unos a otros: "Tiene razón el general africano. Por muchos barcos que vengan de Italia, ¿cuántos guerreros pueden contener? ¿Qué pueden significar frente a quienes tienen tantos soldados como arenas el desierto?"

Pero el Campeador lo que esperaba del mar no eran naves, que sabía no habían de llegar, sino otra ayuda del cielo que seguía mostrándose azul y cálido pese a que el otoño estaba a punto de terminarse.

Cumplió el general lamtumí su palabra y al día siguiente estrechó el cerco con nuevas máquinas, procurando lucir mucho ante los sitiados los elefantes berreantes y practicando tambores y atabales sobre camellos galopantes. Al mismo tiempo desplegaba, hasta perderse casi en el horizonte, las tropas de arqueros, infantes y caballeros, y cuando terminó, subiéndose a la torre más alta, desde la que pudiera ser bien oído por los sitiados, preguntó:

—Desde aquí no veo las naves que han de venir desde el mar, ¿las veis vosotros desde vuestras atalayas?

—Todavía no —le contestó el Campeador—, tened un poco de paciencia.

—No puedo tener demasiada, porque los que vienen detrás de mí, que son cinco veces más que los que están a mi mando, me empujan hacia vosotros —le contestó el general que desde aquella altura, a buen recaudo, no tuvo inconveniente en seguir negociando un buen rato y aprovechó para reprochar a los moros de la ciudad el que combatiesen contra los verdaderos defensores del islam.

Como esto último, suponía, sería muy del gusto del emir de los creyentes, y a él le gustaba lucirse delante de las moras que le miraban desde las almenas, en los siguientes días volvió a subirse a la torre para recomendarles la rendición predicándoles, de paso, el Corán. Y ahí estuvo su perdición. Porque al cuarto día de predicación llegaron las nubes que los huertanos y las aves, que volaban de izquierdas y raseantes, indicaron al Cid como seguras y temibles. Negras y cargadas de terrores porque cuando no llovía a su tiempo —y no había caído una gota en todo el otoño— lo hacía con tal furor que anegaba las cosechas tardías y arrastraba las casas de los pobres.

Cuando empezaron a caer las primeras gotas se abrieron las puertas de la ciudad y, por un momento, el general Mohámmad pensó que conmovidos por sus predicaciones, se rendían los sitiados. Pero en lugar de salir de su interior guerreros o caballos, apareció una barrera de fino, pero sólido material, que avanzaba hacia los sitiadores. Eran los nuevos escudos del Cid; con ellos había formado una muralla humana que se movía en dirección a las máquinas. Reaccionaron los almorávides con sus terribles gritos e invocaciones a Mahoma, pero no fueron suficientes para detener aquella barrera que cuando llegó junto a las torres les prendió fuego, valiéndose de grandes haces de paja seca y de tal modo ardieron que la lluvia, que comenzaba a arreciar, no pudo apagarlas.

A continuación se abrieron las puertas de Boatella y de los Roteros y, con el Campeador al frente, salió la caballería cristiana. Llevaban los escudos vascones embrazados delante del pecho, las cabezas inclinadas sobre los arzones de las sillas y las lanzas, todas con pendones, a la altura de la cintura. Espoleados los caballos, hacían retemblar la tierra bajo su galope y arrasaron cuanto se puso por delante. Antes de continuar adelante iniciaron sus temibles tornadas y de tal modo pasaban y repasaban los caballeros entre las filas enemigas que ni tiempo les daban de prepararse para resistir las sucesivas embestidas. Aquella parte del llano quedó cubierta de cadáveres.

Cuando la lluvia se convirtió en aguacero el Campeador dejó el mando a Álvar Háñez Minaya, y él tomó el camino del campamento moro del Cuarte. Si no les fuera la vida en ello, se hubieran conmovido los caballeros cristianos ante el espectáculo que se ofrecía a sus ojos. Rotos los diques de las acequias por orden del Campeador, todas las aguas confluían en la riera que cruzaba entre los algarrobos y como ya venía crecida por el agua que bajaba de la sierra, se convirtió en un torrente devastador que se llevaba por delante las tiendas de campaña que con tanta ilusión montaron días antes. Pugnaban los almorávides por salvar a sus mujeres y a sus hijos, y mientras tanto los caballeros los acuchillaban. La noche se echaba encima y el desastre para los africanos no tenía remedio. De la sierra de la Talaquera bajó Ramiro, infante de Navarra y futuro yerno del Cid, con la mesnada de vascones, y persiguió a Mohámmad hasta Cullera donde le hicieron prisionero. Los elefantes, enloquecidos, se hundían entre los cenagales que formaban las aguas y hacían más daño entre sus dueños que en los enemigos.

La noche era de luna llena y pese a la negrura de las nubes que no cesaban de derramar aguas, había una claridad oscura, tenebrosa para los vencidos, pero milagrosa para los que les permitía consumar la derrota del ejército más poderoso del islam.

Por los afluentes del Turia comenzaron a bajar los cadáveres almorávides hasta las playas del sur, en tal profusión y estado de hediondez, que los supervivientes sólo podían empujarlos mar adentro para que desaparecieran cuanto antes.

A su vista, el emir de los creyentes tomó conciencia de la increíble destrucción de su vanguardia y quedó sumido en un estupor silencioso. Después de tres días de no comunicarse con ningún humano, pidió cuentas a sus generales de los pecados que hubieran cometido para merecer tal derrota. Éstos, por consolarle, se acusaban hasta de faltas de humildad que no eran ciertas, pero el lamtumí estaba tan desalentado que ni fuerzas tuvo para castigarlos.

Cuando logró salir de aquel pasmo, determinó:

—Acerté quedándome detrás de Mohámmad como un manto para cubrir su derrota. Y así seguiré mientras no hayamos purgado esta derrota que no viene de los hombres, sino del cielo. En cuanto al general vencido, que sepan los cristianos que no pagaremos un dinar por su rescate.

—Ni falta que nos hace —le respondieron los trujimanes del Cid y devolvieron al general Mohámmad aherrojado a su caballo, junto con otros capitanes principales.

Mientras todas las cortes de Europa celebraban aquella victoria que excedía de las previsiones humanas y alejaba la temible sombra del islam, el rey Alfonso, entre el asombro y la envidia, decía no creerse lo que juglares y vendedores de noticias contaban por los caminos del mundo. El Campeador, en respuesta, como vasallo que seguía siendo, aunque con derecho de conquista, le envió la tienda del general almorávide derrotado, que era ovalada, sostenida por dos tendales de madera preciosa, labrados en oro, y más mil caballos árabes que no tenían precio.

EPÍLOGO

—Mientras yo viva no han de pasar de esta raya —dijo Rodrigo y en uno de aquellos mapas que tanto le gustaba pintar tiró una línea quebrada que partiendo de Gandía, llegaba hasta Santa María de Oriente.

Para conseguirlo, recorría incansable las fronteras que había fijado a los almorávides y combatía a los reyes y arraeces que no cumplieran la alianza. Siempre habían moros jóvenes que sentían inquietudes religiosas y pretendían concertarse con los africanos y el Cid tenía que hacerles entrar en razón. Con tal motivo tuvo que sostener batallas notables y en una de ellas, en Albarracín, descuidó el centro de su equilibrio y sufrió una herida muy mala que a poco le cuesta la vida. En Daroca contrajo una enfermedad, de grandes fiebres, que le dejaron muy enflaquecido. Pero Rodrigo Díaz, pese a tantos trabajos, era muy feliz con toda su familia reunida, las hijas bien casadas, las rentas de las parias muy seguras y los almorávides muy mohínos. Para nada hablaba, ya, el emir Yussuf ben Tesufín de subir por la costa, camino de Roma, y pasaba y repasaba el estrecho, pero siempre procuraba mantenerse lejos de donde anduviera el Cid Campeador. Sus generales Cir Ben Abú Béker y Ben Ayixa —de Mohámmad nunca se volvió a saber nada— seguían combatiendo por tierras de Toledo y Portugal, pero ya los cristianos les habían perdido el miedo y respondían a sus ataques. Además, los almorávides le iban tomando gusto a las costumbres andaluzas y cada vez respetaban más el harén y las cantoras moras. También empezaron a aficionarse a las mujeres rubias y aprovechando las largas estancias del emir de los creyentes en el Mogreb, tenían hijos con ellas.

Durante aquellos años cuidó mucho el Campeador de que se aplicase el estatuto que con tanta ilusión había estudiado para la ciudad de Valencia y castigaba con severidad a los que lo incumplieran. Para empezar ordenó una investigación sobre la muerte del rey Alcádir y cuando se demostró que había sido asesinado por Ben Yehhaf, el Zambo, para robarle el ceñidor de la sultana Zobeida, lo mandó ajusticiar aplicándole las leyes árabes, que preceptuaban quemarlo en la hoguera, como así se hizo. A unos les pareció mal y a otros bien, pero hasta los cronistas almoravidistas reconocían que, para desgracia del islam, era un hombre justo e incluso compasivo ya que conforme al rigor musulmán debería haber ajusticiado, también, a los hijos del regicida, cosa que no hizo y éstos le besaron la mano y le estuvieron siempre muy agradecidos.

El ceñidor de Zobeida, cuya alhajada y sensual belleza fascinaba a las mujeres de todas las religiones, pasó a ceñir la cintura de la hermosa Jimena, que lo lució con gusto en cuantas ocasiones tuvo. A su muerte lo cedió al monasterio de Cardeña, pero los monjes no quisieron tomarlo y pasó a la corona de la Castilla.

El 20 de junio de 1099 le volvieron las fiebres que contrajo en Daroca y, como a un tiempo, le comenzaron a doler todas las heridas que había recibido en tantos combates a lo largo de su vida, desde la que le infligió el bello inglés en la lid de Celanova hasta la de Albarracín. Los físicos de la corte y los médicos árabes no acertaban con el remedio y, como antaño, hablaron de cortarle alguna parte de su cuerpo ya que el brazo derecho lo tenía amoratado y una pierna se le había puesto muy flaca y descolorida. Rodrigo andaba muy sumiso y resignado y nada objetaba. Pero la brava asturiana dijo:

—Antes muerto que despedazado.

Y mandó llamar a Ermelinda la gallega para que acudiera rápido con todos sus remedios. Se presentó la mujer a los cuatro días y dijo:

—Mejor remedio que éste no he podido encontrar.

Y le mostró al conde Pedro Peláez que lo traía con ella. Venía ya de monje profeso, y muy avanzado, porque le faltaba poco para que le nombraran abad de Cardeña, por muchos años, además. De tal modo se enterneció Rodrigo Díaz al ver a su antiguo alférez con aquel aura de santidad, que se empeñó en levantarse del lecho para, de rodillas, besarle las manos.

No quería consentirlo Pedro Peláez, pero tuvo que obedecer a su antiguo señor, y con sollozos contenidos admitió el homenaje de quien estaba acostumbrado a recibirlo de muy grandes señores.

—¡Ay, Rodrigo, Rodrigo —se lamentó la gallega al ver aquel cuerpo llagado y comido por la fiebre—, mis manos ya no tienen fuerza para curarte y, además, pienso que has perdido el centro de tu equilibrio, si no, no comprendo que hayas recibido tantas heridas!

Jimena, desolada, le insistió a la gallega que le aplicara su arte y le curara como hiciera en anteriores ocasiones.

—No te molestes, Jimena —suspiró Rodrigo con dulzura—, que si esta terca mujer dice que no tengo curación, con tal de salirse con la suya, así será.

Le tomó en sus brazos la gigantesca gallega y comenzó a besarle las cicatrices de sus viejas heridas y el caballero sintió tal alivio que entró en un dulce sueño en el que hubiera querido morir.

No consintió la gallega que los físicos le hurgaran ni sangraran con sus cuchillos y como insistieran en cortarle el brazo derecho, como remedio extremo, dijo la mujer:

—No le toquéis. Conviene que en la resurrección de los muertos aparezca tan hermoso, completo y buen caballero como siempre fue.

El 9 de julio, víspera de su muerte, le preguntó a Pedro Peláez que no se separaba de su cabecera:

—¿Has echado en falta algo, del mundo, durante estos años de encierro en el cenobio?

—Sí —le contestó el monje—, tu amistad y compañía.

—Mi amistad no te ha faltado nunca, siempre me he acordado de ti y he procurado hacer muchas cosas por tu consejo. Pero no sé si lo he conseguido. Las batallas son muy crueles y tengo miedo de la que me queda por librar, que dicen que es la peor.

Pero no lo fue para el Campeador ya que mientras Pedro Peláez le daba grandes consuelos para el alma, la gallega le preparó un bebedizo de hierbas que lo tenía muy calmado de cuerpo y sin dolores. En cambio, Jimena, daba muestras de gran desesperación y se laceraba el rostro con las uñas, hasta que la gallega le advirtió:

—Me parecen bien esas muestras de dolor porque si no serías una mala esposa. Y más deberás hacer cuando te quedes viuda, que ya es sólo cuestión de horas, pero ten por cierto que Rodrigo se muere a su tiempo. Un caballero como él, con el centro de equilibrio fuera de su sitio, hubiera sido un mal anciano, protestón y regañón. Te lo digo yo, que soy de su mismo carácter y pido a Dios que no me dé larga vida.

Desde ese momento se moderó la asturiana y asistió a la muerte de su esposo, apacible y agradecida, sin más muestras de pesar que las que exigían las costumbres.

Como narra el cronicón del monasterio de Poitou, en Francia, murió el conde Rodrigo con gran duelo de la cristiandad y gozo grande entre los musulmanes enemigos.

Cuando murió tenía Rodrigo Díaz de Vivar cincuenta y seis años. Sus caballeros lo condujeron al monasterio de Cardeña donde recibió sepultura junto al cuerpo incorrupto de san Sisebuto.

Jimena, cuando terminó sus negocios en Valencia, se retiró a Cardeña, como viuda rica y acomodada, y allí vivió muy respetada, admirada y solicitada, ya que iban cronistas de muchas partes del mundo para que les contase las hazañas del Campeador. A veces se inventaban leyendas tan desmesuradas que la ilustre viuda se enfadaba, pero Ben Elifaz, que la asistía en la administración de sus riquezas, le decía:

—Entre la realidad y la leyenda, deja que elijan la leyenda. Por muchas que inventen respecto de nuestro señor, el Cid Campeador, siempre se quedarán cortos.

Índice onomástico

Abdallah de Granada; 136, 139, 178, 184.
Abduz, Ben: 219, 221, 226, 230, 236, 237.
Abraham: 166.
Abu Béker, Cir Ben: 180, 183, 189, 194, 233, 237, 243.
Agen, Bernardo de: 231, 232.
Alcádir, rey de Valencia: 199, 200, 218, 221, 226, 227, 244.
Alemán, Giraldo: 221, 222, 223.
Alfonso V de León: 131.
Alfonso VI de León y de Castilla: 17, 44, 47, 49, 94, 96, 100, 102, 103, 104, 106, 107, 109, 110, 112, 113, 114, 116, 117, 118, 120, 123, 124, 126, 127, 128, 129, 131, 132, 133, 134, 136, 137, 140, 141, 145, 148, 149, 150, 151, 154, 155, 156, 161, 162, 165, 166, 175, 176, 177, 178, 181, 182, 183, 184, 187, 189, 190, 193, 194, 196, 197, 198, 200, 203, 204, 205, 206, 208, 209, 211, 212, 213, 214, 215, 217, 224, 225, 231, 242.
Alhajib de Tortosa: 171, 218, 219.
Almanzor: 22, 174, 181, 194.
Al-Nayá: 20, 30.
Amous, conde de: 197.
Ansúrez, Pedro: 47, 96, 97, 99, 107, 108, 110, 116, 118, 131, 133, 140, 193, 204.
Antolínez, Martín: 123, 124, 125, 131, 133, 138, 139, 143, 145, 146, 160, 170, 184, 212, 218, 219, 223.
Armengol V, conde de Urgel: 171.
Ayixa, Ben: 226, 233, 243.

Ben-Hair: 68, 72.
Beni Gómez (familia): 47, 99, 107, 111, 113, 124, 140, 148, 170, 193, 195, 204, 224.
Berenguer Ramon II de Barcelona, *el Fratricida*: 163, 164, 166, 167, 168, 171, 172, 199, 218, 221, 222, 223, 226.
Bernaldo, caballero: 102.
Brígida: 149, 159, 160.

Carlomagno: 182.
Constanza, reina: 133, 141, 162, 175, 182, 193, 206, 210.
Crespin, Robert: 22, 32, 56, 232.

Díaz, Eximina: *véase* Jimena Díaz.
Díaz de Vivar, Cristina: 131, 135, 157, 229.
Díaz de Vivar, Diego: 131, 135, 157, 183, 228.
Díaz de Vivar, María: 131, 135, 157.
Dionisio, san: 148.
Dolfos, Bellido o Vellido: 109, 110, 111, 113.

Elifaz (tesorero del rey Sancho II *el Fuerte*): 24, 25, 26, 27, 28, 29, 30, 31, 32, 33, 36, 40, 42, 43, 47, 50, 51, 53, 64, 65, 66, 67, 73, 77, 78, 91, 92, 93, 97, 98, 114, 115, 124, 127, 128, 129, 144, 145, 148, 149, 159, 163, 164, 165, 166, 168, 175, 195, 196, 198, 199, 205, 218, 226, 230.
Elifaz, Ben (hijo de Elifaz): 175, 195, 196, 197, 198, 199, 200, 205, 213, 217, 218, 219, 220, 225, 229, 230, 236, 246.
Elvira, de Toro: 49, 78, 79, 80, 81, 83, 108, 112, 115, 131.
Ermelinda: 55, 56, 84, 85, 86, 87, 88, 90, 103, 104, 105, 109, 115, 120, 121, 122, 123, 124, 125, 126, 127, 129, 130, 131, 140, 145, 146, 160, 169, 173, 185, 186, 214, 215, 216, 225, 231, 232, 244, 245, 246.

Eximina: *véase* Jimena Díaz.
Eximina (hija de los condes de Barcelona): 223.

Fernán González: 52.
Fernando I de Castilla y León: 16, 45, 48, 78, 91, 106, 108, 117, 140, 156.
Fruela, conde: 128.

Gadea, santa: 117.
Garcés, Eximino: 52, 58, 59, 62, 63, 64, 65, 68, 69, 70, 71, 72, 73, 76.
García IV Sánchez III rey de Navarra: 229.
García de Atapuerca: *véase* García IV Sánchez III, rey de Navarra.
García de Galicia: 49, 94, 116, 140, 141, 156, 157.
García Jiménez, conde: 204, 205.
García-Ordóñez, conde de Nájera: 47, 101, 102, 108, 109, 110, 111, 119, 124, 128, 131, 136, 137, 138, 139, 140, 141, 145, 146, 153, 179, 181, 182, 184, 193, 197, 198, 204, 205, 206, 209, 210, 211, 213, 223, 224.
Gregorio VII, papa: 141.
Gregorio XIII, papa: 74.
Guillén, Ricardo: 222.
Guillermo II, conde de Cerdaña: 171.
Gustioz, Muño: 114, 115, 170, 225, 235.

Háñez Minaya, Alvar: 114, 115, 116, 131, 143, 144, 149, 150, 159, 160, 170, 171, 184, 187, 188, 189, 212, 218, 235, 240.
Hariz: 75, 76.
Harún Ar-Raxid: 226.
Hildebrando, Dorn: *véase* Gregorio VII, papa.

Isabel: *véase* Zaida, princesa.
Isidoro de Sevilla, san: 17.

Jerónimo, obispo: 161, 166, 227, 239.
Jesucristo: 17, 59, 63, 67, 74, 93, 139, 147, 151, 160, 173, 185.
Jimena Díaz (esposa del Cid): 118, 120, 121, 122, 123, 125, 126, 127, 128, 129, 130, 131, 132, 135, 136, 139, 140, 141, 143, 146, 150, 151, 152, 154, 157, 158, 162, 165, 168, 171, 172, 173, 174, 175, 183, 193, 197, 212, 216, 221, 228, 229, 244, 245, 246.
José de Nazaret: 51.
Judas Iscariote: 70.

Laínez, Diego: 16.
Lizarra, condesa de: 68.
Lizarra, Estefanía de: 53, 59, 60, 61, 64, 65, 68, 69, 71, 73, 74.

Mahoma: 41, 240.
Mamún de Toledo: 106, 108.
María de Nazaret: 151.
María Rodríguez, condesa de Barcelona: 223.
Mateo, conde: 59, 60, 61, 63.
Menéndez y Pidal, Ramón: 11, 13.
Mirón, Ramón: 222.
Moctádir, rey árabe de Zaragoza: 15, 16, 17, 18, 20, 21, 22, 25, 26, 30, 34, 35, 75, 76, 77, 115, 126, 128, 129, 170.
Modáfar de Lérida: 68.
Mohámmad, general: 203, 204, 207, 233, 236, 237, 238, 240, 241, 243.
Montreuil, Guillermo de: 17.
Mostain de Zaragoza: 192, 198.
Motámid de Sevilla: 94, 133, 135, 136, 137, 139, 154, 161, 162, 176, 177, 179, 183, 184, 187, 190, 194, 199, 200, 203, 204, 206, 207, 208, 231.
Motawákil de Badajoz: 178, 180.
Muñoz, Félez: 170.
Mutamín de Zaragoza: 158, 168, 170, 171, 172.

Olaizola, Carlos: 9.
Olaizola, Cayetano: 9.
Olaizola, José Luis Jr.: 9.
Ostiense, el: 236.
Oviedo, conde de: *véase* Rodríguez, Diego.
Oviedo, condesa de (Cristina): 122, 128.

Pablo, san: 103.
Pallarés, conde de: 62.
Peláez, Pedro: 18, 19, 24, 25, 29, 32, 34, 36, 38, 42, 52, 64, 65, 66, 67, 79, 83, 93, 94, 95, 115, 128,

129, 131, 150, 151, 167, 168, 170, 173, 174, 175, 186, 225, 244, 245.
Pérez, Diego: 136.
Perigord, Dom: 90, 91.
Pilatos, Poncio: 63.

Ramiro I de Aragón: 15, 24, 111.
Ramiro, infante de Navarra (nieto de García IV Sánchez III de Navarra): 229, 241.
Ramon Berenguer II, *Cap d'estopes*, conde de Barcelona: 68, 70, 71, 164, 167.
Ramon Berenguer III *el Grande*: 221, 222, 223.
Raquel: 145.
Roberto I de Borgoña: 197, 232.
Roberto II *el Piadoso*, de Francia: 133.
Rodrigo (hijo de Brígida): 161.
Rodríguez, Diego (conde de Oviedo): 127, 128.
Roger III, conde de Foix: 223.
Romaiquía, sultana: 135, 136, 138, 139, 141, 146, 155, 161, 177, 179, 203, 204, 206, 207, 208, 209, 231, 238.
Rosendo, san: 78, 79, 80, 81, 82, 83.

Sancha de León, reina de Castilla y de León: 49, 53.
Sánchez, Fortún: 136, 137, 138.
Sánchez, Lope: 136, 137, 138.
Sancho II *el Fuerte*, de Castilla y León: 15, 16, 17, 18, 25, 29, 30, 34, 36, 47, 48, 49, 50, 52, 53, 54, 58, 76, 77, 84, 87, 91, 92, 93, 94, 96, 97, 98, 99, 100, 102, 104, 106, 107, 108, 109, 110, 111, 112, 113, 114, 116, 118, 128, 168, 215.
Sancho de León: 215, 225.
Sancho Ramírez de Navarra y Aragón: 171, 181.
Sebastián, san: 96.
Sisebuto, Dom (abad de Cardeña): 25, 38, 40, 45, 46, 54, 56, 82, 84, 86, 87, 88, 89, 91, 92, 93, 94, 95, 106, 115, 119, 120, 127, 146, 150, 151, 184, 185, 186, 187, 225, 232, 246.

Tamarite, Bernardo de: 222.
Tolosa, conde de: 197.
Tortosí, el filósofo: 170, 227.

Urbano II, papa: 231.
Urraca de Castilla y León: 49, 78, 104, 106, 107, 109, 110, 112, 114, 116, 118, 131, 156.

Velasquita: 18, 52, 174.
Vermúdez, Pedro *el Tartajoso*: 170, 184, 189, 218, 222, 235.
Vermudo II *el Gotoso*, rey de Galicia: 18, 95, 115, 174.
Viana, conde de: 70, 73.
Vidal: 145.

Xálib, Ben: 154.

Yehhaf, Ben *el Zambo*: 227, 228, 229, 244.
Yussuf ben Texufin: 162, 178, 179, 180, 187, 190, 204, 207, 208, 210, 220, 227, 231, 243.

Zaddic, José ben: 77.
Zaida, princesa: 35, 37, 40, 41, 43, 44, 177, 206, 209, 210, 214, 215, 225.
Zobeida, sultana: 226, 244.

Impreso en Talleres Gráficos
DUPLEX, S. A.
Ciudad de Asunción, 26-D
08030 Barcelona